KB023062

세인트
헬레나에서 온
남자

세인트
헬레나에서 온
남자

제1판 1쇄 2023년 12월 12일

지은이 오세영
펴낸이 이경재
책임편집 비비안 정

펴낸곳 도서출판 델피노
등록 2016년 8월 11일 제2020-000082호
주소 서울시 양천구 신정중앙로 86, 덕산빌딩 5층
전화 070-8095-2425
팩스 0505-947-5494
이메일 delpinobooks@naver.com
ISBN 979-11-91459-75-3 (03810)

책값은 뒤표지에 있습니다.
파본은 구입하신 서점에서 교환해드립니다.

세인트 헬레나에서 온 남자

오세영 역사소설

델피노

목차

봉기

횃불을 든 채 하얀 입김을 내뿜고 있는 천여 명의 봉기군(蜂起軍)은 평서대원수(平西大元帥) 홍경래가 단상에 모습을 드러내자 일제히 환호성을 질렀다. 관서(關西 평안도)의 겨울은 몹시 춥다. 삭풍이 옷깃을 파고들었지만, 봉기군의 얼굴에는 결전의 의지가 충만했다.

"우리는 일어섰다! 서토인(西土人)이 차별받지 않는 세상을 만들 것이다!"

평서대원수 홍경래가 근엄한 얼굴로 거병사를 전했다. 평안도 사람이라는 이유로 더 이상 핍박받지 않는 세상, 토호들의 가렴주구에 시달리지 않아도 좋은 세상을 우리 손으로 만들 것이다. 성총을 흐리고 있는 외척들을 몰아내고, 탐관오리들을 징치해서 태평성대를 이룰 것이다. 비록 엊그제까지 밭을 일구고, 광산에서 흙을 파내는 일밖에 몰랐던 농투산이와 광부들이지만 봉기군의 의기는 하늘을 찌를 듯했다.

평안북도 가산 다복동에서 기병한 봉기군은 가산 관아를 향해 진격했다. 평서대원수 홍경래를 선두로 군사 우군칙, 부원수 김사용, 선봉장 홍총각의 뒤를 이어서 이희저와 이제초, 김창시 등이 봉기군을 인솔했다. 순조 11년(1811) 12월 18일의 동이 막 트려 할 무렵이었다.

관아에 이르자 소식을 들은 관병들이 창검을 들고 봉기군의 앞을 가로막고 섰다. 하지만 성난 봉기군이 떼로 몰려오자 겁을 먹고 뒷걸음을 쳤다.

횃불이 일렁이고 있는 가운데 진사 출신으로 봉기군의 훈도(訓導)를 맡고 있는 김창시가 앞으로 나서며 큰 소리로 격문을 읽어 내려갔다.

"조정은 서토를 썩은 땅과 다름없이 버렸다. 심지어 권세 있는 집 노비들도 서토인을 보면 '평안도 놈'이라고 욕을 하고 있다. 나이 어린 임금이 보위에 오르자, 김조순, 박종경 등의 간신배들이 국권을 농간하고 있다. 그러나 다행히 세상을 구할 성인이 청천강 이북 선천 검산 일월봉 아래, 군왕포 위의 가야동 홍의도에서 탄생하였으니 백성들은 절대로 동요하지 말고 성문을 활짝 열고 우리를 맞으라!"

김창시가 격문을 단숨에 읽어 내려가자 고을 관병들은 잔뜩 겁에 질려 창검을 내던지고 꽁무니를 뺐다. 봉기군은 제대로 군사 조련을 받지 못한 농부들이 대부분이지만 숫자가 너무 많았던 것이다.

"네 이놈!"

가산군수 정시가 앞으로 나서며 호통을 쳤다.

"대역의 죄를 범하고도 무사할 성싶으냐! 이미 봉화가 올랐고,

파발마가 한양으로 달려가고 있다. 머지않아 박천과 곽산에서 관병들이 몰려올 것이고, 뒤를 이어서 평안도 절도부와 한성에서 토벌군이 급파될 것이다. 목숨을 부지하고 싶거든 수괴의 목을 베어서 가지고 오너라!"

가산의 관병은 30여 명에 불과했지만, 군수 정시는 조금도 주눅이 들지 않았다. 정시가 당당하게 나가자 꽁무니를 빼던 관병들이 다시 창검을 집어 들었다.

"투항할 자가 아닙니다. 시간을 끌면 불리합니다. 참수하여 우리의 결의를 분명하게 전하는 게 좋습니다."

군사 우군칙이 강경책을 건의했다. 같은 생각을 하고 있던 홍경래가 고개를 끄덕이고는 손을 높이 들었다. 그러자 맨 앞에서 눈을 부라리고 있던 홍총각이 환도를 휘두르며 돌진했고, 그 위세에 겁을 먹은 관병들이 다시 뿔뿔이 흩어졌다.

"뭣들 하느냐! 저놈을 막지 않고!"

정시가 고래고래 고함을 질렀지만, 그의 말을 듣는 관병은 없었다. 대세가 기울었음을 깨달은 정시는 허겁지겁 관아 안으로 피신을 했다.

"인수(印綬)를 회수해야 합니다."

김창시가 나섰다. 병권을 상징하는 인수를 확보해야 가산을 온전히 접수한 것이 된다. 홍경래가 성큼성큼 관아로 향했고, 안지경과 이격이 뒤를 바짝 따랐다. 두 사람은 평서대원수를 최근접에서 호위하는 호군(護軍)이다. 평서대원수에게 위해를 가하려는 자를 막아야 하는 막중한 소임을 맡은 것이다.

"왼쪽을 맡게!"

환도를 뽑아 든 안지경이 이격에게 주변을 면밀히 살필 것을 일렀다. 갓 스물의 두 사람은 무과에 급제했음에도 안지경은 천주교도라는 이유로, 이격은 서북인이라는 이유로 관직을 얻지 못하고 불우한 세월을 보내고 있던 차에 봉기에 가담하게 된 것이다.

관아의 이속(吏屬)들은 다 달아나고 군수 정시 혼자 남아 있었다. 홍경래가 다가오자 정시는 잡아먹을 듯 노려보았다.

"우리는 도탄에 빠진 백성들을 구하기 위해서 봉기를 했다! 인수를 내놓아라!"

홍경래가 성큼 다가가서 손을 내밀었다. 그러나 정시는 오른손으로 인수를 꼭 움켜준 채 '네 이놈'만 연발했다.

"악!"

뒤따라 들어온 홍총각이 휘두른 환도가 바람을 가르자 정시가 비명을 질렀다. 환도에 오른 손목이 잘린 정시는 왼손으로 인수를 움켜쥐었다. 홍총각의 환도가 계속해서 바람을 갈랐고, 왼 손목마저 잘리자 정시는 입으로 인수를 물었다. 나름 대단한 충절이었다. 더 시간을 끌 필요 없다. 홍경래는 천천히 칼을 빼 들었다. 그리고 잡아먹을 듯 노려보고 있는 정시의 목을 단칼에 날려 버렸다.

홍경래가 인수를 움켜쥔 손을 번쩍 치켜들자 봉기병들은 일제히 환성을 내질렀다. 안지경은 주위를 둘러보니 어느새 날이 환하게 밝아 있었다. 마침내 봉기에 성공한 것이다. 하지만 이제 시작일 뿐이다. 앞으로 넘어야 할 고비들이 첩첩산중이다. 과연 뜻을 이룰 수 있을까. 안지경은 환도를 힘껏 쥐면서 밀려오는 불안감을 떨쳐냈다.

* * *

조선왕조가 개국한 지 400여 년의 세월이 흘렀다. 그 사이에 임진왜란과 병자호란 두 차례의 큰 전란을 거치면서도 사직이 온전한 것은 사대부와 백성들이 각각의 역할에 충실하면서 어려움을 극복해 나갔기 때문이다.

그런데 세월이 흐르면서 신분의 격차가 점점 벌어졌고, 다스리는 자와 지배를 받은 자들이 서로 반목하게 되었다. 고인 물은 썩기 마련이다. 비리와 수탈, 억압과 폭정이 이어지면서 백성들의 불만이 점점 고조되었고, 19세기로 접어들면서 폭발 일보 직전에 이르렀다.

외척 안동 김씨가 세도정치를 행하면서 수탈이 가중되었다. 각각 세금과 군역, 빈민구제책인 전정(田政)과 군정(軍政), 환곡(還穀)의 이른바 삼정(三政)이 크게 문란해지면서 백성들의 삶은 도탄에 빠졌고, 나라의 근간이 흔들리기 시작했다.

여기에 적서차별과 지역차별이 더해지면서 조선왕조는 끝을 향해 치닫고 있었다. 지역 중에서도 평안도 사람들은 특히 심한 차별을 받았으니 과거에 급제해도 벼슬길에 나갈 수 없었고, 온갖 차별이 뒤따랐다.

경제적으로도 큰 변화가 따랐다. 화폐가 널리 유통되고, 이앙법(移秧法)이 자리를 잡으면서 경제 규모가 급격하게 커졌고, 그에 따라 빈부격차도 더 벌어졌다. 농업기술이 발전하면서 일손이 줄어들게 되자 가진 것이라고 몸뚱아리 밖에 없는 백성들의 삶은 더욱 핍박해졌다. 그런 마당에 가렴주구가 갈수록 심해져서 기아가

속출했고, 삶의 터전을 잃은 촌민들은 유민이 되어 팔도를 떠돌고 있었다.

체제에 깊은 불만을 품고 있는 서북민 식자층과 더 갈 데 없는 벼랑 끝으로 내몰린 촌민들. 이들이 하나가 되어 신미년(1811) 12월 18일에 봉기의 횃불을 든 것이다.

＊＊＊

북변은 추위가 일찍 찾아온다. 채 동짓달이 되지 않았는데도 입에서 하얀 입김이 뿜어져 나왔다. 안지경은 하늘을 올려다보았다. 벽공에 높이 뜬 보름달이 대지에 환한 빛을 뿌리고 있었다.

"……!"

벌레 소리가 일시에 그쳤다. 누가 나타난 것이다. 때가 때이니만치 안지경의 손이 본능적으로 칼자루로 향했다.

"저예요."

차홍련이 멈칫하더니 조용히 다가왔다.

"이런…… 내가 조금 예민해졌군."

안지경이 부드러운 표정을 지으며 차홍련을 안심시켰다. 차홍련의 부친에게 서학을 배웠던 안지경은 일찍부터 스승의 여식 홍련에게 마음을 두었고, 홍련도 안지경에게 연정을 품고 있었다. 그러던 차에 서북인 봉기라는 큰 파도가 밀려온 것이다.

"대원수를 호위해서 박천으로 가게 되었소. 홍련은 유진장(留陣將) 어른을 모시고 먼저 정주성으로 가 있으시오."

안지경이 보자고 한 이유를 밝혔다. 가천을 점거한 홍경래는 봉기군을 둘로 나누었다. 남진군은 홍경래가 직접 지휘해서 박천으로 진격하고, 북진군은 부원수 김사용이 지휘해서 정주를 치기로 한 것이다.

"그리하겠어요. 부디 몸조심하세요."

"잠시 헤어지게 되었지만, 곧 다시 만나게 될 것이니 너무 심려하지 마시오."

안지경이 차홍련의 손을 꼭 잡았다. 따스한 온기와 정이 손끝에서 잔잔하게 전해졌다.

"유진장께 따로 찾아뵙지 못하고 떠난다고 전해주시오."

선천(宣川)의 몰락한 양반 가문 출신인 차홍련의 부친 차한상은 봉기군에 합류해서 정주의 유진장을 맡고 있었다. 홍경래는 접수한 고을마다 유진장을 두고 고을을 다스리게 하고 있었다.

차홍련에게 작별을 고한 안지경은 훌쩍 몸을 날리며 대원수의 본영으로 내달렸다. 아쉽지만 머뭇거릴 시간이 없다. 지금 본영에서 군사회의가 열리고 있을 것이다.

"어디에 갔다가 오는가?"

본영 부근에 이르자 출입문을 지키고 있던 기골이 장대한 이격이 다가왔다. 무과에 급제했음에도 벼슬을 얻지 못했다는 면에서 안지경과 동병상련한 그는 무예에서도 안지경과 우열을 가리기 힘든 솜씨를 지니고 있었다.

"잠시 만날 사람이 있어서 자리를 비웠네. 별일 없지?"

"막 회합이 시작되었네. 그런데 지경이 자네는 대원수를 호위하게 되었고, 나는 북진군에 편성되어 부원수를 수종하게 되었네."

"그리되었는가. 하면 당분간 떨어져 지내야 하겠군. 어디에 있건 몸조심하게. 넘어야 할 산이 많이 있으니."

안지경이 이격의 등을 두드리며 격려를 했다. 안지경은 본시 한양 출신으로 무과에 급제했지만, 가문이 신유년(1801) 천주교 박해에 연루되면서 출사를 하지 못했고 집안이 가산으로 옮겨왔다. 그리고 10년이 지나 홍경래를 따라 봉기군을 이끌고 있었다.

"자네도 매사에 조심하게. 토벌군이 출동하면 큰 싸움이 벌어질 테니."

이격이 안지경을 걱정했다. 서로를 깊이 신뢰하면서 서로의 실력을 인정하고 있는 두 젊은이는 서로의 손을 힘껏 잡으며 무운을 빌었다.

두 사람이 평서군 본영 입구를 지키고 있는 가운데 장막 안에는 긴박한 기운이 감돌고 있었다. 향후 계책을 여하히 짜느냐에 따라 거사의 성패가 결정될 것이다. 회합은 대원수 홍경래를 중심으로 오른쪽에는 경서와 병법에 밝은 남진군 군사(軍師) 우군칙과 곽산 평민 출신으로 남진군 선봉장을 맡은 홍총각이, 왼쪽은 북진군을 맡은 부원수 김사용과 북진군 군사 김창시, 선봉장 이제초가 자리를 차지하고 앉았고, 단 아래는 가산의 이희저와 안주의 나대곤, 정주의 이첨 등 군량미와 군자금을 대기로 한 상인들과 정주 유진장을 맡은 차한상을 비롯해서 각 고을의 유진장들이 참석해서 회합을 지켜보고 있었다.

"가산군수의 말대로 봉화가 올랐으니 파발마가 정주성에서 한양을 향해 출발했을 것이오. 조정에서 토벌군을 보내기 전에 방어 거점을 확보해야 할 것이오."

우군칙이 먼저 입을 열었다. 제갈량을 흉내라도 내려는 듯 한겨울임에도 손에 부채를 들고 있었다. 풍수와 복점에 능한 그는 일찍부터 홍경래와 더불어 거사를 도모해 왔던 인물이다.

"해서 남군이 박천과 영변을 손에 넣고 청천강에 방어선을 구축하는 동안에 북군은 정주를 점령하고 선천을 공략하는 게 좋겠소."

우군칙이 계책의 대강을 설명했다. 젊은 시절 만주 일대를 떠돌았던 우군칙은 북쪽 사정에 밝다. 선천을 공략하고 의주를 점령하면 평안북도 일대를 장악할 수 있다. 의주는 청나라 교역의 중심으로 물산이 풍부하다. 충분히 관군을 상대할 수 있고, 여차하면 압록강을 건너서 만주로 옮겨갈 수도 있다.

"봉기 소식이 언제쯤 한양에 당도할 것으로 보고 있소?"

남군 선봉장을 맡은 홍총각이 물었다.

"봉화는 지금쯤 도성에 전달되었을 것이고, 파발은 안주와 순천, 평양, 개성을 차례로 거쳐 도성에 당도하려면 아무리 빨라도 나흘은 걸릴 것이오."

북군 군사를 맡은 김창시가 신중한 얼굴로 입을 열었다. 진사 출신으로 과거를 보기 위해 여러 차례 한양을 들락거렸던 그는 한양 사정에 능통하다.

한양을 중심으로 팔도 높은 봉우리마다 봉수대가 설치되어 있어 낮에는 연기를 피우고, 밤에는 불을 밝혀 위급상황을 전한다. 그러면 그걸 보고 다음 봉수대에서 불을 피우고, 연기를 올린다. 그렇게 되어 한양까지 차례로 중계되는데 중간에 사고가 발생하지 않으면 팔도 각지에서 출발한 봉수는 하루면 한양에 전달된다.

이어서 상세한 내용을 적은 파발이 한양으로 내달린다. 말을 바꿔 가면서 밤새 달린 장계가 한양에 도달하려면 아무리 짧게 잡아도 나흘이 걸린다. 그러니 지금쯤 한양 조정은 서북에서 변고가 생겼다는 사실은 알고 있지만 자세한 내용은 모르고 있을 것이다.

"토벌군을 조직하고, 출동하는 데 얼마나 걸릴 것 같소?"

홍경래가 근엄한 얼굴로 물었다.

"순무영(巡撫營)을 설치하고 군병들을 모아서 조련 후에 출병하려면 아무리 빨라도 석 달은 걸립니다. 하지만 그 전에 평양성 군사들이 먼저 안주로 진격할지 모릅니다."

이번에는 김창시가 답변하고 나섰다. 한 달과 석 달이라는 말에 단상의 수뇌부와 단하의 유진장들 모두의 표정에 비감함이 스치고 지나갔다.

이어서 부원수 김사용이 평양성 군병의 규모와 순무영에 배속될 토벌군의 병력에 대해 물었다.

"경군(京軍)이 당도하기 전에 평양감사와 의주부윤, 선천방어부에서 선발대를 보낼지 모릅니다. 그 전에 남진군이 박천과 영변을 차지해서 평양성 군병들이 청천강을 건너지 못하게 해야 합니다. 남진군이 청천강을 잘 막아주면 북진군은 정주를 점령하고, 차례로 선천과 의주를 도모할 수 있습니다."

우군칙이 서북을 도모한 후에 만주와 연계를 하면 장기전에 대비할 수 있다고 밝혔다. 일단 서북면 일대를 확실하게 장악하고 장기전으로 들어가면 팔도에서 호응 봉기가 일어날 것이다.

대책이 마련되자 수뇌부들의 얼굴에 안도의 빛이 스치고 지나갔다. 그렇지만 차한상은 여전히 굳은 표정을 풀지 못하고 있었다. 중요한 사실이 빠져 있었던 것이다. 토벌군이 당도하기 전에 거점을 확실하게 마련하는 건 분명 중요하다. 그렇지만 봉기군은 아무래도 관병에 비해서 군세가 약하고 군사 조련도 많이 뒤진다. 평서군의 봉기병들은 대부분 엊그제까지 농사를 짓거나, 운산 촉대봉 광산에서 금을 캐던 광부들, 또는 추도 염전에서 소금을 말리던 사람들로 체계적인 군사 조련을 받았던 적이 없었다. 평서대원수를 비롯한 수뇌부는 비범한 인물들이지만 그들 역시 큰 무리를 이끌어본 적은 없는 사람들이다. 의기(義氣)만으로 대사를 이룰 수는 없다. 그 열세를 만회하려면 팔도의 백성들로부터 전폭적인 지지를 얻어서 그들과 신속하게 연계해야 할 것이다.

그러기 위해서는 새로운 세상에 대한 대강(大綱)을 확실히 해서 백성들로부터 전폭적인 지지를 얻어야 한다. 그런데 창의문(倡義文)은 차후에 어떤 세상을 펼칠 거란 명확한 제시는 없이, 차별의 부당함과 폭정에 대한 불만으로 가득 차 있었다. 학정에 반발해서 들고 일어선 민란과 새 세상을 여는 혁명은 다른 것인데 지금 수뇌부는 토벌군을 막아내고, 서북에 안주하는 것에 급급하였다. 혁명은 근본적으로 진취적이어야 한다. 그런데 수뇌부는 그걸 간과하고 있었다.

차한상의 입에서 짧은 한숨이 새어 나왔다. 속히 서북민에 한정하지 말고 팔도의 백성들로부터 호응을 얻어낼 수 있는 혁명의 대강을 마련해야 한다. 그리고 혁명을 힘있게 이끌고 나갈 세력을 양성해야 한다. 농투산이들이나 시정잡배들을 가지고 혁명을 지속적으로 이끌 수는 없다. 또한 노쇠한 유학자나 과거에 급제하지 못한 불만 세력들이 새로운 세상을 이끌 수 없다.

그럼 어떻게 하면 서북의 봉기를 진정한 조선의 혁명으로 발전시켜 나갈 수 있을까. 고심이 깊지만 당장 급한 것은 거점 확보였다. 차한상은 말을 아끼며 회합을 지켜보기로 했다.

"한양과 영남, 호남, 호서에도 우리와 뜻을 같이하는 동지들이 있습니다. 속히 그들을 끌어들여서 거국적인 거병으로 이끌어야 합니다."

도총(都摠)으로 봉기병의 군수를 책임지고 있는 이희저가 조심스럽게 입을 열었다. 일찍부터 홍경래를 눈여겨보고서 은밀히 군자금을 대주었던 가산의 갑부로 차한상과 그런대로 뜻이 통하는 사람이다.

"그리만 되면 바랄 게 없겠지만 언제 그들과 연계를 하며 무슨 수로 그들의 마음을 움직인단 말이오? 입장과 처지가 꼭 우리와 같지 않을 텐데."

김창시가 되물었다. 그 역시 새로운 세상을 열려면 불만을 폭발시키는 것만으로는 부족하다는 것을 잘 알고 있는 사람이다.

"그렇소. 괜히 여기저기 손을 벌리다 실기(失機)를 하느니, 서북에 근거지를 마련하는 것에 주력해야 할 것이오. 우리가 토벌군을 물리치고 확실하게 거점을 마련하면 자연스럽게 팔도에서 따라서 들고일어설 것이오."

부원수 김사용이 입을 열었다. 태천사람으로 지략이 뛰어나서 홍경래는 그에게 북진군을 맡겼다. 그의 말대로 현실을 감안할 때 이제 와서 팔도에 사람을 보내 봉기에 참여할 것을 권유하기에는 무리가 있는 것도 사실이다. 순리대로라면 봉기 전에 먼저 규합을 해야 했다. 그리 볼 때 봉기는 서두른 면이 있었다. 당장은 기세를 올리고 있지만 제대로 조련받은 관병이 출동하면 오합지졸에 불과한 봉기군은 오래 버티지 못할 것이다.

“의주의 임상옥, 한양의 김재찬, 그리고 경주 김약하 등과는 보부상단(褓負商團)을 통해서 수시로 연락하고 있습니다.”

이희저가 고했다. 경제 규모가 커지면서 의주의 만상(滿商), 평양의 유상(柳商), 개성의 송상(松商), 한양의 경상(京商), 부산의 래상(來商) 중에는 상당한 자본을 축적한 사상도고(私商都賈)들이 탄생했다. 이들은 조선 경제에 커다란 영향력을 행사하고 있음에도 여전히 사농공상의 신분 굴레에 갇혀서 사대부들로부터 천대를 받고 있었다. 그리고 등짐장수 부상(負商)과 보따리장수 보상(褓商)들은 조선 팔도에 거미줄 같은 연락망을 가지고 중앙의 지시에 따라 일사불란하게 움직이고 있었다. 사상도고들과 손잡으면 자금줄을 확보할 수 있고 보부상단을 끌어들이면 그들의 조직을 이용할 수 있다. 차한상은 이희저의 의견에 전적으로 공감을 표했다.

도총 이희저의 건의대로 지금이라도 팔도에 사람을 보내 그들과 함께 봉기를 이어갈 것인가. 부원수 김사용의 의견대로 대대적인 봉기로 그들의 참가를 유도할 것인가. 둘 다 일장일단이 있는데 결정은 홍경래 대원수의 몫이다.

“대저 일에는 순서가 있는 법, 봉화가 이미 도성에 당도한 마당에 이제 와서 팔도에 격문을 보내는 것보다는 원래의 계책대로 의주를 도모하고 청천강에서 토벌군을 막아서는 게 상책일 것이오.”

잠시 침묵이 흐른 후에 대원수 홍경래가 비장한 표정으로 결론을 내렸다. 대원수가 결심을 한 마당에 이견을 내는 사람이 없었다. 회합에 참석했던 사람들이 굳은 표정으로 자리에서 차례로 일어섰다.

날이 밝으면 봉기군은 남군과 북군으로 나뉘어 각각 정주와 박천을 향해 진격한다. 날이 밝을 때까지 봉기군은 각자의 가족에게 돌아가서 어쩌면 마지막이 될 밤을 가족들과 함께 보내고 재집결하기로 했다. 호군이라고 예외가 아니다. 따로 가족이 없는 안지경은 차한상 부녀의 집으로 향했다. 스승 그리고 정인(情人)과 출정 전야를 함께 보내기로 한 것이다.

"어서 들게."

유자관으로 정제를 한 차한상이 사랑에서 안지경을 맞았다. 별반 꾸미지 않았지만 말끔하게 정리된 사랑에서 단아함이 전해졌다. 안지경은 예를 올리고 대좌를 했다. 그동안 차한상으로부터 서학을 배우느라 무시로 드나들던 방이지만 때가 때인지라 낯선 느낌마저 들었다. 몰락한 남인 가문의 잔반(殘班)인 차한상은 진작부터 서학에 관심을 기울이고 있었고, 안지경은 차한상으로부터 서학을 배우고 천주교 교리를 익히면서 불우한 세월을 참고 지내던 중 봉기에 가담하게 된 것이다.

"스승님께서는 거사가 성공할 거라고 보십니까?"

안지경이 단도직입적으로 물었다. 그만큼 두 사람은 서로를 깊이 신뢰하고 있었다.

"앞날을 정확하게 내다볼 수 있는 사람은 없네. 오로지 주님만이 전지전능하신 존재시지."

차한상이 심각한 표정으로 대답하고는 회합에서 있었던 일을 안지경에게 간략하게 전했다.

"스승님은 대원수와 생각이 다른 것 같습니다."

안지경은 어렵지 않게 차한상의 속내를 짐작했다. 홍경래가 우군칙을 비롯한 수뇌들과 오래전부터 거사를 준비했다고 하지만 봉기에 국한된 것일 뿐, 새로운 세상에 대한 제시가 부족한 건 사실이다. 불만을 폭발시키는 것과 대안을 마련하는 것은 별개다. 열정으로 뚫고 나가는 일이 있고, 냉정으로 해결해야 하는 일이 따로 있게 마련이다.

"현실을 감안할 때 대원수의 결정은 어쩔 수 없는 선택이라고 보네."

차한상이 에둘러 속내를 밝혔다.

"스승님은 대원수가 역성혁명을 마음에 두고 있다고 보십니까?"

평서대원수 홍경래는 새 나라를 열 생각인가. 아니면 안동 김문의 세도를 몰아내고 정국공신(靖國功臣)이 되어 관직에 오를 것인가. 그와 관련해서 홍경래는 아무런 언급을 하지 않고 있었다.

"대원수는 속내를 밝힌 적이 없지만 우군칙 군사는 청천강 이북을 차지한 후에 만주의 조선인들과 합쳐서 아조(我朝)로부터 떨어져 나가려는 생각을 가지고 있는 것 같아."

차한상이 무겁게 입을 열었다. 그쪽이 혁명의 본질에는 가깝지만 그리되면 자칫 청나라의 지방 정권으로 전락할 우려가 있다. 금번의 봉기는 민란이라고 보기에는 규모가 크고, 혁명이라고 부르기에는 약한 면이 있다.

"도총의 계책이 현실성이 있다고 보십니까?"

안지경이 정색을 하고 물었다. 차한상이 이희저를 지지하고 있다는 사실은 짐작하고 있었다.

“청천강 이북의 땅을 떼내어 조선에서 떨어져 나가면 수뇌부는 공신이 되겠지만 백성들의 삶은 나아지는 게 없을 것이네.”

차한상이 비관적인 견해를 드러냈다. 봉기에는 성공했지만, 앞날을 생각하면 마음이 무거웠다.

“하면 어찌하면 좋겠습니까?”

안지경도 덩달아 우울해졌다.

“봉기를 진정한 혁명으로 발전시켜야 하네. 새로운 세상에 어울리는 새로운 사상과 새로운 계층이 나타나야 하네.”

“새로운 계층이라면…… 사상도고를 마음에 두고 계신 듯합니다.”

안지경은 그리 짐작했다.

“그들에게 기대를 걸고 있는 것은 사실이지만 아직은 부족한 게 많네.”

차한상이 짧은 한숨을 내쉬었다. 그들은 재력은 갖추었지만, 사대부를 대신해서 세상을 이끌고 나갈 경륜이 부족하고 아직은 능력도 부족하다.

고뇌가 가득 서려 있는 차한상의 얼굴을 보며 안지경도 덩달아 우울해졌다.

“새로운 세상은 어떤 세상입니까?”

안지경은 새삼스러운 걸 물어보았다.

“새로운 세상은 백성을 위한 나라여야 할 것이네.”

차한상이 분명한 어조로 말했지만 안지경은 의문이 일었다. 역대 왕조치고 백성을 위한 나라를 표방하지 않았던 왕조가 있었던가. 또한 다스리는 계층과 다스림을 받는 계층으로 나뉘지 않았던 세상이 있었던가.

그렇다면 봉기가 성공하면 수뇌부는 새로 공신이 되어 지배층이 되겠지만 백성들의 삶은 별로 달라지지 않을 것이다. 하면 나는 지배계층이 되고자 봉기에 가담한 것일까. 그건 분명 아니었다. 일련의 생각들이 뇌리를 스치고 지나가면서 안지경은 혼란을 느꼈다. 차한상의 생각에는 전적으로 동의하지만 뭔가 걸리는 구석이 있는 것도 사실이었다.

"어쩌면 조선은 아직 진정한 혁명을 낳을 여건이 성숙되어 있지 않은지도 모르지. 금번의 봉기는 훗날의 혁명을 위한 밑거름이 된다고 해도 여한은 없네. 하늘이 대원수와 내게 허락한 일은 거기까지일지 모르니까."

차한상이 알 듯 모를 듯한 말을 하는데 조심스럽게 문이 열리면서 차홍련이 다과상을 들고 사랑으로 들어섰다.

"게 앉거라."

차한상이 다과상을 내려놓고 나가려는 차홍련에게 합석할 것을 권했다. 유교에서는 남녀칠세부동석이지만 서학에서는 만민은 평등하며 주님 앞에 다 같은 교형(敎兄)들이라 가르치고 있다. 천주교 모임에서 차한상은 요셉, 차홍련은 안나, 안지경은 클레멘스라는 세례명으로 부르면서 벽을 두지 않고 지내고 있었다. 차홍련은 조신하게 안지경 옆에 나란히 자리했다.

"진작에 둘을 짝지어 주려 했는데 세월이 하 수상해서 차일피일 미루다 이렇게 되었구나."

차한상이 안지경과 차홍련에게 차례로 지긋한 눈길을 주었다.

"머지않아 큰 싸움이 벌어질 것 같으니까 보중하게. 홍련을 부탁하네. 홍련은 클레멘스를 믿고 따르거라."

"매사에 스승님의 가르침을 유념하겠습니다."

"그리하겠습니다."

안지경과 차홍련이 차례로 대답하고 몸을 일으키더니 차한상에게 큰절을 올렸다.

"좋은 시절이 오면 날을 잡아 정식으로 혼례를 올리기로 하자."

* * *

대체 북변에서 무슨 변고가 발생한 것일까. 봉화가 올라온 것이다. 조정 중신들은 불안에 휩싸인 가운데 이틀 밤을 보냈다.

마침내 비변사에 장계가 도달했다. 평안병사와 선천방어사가 올린 장계가 밤새 파발마를 달려 한성에 당도하면서 조정 중신들은 비로소 서북에서 민란이 일어났음을 알게 되었다.

"가산이 떨어졌다고 하니 가볍게 볼 일이 아닙니다."

좌의정 김재찬이 무거운 얼굴로 입을 열었다. 금년은 금상(今上 순조)이 즉위한 지 11년째 되는 해다. 안동 김씨가 세도정치를 행하면서 탐관오리들이 더욱 날뛰었고, 백성들의 삶은 갈수록 도탄에 빠지면서 곳곳에서 민심 이반의 조짐이 보이고 있었다. 그러다 마침내 서북에서 그 불길이 댕겨진 것이다.

"민란이 팔도로 번지기 전에 싹을 잘라내야 합니다. 속히 토벌군을 편성할 것을 상께 아뢰어야 합니다."

총융사 이요헌이 진압을 서두를 것을 건의했다.

"그 전에 초무사를 서북에 파견해서 실정을 상세하게 파악하는 게 어떻겠소?"

우의정 김사묵이 신중론을 제시했다.

"가산군수가 이미 역도들에 의해 목숨을 잃은 마당입니다. 일벌백계로 국법의 지엄함을 보여주어야 합니다."

"그렇습니다. 이제 와서 위무사(慰撫使)를 보내면 역도들은 조정을 얕볼 것이며 팔도에서 따라서 들고 일어설지도 모릅니다."

한성판윤 한만유와 우포청대장 이득제가 이요헌의 강경책을 차례로 찬동했다. 훈련도감과 어영청, 수어청대장도 입을 굳게 다문 채 강경 진압이 불가피함에 동조했다. 가산군수가 역도들에게 목이 달아났다면 이미 위무의 단계를 넘어선 것이다.

"상께 토벌군을 편성할 것을 아뢰겠소."

좌의정 김채찬이 굳은 음성으로 비변사의 계를 그렇게 결정했다.

"어떻게 되었습니까?"

밖에서 대기하고 있던 도총부부총관 박기풍과 총융청 천총 노성집이 이요헌에게 달려왔다.

"토벌군을 편성하기로 했네."

이요헌이 짧은 한숨을 토해내며 말했다. 백성을 상대로 피를 흘리는 일이 생기게 된 것이다.

"하면 곧 순무영이 설치되겠군요. 순무영이 설치되면 아무래도 총융청이 본대를 이룰 테고 총융사 영감께서 순무사를 맡으시겠군요."

박기풍이 이요헌의 표정을 살피며 말했다. 총융청은 북한산성을 주진지로 해서 한성 이북 방어를 주임무로 하고 있다. 서북에서 변고가 일었다면 마땅히 총융청이 출동해야 할 것이다.

"그리 되겠지."

이요헌이 하늘을 올려다본 후에 말을 이었다.

"순무사로 제수받으면 부총관에게 중군(中軍)을 맡길 생각이네. 천총은 선봉장이 되어서 부총관을 보필하게."

"그리하겠습니다."

아무 말이 없던 노성집이 짧으면서도 강단이 서린 목소리로 복명했다. 무과에 급제한 후로 사명은 오직 하나. 외적이 조선 땅을 침범하는 일이 없도록 강토를 굳건히 지키는 일이다. 조선 백성들이 다시는 왜란과 호란 같은 처참한 병란을 겪어서는 안 될 것이다.

그런데 민란이라니. 대규모 민란은 국초 이래 처음 겪는 일이다. 민초들을 상대로 창부리를 겨누어야 한다는 사실에 잠시 혼란이 일었지만 노성집은 곧 마음을 정리했다. 종묘사직을 지키고 보위를 보존하는 길이라면 외적을 물리치는 것과 무엇이 다르단 말인가.

"순무영을 설치하고 토벌병을 출병시킬 때까지 시일이 얼마나 걸리겠는가?"

이요헌이 박기풍에게 물었다. 순무사는 한성에 남아서 지원을 담당하고, 출병과 현장지휘는 중군이 관장한다.

"대규모 군병을 모아서 조련시킨 후에 출병하려면 아무리 빨라도 두 달은 걸릴 것입니다."

박기풍이 조심스럽게 고했다. 두 달이라는 말에 이요헌의 표정이 굳어졌지만 기실 그보다 빨리 출병채비를 마치는 것이 불가능할 것이다.

"장계에 의하면 반군들은 가산과 곽산을 차지하고 남과 북으로 나뉘어서 각각 박천과 정주를 도모하려고 한다고 하니 속히 토벌병을 보내지 않으면 남으로는 안주를 점령하고, 북으로는 선천을 지나 의주까지 차지할 것이네."

"어떤 일이 있어도 반도들이 청천강을 건너지 못하게 해야 합니다."

박기풍이 비장한 얼굴로 말했다. 안주가 떨어지면 평양도 위태롭다. 평양은 한성에 이은 조선의 부도(副都)다. 평양이 반도의 손에 넘어가면 도성 민심도 흉흉해질 것이고, 팔도에서 반란이 일어날지 모른다.

"나는 수어대장, 훈련대장과 상의해서 그쪽 군병들을 순무영으로 편입시키고, 화약과 총포를 최대한 긁어모을 테니 출정령이 내려올 때까지 부총관과 천총은 구체적인 토벌안을 세우도록 하게."

"그리하겠습니다."

"즉각 시행하겠습니다."

박기풍과 노성집이 절도 있게 복명했다.

"어찌할 셈인가?"

박기풍이 바쁜 걸음을 재촉하고 있는 이요헌의 뒷모습을 보며 노성집에게 하문했다.

"경군이 현지에 출동할 때까지 향병(鄕兵)이 시간을 끌면서 잘 버텨야 합니다. 다행히 북병사 이해우는 용맹한 무인입니다."

"그야…… 하지만 반도들의 기세가 예사롭지 않은 것 같아. 규모가 어떻게 되며 무리를 이끌고 있는 홍적(洪賊)은 뭘 하던 자인지 신속하게 파악해야 할 것이네."

박기풍이 정보의 중요성을 전했다.

"그리하겠습니다."

노성집이 군례를 표하고 황급히 걸음을 돌렸다. 기일에 맞춰 출병하려면 지금부터 바쁘게 움직여야 한다.

서북으로 출병을 한다…… 그 순간 노성집은 퍼뜩 한 인물이 떠올랐다. 무예를 익힌 이래 패배를 모르던 자신에게 처음으로 패전의 쓰라림을 안겨준 인물. 그자에게 무과 장원(壯元)의 자리를 빼앗기는 바람에 방안(榜眼 차석) 급제가 되면서 장원보다 한 품계 아래인 정7품으로 보임이 되었다. 그런데 자신에게 모멸감을 안겨준 그자는 벼슬길로 나가지 못하고 신유년 박해 때 멸문의 화를 당하고서 서북으로 쫓겨갔다.

그자는 지금 무엇을 하고 있을까. 혹시 역도들과 손을 잡지는 않았을까. 노성집은 그날의 패배를 한시도 잊어본 적이 없었다.

* * *

진격은 순조로웠다. 평서대원수 홍경래가 직접 인솔하는 남진군은 박천읍을 일거에 접수하고 영변으로 진격하기 위해서 재정비에 들어갔다. 북진군도 진격이 순조로워서 곽산과 정주성을 차례로 손에 넣었다고 했다. 정주성은 큰 고을이다. 그리고 봉기군의 1차 거점이다. 남군과 북군 모두 사기가 크게 충천했다.

"속히 청천강을 건너서 안주를 도모해야 합니다. 하지만 그 전에 영변을 쳐서 배후를 든든히 해야 합니다."

군사 우군칙이 대원수 홍경래를 재촉했다. 안주를 점령하면 토벌군의 진격을 저지하면서 북진군이 의주를 칠 시간을 벌 수 있다.

"그렇습니다. 군병의 사기가 충천해 있습니다."

선봉장을 맡은 홍총각이 호기롭게 고했다. 소금장사 출신의 장사로 물불을 가리지 않는 용맹성으로 홍경래로부터 신임을 얻고 있었다.

"안주는 큰 고을입니다. 군병들도 많습니다. 가산이나 박천과는 다릅니다. 저들이 채 태세를 정비하기 전에 기습을 펼치는 게 좋습니다. 괜히 영변에서 시간을 지체할 필요가 없을 것입니다."

한쪽 구석에서 회합을 지켜보고 있던 최성태가 나섰다. 잠채(潛採)를 통해서 제법 많은 재물을 모은 운산의 상인인데 관헌들이 시도 때도 없이 광산에 찾아와서 이런 명목 저런 핑계를 대면서 재물을 뜯어가는데 반발해서 봉기군에 가담한 자로 남진군의 군량을 대고 있었다.

"모르는 소리, 영변을 그대로 두고 청천강을 건넜다가는 배후를 얻어맞고 포위되는 수가 있소. 배후를 든든히 하는 것이 급선무임을 왜 모르는가."

우군칙이 면박을 주었다.

"군자금과 군량미만 넉넉히 확보되면 안주성 따위는 얼마든지 공략할 수 있소."

홍총각이 당신은 군자금이나 대면 된다는 투로 최성태를 쏘아봤고, 머쓱해진 최성태는 고개를 숙인 채 입을 다물었다. 홍총각은 상인을 백성의 뒤주를 뒤져서 양반의 창고에 채워 넣는 양반의 앞잡이 정도로 여기고 있었다. 최성태를 면박준 홍총각이 말을 이었다.

"무릇 군병들은 군량미가 제때 보급이 돼야 사기가 오르는 법, 그런데 근자에 들어 군량이 제대로 지급되지 않고 있다는 보고가 올라오고 있소. 치중(輜重 군수) 담당은 대체 무엇을 하고 있는 것이오!"

"보급로가 길어지면 운송도 지연되게 마련이오. 군량미는 차질없이 올라올 것이오."

최성태가 수뇌부면 다냐는 표정으로 마주 언성을 높였다.

"그럼 예정대로 영변을 공략하기로 하겠소. 선봉장은 출전을 서두르고, 군사는 청천강을 건널 계책을 마련하시오."

홍경래가 회합을 마칠 뜻을 비쳤다.

안지경은 차례로 군막을 나서는 사람들의 표정을 살피면서 회합 분위기가 순조롭지 않았음을 감지했다. 못마땅한 표정의 선봉장 홍총각과 애써 불만을 감추고 있는 최성태. 둘 사이에 알력이 있었던 것 같았다.

안지경은 군막 안으로 들어섰다. 대원수로부터 지시를 받을 게 있는지 확인해야 한다.

"봉기병들 사기는 어떤가?"

홍경래가 근엄한 얼굴로 물었다. 격무에 시달리고 있음에도 표정은 전혀 흐트러지지 않고 있었다.

"북진군이 정주성에 입성했다는 말에 모두들 크게 고무되어 있습니다."

"다행이군."

홍경래가 짧게 대답하고는 정색을 하고 안지경을 쳐다봤다. 강렬한 눈매에 안지경은 순간적으로 섬뜩했다.

"그런데 봉기병들은 불과 얼마 전까지만 해도 농사를 짓던 농군이네. 저자들을 데리고 어디까지 쳐들어갈 수 있을 거라 생각하나. 무과에서 장원급제를 한 자네의 솔직한 의견을 듣고 싶네."

홍경래가 심각한 표정으로 물었다.

"평양성을 도모하는 것은 솔직히 무리라고 생각합니다. 정주성에 본영을 설치하고 군병들을 조련시켜서 북진군이 의주를 공략할 때까지 청천강에서 막아서는 것이 상책일 것입니다."

안지경이 솔직하게 의견을 밝혔다. 차한상 앞에서는 부담 없이 이상을 거론할 수 있지만 대군을 책임지고 있는 홍경래를 상대할 때는 현실에 기반해서 의견을 개진해야 한다. 홍경래가 고개를 끄덕이는데 우군칙이 들어섰다.

"호군은 토벌군이 언제쯤 출동할 거라 예상하고 있는가?"

우군칙이 안지경에게 물었다. 지금쯤 비변사가 열렸고, 출병이 논의되었을 것이다.

"결국 총융청에서 출병을 주도하게 될 텐데. 타 군영에서 군병을 지원받고, 병장기를 정비하고, 또 보급을 마련하려면 빨라야 두 달, 어쩌면 그 이상 걸릴 것입니다."

조선의 군영체계를 소상히 아는 안지경이 자신 있게 답변했다.

"경군이 도착하기 전에 안주를 도모하고 두 달만 버텨주면 북진군이 의주를 공략할 수 있을 겁니다."

우군칙이 홍경래에게 서두를 것을 건의했다.

"정주성에 전령을 보내 선천 공략을 개시하라 하시오. 내친김에 의주까지 진격할지 여부는 김사용 부원수의 판단에 일임하겠소."

우군칙에게 지시를 내린 홍경래가 안지경에게 당부했다.

"자네는 선봉장을 도와 박천 공략에 앞장을 서게."

"소장의 소임은 대원수의 신변을 호위하는 호군입니다."

"누가 나를 해하기라도 한단 말인가! 내 걱정은 말고, 선봉장을 돕게."

"대원수의 명을 따르게. 선봉장은 물불을 가리지 않는 용맹함에 힘이 장사지만 체계적으로 병법을 익히지 못했네. 자네가 곁에 있으면 큰 도움이 될 걸세."

우군칙이 홍경래를 거들고 나섰다. 더 이상 거부할 형국이 아니다. 안지경은 큰 소리로 복명하고 군막을 나섰다.

* * *

"전부 모였습니다."

파총(把摠)이 절도 있는 목소리로 보고했다. 노성집은 고개를 끄덕이고는 환도를 집어 들고 몸을 일으켰다.

총융청 조련장에 이르자 선발된 총수와 사수, 창병들이 오와 열을 맞춰서 서 있었다. 전부 50명에 달했다. 도열한 그들 뒤로 북한산성 자락들이 우람한 산세를 자랑하고 있었다.

노성집은 도열한 군병들의 면면을 살펴보았다. 사흘 만에 소집을 완료했지만, 모두의 얼굴에는 사기가 넘쳐 흘렀고 군기도 엄정했다. 모두들 각 영에서 선발된 정예군병들이다. 노성집은 이들 별동대를 이끌고 먼저 서북으로 달려갈 생각이다.

"언제든지 영이 내려오면 출동할 수 있습니다."

사열하는 노성집의 뒤를 따르는 파총이 자신 있게 말했다.

"수고했다. 곧 출동의 영이 내려올 것이니 그때까지 군병들을 쉬도록 하게."

노성집이 그리 지시를 내리고 총융사 집무실로 향했다. 방으로 들어서자 함께 중군 종사관으로 보임된 김계온과 순무사 종사관 서능보가 기다리고 있었다.

"순무사 영감께 보고해야 하지 않을까요?'

김계온이 조심스럽게 입을 열었다.

"중군 영감에게 귀띔을 드렸으니 그것으로 됐소."

서능보가 대신 대답했다. 노성집은 지금 별동대를 조직해서 토벌군이 정식으로 출병하기에 앞서 현장으로 달려갈 계획이다. 민란 진압은 산불을 잡는 것과 통하는 면이 있다. 불이 사방으로 번지기 전에 신속하게 불을 잡아야 한다. 노성집은 병력과 화포를 확보하는 것보다 시간이 중요하다고 판단하고 위에서 정식으로 군령이 내려오기 전에 별동대를 이끌고 현장으로 달려가기로 한 것이다.

상급 기관인 순무사 종사관이 편을 들고 나서자 김계온은 더 이상 이의를 제기하지 않았다. 직책상 순무영 종사관이 중군 종사관보다 위다.

토벌이 시작되면 순무사 이요헌은 한성에 남아서 지원과 보급을 담당하고 현장 지휘는 중군 박기풍이 맡게 된다. 그리고 서능보는 이요헌을 대리해서 현장에서 토벌군의 진격을 독려하고, 세부 계책을 지시하는 역할을 맡게 된다.

"중군 종사관은 저들의 진격로를 어떻게 내다보고 있소이까?"

노성집이 투구를 벗으며 물었다. 노성집과 김계온이 무과 출신인데 비해서 서능보는 문과 출신이다. 홍문관 교리로 있다가 순무사 종사관이라는 막중한 직책을 맡게 된 것이다. 순무사 이요헌은 서능보가 문신임에도 병법에 밝은 데다 일찍이 평안도 암행어사를 거쳤다는 점을 높이 사서 그에게 중책을 맡겼다.

"계에 따르면 저들은 군을 둘로 나누어 남군이 청천강을 방어선으로 삼아서 토벌군을 저지하는 동안에 북군은 의주를 도모해서 만주의 조선인들과 연계를 꾀하려는 것 같소."

파발들이 숨 가쁘게 한성으로 전해지고 있었다. 서능보는 취합된 정보를 바탕으로 반란군의 진로를 가늠해 보았다.

"하면 북군은 정주와 선천을 도모한 후에 의주로 밀려들 것이고, 남군은 안주와 개천을 공략하려 들겠군요."

노성집이 벽면에 걸려 있는 큰 지도를 보며 중얼거렸다. 서능보가 자신의 생각도 같다는 듯 고개를 끄덕거렸다.

"즉시 선천과 구성에 파발을 보내서 북군을 저지하고, 순천과 성천의 향병을 소집해서 안주와 개천에 원병을 보내라고 해야 할 듯합니다."

노성집은 의견을 전했다.

"마땅히 그리해야 할 것이나 각 고을의 향병들이 얼마나 신속하게 소집되고, 잘 싸워줄지 의문이오."

서능보의 표정이 어두워졌다. 당연히 향병들은 경군에 비해서 기동력과 전력이 크게 떨어진다. 저들이 순무영의 토벌군이 당도할 때까지 반도들의 의주 진격을 막고, 청천강 도강을 저지할 수 있을까. 노성집은 어려울 거란 생각이 들었다.

"저들은 토벌군이 현지에 출동하는데 두 달 이상 걸릴 거라 내다보고 진군 계책을 세운 듯합니다."

김계온이 끼어들었다. 노성집도 같은 생각을 하고 있었다.

"내 생각도 그리하오. 그렇다면 반란군 중에 총융청의 실태와 병법에 대해서 상당히 소상하게 알고 있는 자가 있다고 봐야 할 것이오."

서능보가 고개를 끄덕이며 동의를 표했다. 노성집은 반군 수뇌들의 면모를 떠올려보았다. 평서대원수를 자처하는 홍경래는 묏자리를 보는 지관 출신이라고 했다. 군사 우군칙도 마찬가지다. 그 외에 과거에 낙방한 자들과 현지 잔반들이 반란을 주도하고 있다고 했다. 짐작건대 그들 말고 병법에 밝고 군사(軍事)를 잘 아는 자가 지근에서 홍적을 보필하고 있는 것 같았다.

그자가 누굴까. 아무튼 쉬운 싸움이 아닐 것이다. 팔도에서 들고일어서기 전에 반군을 신속하게 진압해야 하는데 순무영의 주력이 출동하려면 아무리 빨라도 두 달은 걸린다. 그 사이에 반도들은 멋대로 서북을 휘젓고 다니면서 아성(牙城)을 구축할 것이다.

세 사람 모두 입을 굳게 다물었고, 방에 침묵이 흘렀다. 시간과의 싸움에서 진압군이 유리하지 못했다.

"파발이 당도했습니다."

그때 전령이 급히 안으로 들어서며 노성집에게 장계를 전했다. 노성집은 불길한 예감을 떨쳐내며 장계를 펼쳐 들었다.

"……!"

노성집의 얼굴이 창백해졌다.

"무슨 일이오!"

서능보가 다급하게 물었다.

"선천부사 김익순이 역도들에게 투항했다고 합니다."

어떻게 이런 일이. 서능보와 김계온의 얼굴도 백지장으로 변했다. 가산군수 정시는 끝까지 저항하다 장렬하게 순직했다. 선천은 곽산보다 훨씬 큰 고을이다. 그런데 선천부사가 성문을 활짝 열고 역도들을 맞았다니. 민심이 돌아선 것일까. 그렇다면 의주도 장담하지 못한다.

"별동대를 이끌고 이 길로 서북으로 달려가겠습니다. 뒷일은 종사관이 처리해 주십시오!"

노성집은 환도를 집어 들고 휑하니 조련장으로 향했다.

* * *

종종걸음으로 박천의 저잣거리를 오가는 사람들의 얼굴에서 흉흉한 민심이 읽혔다. 난리가 난 것이다. 촌미들이 들고 일었다는데 세상이 뒤바뀔까. 이 기회에 사람답게 살길을 찾을 수 있을까. 괜히 나서다 나중에 토벌대에게 잡혀가서 목이 달아나는 것은 아닐까. 어떻게 해야 하나. 사람들은 서로의 눈치를 살필 뿐, 누구도 쉽게 입을 열지 않았다. 채 피하지 못했던 양반과 토호들은 봉기군에게 끌려 나왔고, 재산을 몰수당했다.

"술 좀 더 내오시오!"

덕재가 호기롭게 주모를 불렀다. 며칠 전까지만 해도 호랑이가 나올 심심산골 광산에서 잠채꾼들을 부리던 자가 하루아침에 봉기군 간부가 되어 박천읍 관아에서 호령하고 있었다. 덕재는 세상이 온통 자기 것 같았다.

"신새벽부터 무슨 술인가. 작작 좀 하게."

마주 앉은 최성태가 핀잔을 주었다.

"이것 가지고 뭘 그러시오. 영변으로 쳐들어갈 때도 내가 선봉을 서겠소."

덕재가 거듭 호기를 부렸다. 광산에 있을 때는 하늘 같은 잠채주였지만 지금은 다 같이 봉기에 가담한 터였다.

"영변은 곽천보다 관병들이 더 많다고 하던데."

동패인 만출이 조심스럽게 입을 열었다.

"많으면 제 놈들이 어쩔 건데, 우리가 쳐들어가면 죄 혼비백산해서 달아나기 바쁠 거야."

덕재는 거칠 게 없었다. 호기를 부리는 수하를 보면서 최성태는 입맛이 썼다. 회합 이후 심기가 영 불편했던 터였다. 우군칙은 물론 홍총각도 자기를 대놓고 무시했는데 수족처럼 부리던 수하들은 같이 놀자고 하고 있었다.

"형님, 왜 그러시오? 무슨 일이 있었소?"

불과 얼마 전까지는 '나리'라고 부르던 덕재가 이제는 대놓고 최성태를 '형님'이라고 불렀다.

"군량미는 차질 없이 올라오고 있소. 안주성에 들어가거든 형님께서 유진장을 맡으셔야지요."

만출이 최성태의 눈치를 살피며 비위를 맞췄다.

"이르다 뿐이겠나. 안주는 평양 이북에서 의주와 더불어 대처 중의 대처 아닌가. 당연히 문벌도 있고, 공도 큰 형님이 유진장을 맡으셔야지."

덕재가 최성태에게 술을 권하며 맞장구를 쳤다. 최성태는 그래도 조상 중에 궁지기를 지낸 사람이 있는 몰락한 양반 가문이다. 비슷한 처지의 김사용, 김창시, 그리고 차한상은 각각 부원수와 북군 군사, 그리고 정주성 유진장을 맡았고, 남군 군사 우군칙과 북군 선봉장 이제초는 아무리 봐도 자신보다 훨씬 못한 자들이다. 그런데 그들도 모두 굵직한 자리를 꿰차고 있는데 나는 꼴이 뭐란 말인가. 도총을 맡은 상민 출신 이희저 밑에서 군량미를 나르는 일이나 하고 있지 않은가.

안주는 정3품 목사(牧使)가 다스리는 큰 고을이다. 정3품이면 당상관이다. 내가 당상관에 오른단 말이지. 몰락한 양반 최성태는 옥관자를 두른 모습을 상상하기만 해도 가슴이 벌렁벌렁 뛰었다. 잘하면 개국공신에 버금가는 영예를 누릴 것이다.

"우리를 잊으시면 안 됩니다. 나리."

최성태가 흐뭇해하자 덕재가 적당히 추임새를 넣었다.

"내가 어찌 자네들의 공을 잊을 수 있겠나."

최성태는 벌써 안주 유진장이 된 듯 호기롭게 두 심복 덕재와 만출에게 술을 권했다.

"여기 계셨군요."

광산의 살림을 관장하던 자가 주막으로 들어섰다.

"군량미는 차질없이 전달했습니다."

"수고했다."

최성태가 고개를 끄덕이고 술잔을 건넸다.

"그런데 본영에서 나리께 박천읍 유진장을 맡길 거란 말을 들었습니다."

박천읍이라니? 이게 무슨 소리인가. 내가 왜 박천읍을? 최성태의 얼굴이 일시에 일그러졌다. 박천은 안주에 비해서 훨씬 작은 고을이다.

"하면 안주성은 누가 맡는다고 하던가?"

최성태가 서둘러 물었다.

"선봉장이나 도총에게 유진장을 맡길 거란 말을 들었습니다."

선봉장이라면 홍총각이고 도총이면 이희저다. 일자무식의 떠꺼머리 홍총각은 말할 것도 없고, 장사꾼 이희저를 안주목 유진장에 앉히겠다니. 최성태는 부아가 치밀었다.

"말도 안 되는 소리! 나리가 있는데 어떻게 홍총각 따위가! 저들끼리 다 해 먹자는 수작 아닙니까!"

덕재가 흥분해서 소리쳤다.

"우리가 시키는 대로 고분고분 따르니까 나리를 우습게 본 겁니다."

만출이도 덩달아 흥분했다.

"조용히 해!"

최성태가 이를 갈며 몸을 일으켰다. 도저히 이대로 그냥 넘어갈 수 없는 일이다.

* * *

방어사를 겸하고 있는 안주목사는 잔뜩 긴장했다. 순무영 중군이 현장 시찰에 나선 것이다. 본대가 도착하면 그는 토포사가 되어 안주목은 물론 개천과 순천 일대의 군병들을 휘하에 거느리게 된다.

"성민들의 동태는 어떻습니까?"

안주성에 오른 노성집은 도도히 흐르는 청천강을 내려다보며 물었다.

"동요하는 자들이 일부 있지만 대부분 관아의 지시를 잘 따르고 있소."

뭔가 꼬투리라도 잡히면 문책을 당할 수 있다. 품계는 높지만 상황이 상황인지라 안주목사는 안절부절못했다.

"역도들이 청천강을 건너려 할 텐데 안주 관병들이 막아낼 수 있다고 보십니까?"

"최선을 다해서 저지하겠지만 하루속히 경군이 도착했으면 하는 게 솔직한 심정이오."

안주목사가 한숨을 내쉬었다. 봉기의 소식은 안주성에도 전해졌다. 성민들도 가산과 박천이 떨어졌다는 사실을 알고 있을 것이다. 영변도 위태롭다고 했다. 성은 안에서부터 무너진다고 했다. 성민들이 동요하면 지키기 힘들다. 역도들은 청천강을 건너려고 하는데 경군은 두 달 후에나 도착한다고 한다. 청천강 방어선이 뚫리면 안주와 개천도 위태롭고 순천과 성천도 장담할 수 없다. 그다음은 평양이다. 그러니 무슨 수를 써서라도 역도들이 청천강을 넘지 못하게 해야 한다.

"북쪽은 어떻습니까?"

"정주와 선천이 넘어갔고, 태천과 구성도 위태롭다고 하오."

그다음은 의주를 공략하려 할 것이다. 노성집은 서둘러야겠다고 생각했다.

"곧 순무영 병사들이 증파될 것입니다. 그때까지 성민들을 잘 위무이고, 성병(城兵)들의 사기가 떨어지는 일이 없도록 잘 다독여 주십시오. 행여 역도들에게 동조하려는 자가 있거든 가차 없이 참형에 처해서 군율의 엄정함을 보여야 합니다. 소장은 변복을 하고 강을 건너 적정을 직접 살펴보겠습니다."

노성집은 어떻게 해서든 시간을 끌어야겠다고 판단했다. 단신으로 적진으로 뛰어들겠다는 말에 노성집을 수행하고 안주성에 온 두 파총의 얼굴이 창백해졌다. 목숨을 잃을지도 모르는 위험한 행보였다. 그렇지만 당혹감은 오래가지 않았다.

"소장들도 토포사를 따르겠습니다."

"시간이 없으니 서둘러야 한다. 환도를 잘 숨기도록."

두 파총 모두 눈썰미가 날카롭고 무예가 뛰어난 자들이다. 적정 탐색이 일차 목표지만 노성집은 기회가 닿으면 소란을 일으켜 역도들의 사기를 떨어뜨릴 생각이다.

* * *

의주에서 한양에 이르는 길목에 자리한 정주는 교통이 사통팔달한 데다 물산도 풍부하고 거기에 더해서 북에는 적유령산맥, 남에는 청천강이라는 천혜의 지형 조건을 갖추고 있다. 유사시 서북 지역을 방어하는 거점으로 최적의 조건을 갖춘 정주성을 봉기군이 장악했다는 것은 커다란 의미를 지닌다.

차한상이 들어서자 김창시가 반갑게 맞았다.

"부원수께서 기다리고 계십니다."

정주 유진장을 맡은 차한상은 선천을 접수하고 돌아온 부원수 김사용에게 성내의 민심을 전하기 위해서 뵙기를 청했던 것이다. 안으로 들어서자 북진군 총사령 김사용 부원수가 군사 김창시와 함께 뭔가를 숙의하고 있었다. 선봉장 이제초는 선천에 남아서 차후를 대비하고 있었다.

"성민들의 동향이 어떻소?"

김사용이 물었다.

"대체로 우리를 반기고 있는데 특히 만상(灣商)과 토호들이 우호적으로 돌아섰습니다."

청나라와의 교역을 통해서 많은 재물을 모았지만 제대로 대우를 받지 못하고 있는 만상들과 대대로 차별을 받으면서 출세에서 배제된 서북토호들은 쌍수를 들고 봉기군을 환영했다. 그렇지만 촌민이 주를 이루는 소작농과 영세자작농, 성내의 빈민들은 아직도 일정한 거리를 두면서 불안한 눈으로 봉기군을 지켜보고 있었다. 선불리 나섰다가는 나중에 화를 부를 수도 있는 상황이다. 불안해하는 백성들을 속히 적극 동조세력으로 끌어들여서 뿌리를 든든히 해야 한다.

"선천방어사가 투항했다는 것은 상서로운 징조가 아니겠소."

김창시가 입을 열었다. 선비 출신으로 여러 차례 과거에 낙방했던 김창시는 여러모로 차한상과 맞는 사람이다. 정주성의 전진기지에 해당하는 선천은 북변을 방어하는 주요 군사거점이다. 그리고 선천부사 김익순은 세도를 누리고 있는 안동 김씨의 인척이다. 그런 선천이 순순히 투항했다는 것은 작은 의미가 아니다.

"남진군이 버텨만 준다면 내친김에 의주로 쳐들어갔으면 좋겠는데."

김사용이 큰 목소리로 자신감을 드러냈다.

"안주성을 차지하면 경군이 도착한다고 해도 상당 기간 동안 막아낼 수 있을 겁니다. 그 전에 의주를 도모해야 합니다."

나름 한성 소식에 밝은 김창시가 낙관적인 견해를 펼쳤다. 그러나 차한상은 두 사람처럼 표정이 밝지 못했다. 걸리는 게 있었던 것이다. 김사용은 전령을 불러 홍경래에게 보낼 문건을 전했고, 차한상은 예를 표한 후에 방을 나섰다.

"차 진사!"

부르는 소리에 돌아보니 김창시가 따라 나오고 있었다.

"뭔가 마음속에 품고 있는 말이 있는 것 같소."

"호사다마라고 할까. 어쩌면 늙은이의 노파심일 수도 있겠지요."

차한상이 김창시와 보조를 나란히 하며 말문을 열었다. 거리로 나서자 성민들이 굳은 표정으로 걸음을 재촉하고 있었다. 얼굴에는 불안의 그림자가 가득했다.

"나는 저들의 표정이 봉기군의 앞날을 예견하고 있다고 생각합니다."

차한상이 차분한 어조로 말을 이었다.

"성민들의 표정이라면…… 불안해하면서도 뭔가 희망을 찾고 있는 듯한 표정은 창졸간에 변혁을 맞이하게 된 백성들에게는 당연한 것 아니겠소."

"맞는 말씀이오. 하면 김 진사는 왜 저들이 불안해하는지 생각해보셨소?"

"그야 한양에서 토벌군이 몰려올 테니 당연히 불안해하지 않겠소?"

"거사가 실패로 돌아갈 거라 보고 있다면 저들은 애초부터 우리에게 거리를 두었을 겁니다. 그런데 성민들은 우리를 적대시하지는 않고 있지 않습니까."

"하면 차 진사가 하고 싶은 말씀은 무엇이오?"

김창시가 심각한 얼굴로 물었다.

"새 술은 새 부대에. 새로운 세상을 열려면 그에 걸맞은 새로운 사상과 체제, 제도가 필요한데 우리에게는 그게 부족한 것 같소. 조선왕조는 400년에 걸쳐 깊은 뿌리를 내리고 있소. 성 몇 개 공략하고, 서북면을 차지했다고 해서 무너지지는 않지요. 서둘러 의주를 공략하고 안주를 차지하는 것도 중요하지만 정주에 튼실한 근거지를 마련하고 시일을 두고서 조선 팔도에 새로운 세상을 열 혁명정신을 고취시키는 일이 시급하다고 보고 있소. 그런데 평서대원수와 부원수는 초전의 승리에 고무되어 너무 서두르고 있는 게 아닌가 걱정이 됩니다."

어느새 차한상은 상기된 얼굴로 열을 올리고 있었다.

"하긴…… 그런데 차 진사는 대원수가 새 왕조를 열고 보위에 오를 생각을 가지고 있다고 보고 계시오?"

김창시가 심각한 표정으로 물었다. 그와 관련해서 홍경래 대원수는 특별히 언급을 한 적이 없었다. 김창시와 차한상은 양반 출신이고 봉기군에서 식자층에 속하는 사람이다. 무엇이 시급하고 중한지에 대해서 여타의 수뇌부들과 생각하는 게 달랐다.

"솔직히 나도 그게 궁금한데…… 아무튼 대강을 분명히 해서 불안해하는 백성들을 위무해야 할 것이오."

차한상이 고뇌 가득한 얼굴로 말을 이었다.

"백성들은 행여 우리가 조정의 사대부를 대신하려는 걸까 의심의 눈초리를 거두지 않고 있소. 행여 그리된다면 백성들은 목숨을 내걸고 우리 편에 설 이유가 없지요. 그러니 그들에게 새로운 세상의 확신을 심어주어서 속히 우리 편으로 끌어들여야 합니다."

안주성을 돌며 민심을 가까이서 살폈던 차한상은 정확하게 민심을 읽고 있었다.

"차 진사의 말씀에 틀린 게 없소만 거사는 저들이 일으켰고, 우리는 옆에서 도울 뿐인데. 하면 차 진사에게 좋은 복안이라도 있소?"

김창시가 한숨을 내쉬며 물었다. 깊이 따질 겨를도 없이 봉기는 들불처럼 번졌다. 그리고 지금 수뇌부는 승리에 고취되어 있다.

백성을 위한 나라가 되어야 한다는 말이 차한장의 입안에서 맴돌았다. 부정할 사람 아무도 없을 당위성을 지니고 있지만 따지고 보면 공허한 언사일 뿐이다. 세상에 위민(爲民)을 표방하지 않는 나라는 없다.

하면 어떻게…… 하지만 안타깝게도 그 이상 떠오르는 게 없었다.

"당장은 장기 농성전에 들어갈 경우를 대비해서 정주성 성민들을 잘 다독일 생각이오. 나머지는 하늘의 뜻에 맡기는 수밖에.”

차한상은 한계를 느끼며 몸을 일으켰다.

“스승님.”

유진소에 이르자 이격이 다가왔다.

“면밀히 살펴본 바, 특별히 눈에 띄는 자는 없었습니다.”

이격이 늠름한 자세로 보고했다. 차한상은 토벌대에서 간자(間者)를 보낼 것이라 보고 이격에게 은밀한 지시를 내려놓고 있었다.

“간자가 성민들 틈에 섞여서 선동을 하면 민심이 흉흉해질 것이네. 그런 일이 없어야 하네. 안 호군이 내게 단단히 부탁을 했네.”

안지경은 장기 농성전을 내다보고 차한상에게 이간책에 대비할 것을 당부했던 것이다.

하면 이 일이 안지경의 당부에 의한 것인가. 차한상으로부터 신임을 얻었다고 한껏 고조되어 있던 이격은 씁쓸한 기분을 떨쳐버릴 수 없었다.

* * *

장사꾼 차림으로 변복을 하고서 박천성에 잠입한 노성집과 심복 파총 2인은 저자 주막으로 들어섰다. 성내에는 터질 듯 긴박감이 흘렀고, 거리를 오가는 사람들의 눈에 핏발이 서 있었다. 하루아침에 세상이 뒤바뀐 것이다. 봉기군에 적극 가담한 자나, 그렇지 않은 자나 모두 불안한 나날을 보내고 있었다.

“어디서 오는 분들이슈?”

주모가 주안상을 들고 세 사람에게 다가왔다.

"태천에서 오는 길이오. 시세가 맞으면 인삼을 사들일 생각이오."

노성집이 그렇게 둘러댔다.

"태평한 양반들이군. 지금이 어떤 때인데 한가하게 인삼 타령을 하고 있소. 자칫 목이 달아날 판인데."

"백성들이 들고일어났다는 사실은 우리도 알고 있소. 하지만 우리가 무슨 잘못이 있다고 누가 우리 목을 날린다는 것이오?"

"호군들이 간자를 색출한다고 눈에 불을 켜고 저자를 뒤지고 있소. 괜히 그들 눈에 띄었다가 경치지 말고 속히 성을 빠져나가시오."

주모는 제법 생각해주는 듯 그 말을 남기고 휑하니 다른 손님에게 달려갔다. 토벌대에서 이간책을 쓸 것을 내다보고 있었단 말인가. 역시 병법에 밝은 자가 홍적의 주위에 있는 것 같았다. 노성집이 어떻게 할까 고심을 하는데 제법 행색을 갖춘 남자 셋이 거드름을 피우며 주막으로 들어섰다. 주모가 반색을 하며 달려가는 걸로 봐서 굵직한 손님 같았다.

"어떻게 되었습니까?"

자리를 잡자 덕재가 최성태를 재촉했다.

"영변을 그냥 지나칠 수 없다고 하네. 배후가 불안하다고 하면서."

최성태가 고개를 설레설레 흔들었다.

"군량미를 영변까지 운송하려면 서둘러서 출발시켜야겠군요."

"이 사람아, 지금 그게 문제인가!"

덕재가 군량미 운송을 걱정하는 만출을 보며 핀잔을 주었다.

"우리는 어떻게 되는 겁니까? 하면 안주 유진장은 물 건너간 겁니까?"

덕재가 따지듯 물었다.

"시끄럽다! 물 건너가기는 왜 물 건너 가!"

최성태가 얼굴이 벌게져서 술을 단숨에 들이켰다. 분노가 치밀었던 것이다. 대체 내가 이희저, 차한상만 못한 게 뭐가 있냐 말이냐. 그자들은 굵직한 자리를 차지한 마당에 나는 여전히 군량미나 나르고 있는 신세다. 안주 유진장은 절대로 양보 못 한다. 반드시 안주 입성에 공을 세워서 그 자리를 꿰찰 것이다. 최성태는 이를 갈았다.

저들이 지금 무슨 말을 하고 있는가. 옆자리에서 술잔을 기울이고 있던 노성집은 귀가 번쩍 띄었다. 두 심복 파총들도 마찬가지다.

"대원수를 찾아가서 단단히 따지겠다!"

최성태가 두 심복들에게 큰소리를 쳤다.

"당연히 그러셔야죠. 형님이 댄 군자금이 얼마인데, 대원수도 모른 체하지 못할 겁니다!"

덕재가 맞장구를 쳤다.

"행여 대원수가 끝까지 모른 체하면 어떻게 합니까? 솔직히 봉기가 성공한다는 보장도 없지 않습니까? 자칫 양쪽에서 쫓기는 신세가 되지 않을까 걱정입니다."

만출이 볼멘소리를 했다.

"하긴 만출이 말도 일리가 있습니다. 대원수가 끝까지 우리를 무시한다면 차라리…… 차라리 대원수의 목을 들고 관에 투항하는 게 낫지 않겠습니까?"

"쉬!"

최성태가 급히 두 사람을 만류했다. 호군 안지경이 주막으로 들어서는 것을 본 것이다. 안지경은 주막을 힐끗 둘러보고 자리에 앉았다.

최성태의 표정이 일그러졌다. 대원수가 자신을 탐탁지 않게 여기자 일개 호군도 자기를 우습게 보고 있다는 생각이 든 것이다.

노성집은 얼른 고개를 숙였다. 여기서 저자와 마주치게 될 줄이야. 혹시 했는데 역시 저자가 홍적을 지근에서 보필하고 있었던 것이다. 자신에게 처음으로 패배의 아픔을 맛보게 했던 자. 신유년 박해 때 도성에서 쫓겨났던 자가 반군이 되어 눈앞에 나타난 것이다.

안지경은 본능적으로 구석에서 술을 마시고 있는 세 남자에게 신경이 쓰였다. 장사꾼 복색이지만 본능적으로 경계심이 일었던 것이다. 걸상에 걸터앉아 있지만 자세가 빈틈이 없었다. 무예를 익힌 자들이 분명했다. 어쩌면 허리춤에 칼을 숨기고 있을지도 모른다. 안지경은 기찰을 할 요량으로 세 사람에게 다가갔다.

안기경이 다가오자 노성집은 긴장이 되었다. 어떻게 해야 하나. 모른 체하고 앉아 있는다고 그냥 넘어갈 상황이 아닌 것 같았다. 두 파총도 바짝 긴장해서 여차하면 환도를 뽑아 들 요량으로 슬그머니 손을 뻗었다.

"이보, 호군!"

노성집이 여차하며 칼을 뽑아 들려고 하는데 최성태가 안지경을 불렀다. 갑자기 최성태가 부르는 바람에 노성집에게 다가가던 안지경이 멈칫했다.

"왜 그러십니까?"

안지경이 못마땅한 표정을 지었다. 영변 공략을 눈앞에 둔 마당에 군량을 담당한 사람이 대낮부터 주막에서 술을 푸고 있다니.

"지금 대원수께서 본영에 계신가? 내 긴히 건의할 게 있네."

"무슨 일인데 그러십니까?"

"대원수에게 긴히 올릴 건의가 있다고 했네! 일개 호군에게 일일이 내용까지 알려야 한단 말인가!"

최성태가 버럭 소리를 지르고 몸을 일으켰다. 대작을 하던 두 수하가 휑하니 그를 따라 나갔다. 저 사람이 갑자기 왜 저러나. 대체 이제 와서 무슨 긴한 건의를 한다는 것인가. 안지경은 씩씩거리며 걸음을 재촉하는 최성태를 어이없는 표정으로 쳐다보았다.

"……?"

그사이에 세 남자가 자취를 감추었다. 안지경은 몸을 날렸다. 멀리 가지 못했을 것이다. 성내 골목길을 구석구석 알고 있는 안지경은 쫓아갈 자신이 있었다. 역시 그 셋은 간자였구나. 누굴까. 힐끗힐끗 자신을 살피던 눈매가 왠지 낯설지 않았다. 그런데 대원수 곁을 비워도 괜찮을까. 대원수에게 달려가던 최성태의 태도가 심상치 않았다. 더구나 광산에서 데리고 있던 장사 둘이 따르고 있었다. 망설이던 안지경은 걸음을 돌렸다. 간자를 잡는 것도 중요하지만 지금은 대원수 호위가 우선이다.

* * *

영변성도를 살피고 있던 홍경래는 씩씩거리며 들어서는 최성태를 보고 상을 찌푸렸다. 대사를 앞두고 대낮부터 술 냄새를 풍기다니.

"무슨 일이오?"

"토벌군이 몰려오기 전에 신속하게 안주를 공략해야 합니다. 수성(守成)을 하려면 성민들을 적절히 위무해야 합니다."

안주 유진장을 자기에게 맡겨 달라는 말을 에둘러 하는 최성태를 보며 홍경래는 못마땅한 표정을 감추지 않았다.

"그 문제는 군사와 상의를 끝냈으니 그리 알고 물러가시오!"

홍경래가 우군칙을 돌아본 후에 근엄한 표정으로 불가를 통보했다.

"당신에게는 영변 유진장을 맡길 테니 영변읍민들을 잘 위무하시오."

"하면 안주성은 누구에게 맡길 요량이십니까?"

최성태가 따지듯 물었다.

"도총이 겸직하게 될 것이오."

홍경래가 이희저에게 안주성을 맡기겠다고 분명히 하자 최성태가 못내 발악을 했다.

"홀대가 심하시오. 내가 이희저, 차한상 따위에 비해서 못한 게 뭐가 있습니까! 내게 안주성을 맡겨주십시오."

"이 자가! 지금 대원수의 영을 거역하겠다는 것인가!"

우군칙이 목소리를 높였다.

"당장 물러가지 않으면 호군을 불러 포박하겠소!"

우군칙이 눈을 부라리며 최성태를 압박했다.

"닥치시오! 군자금과 군량미를 꼬박꼬박 받아먹고서 이제 와서 이런 식으로 날 내치겠다는 것이오!"

진작부터 근본도 없는 지관이 군사라고 거들먹거리는 꼴이 아니꼬왔던 최성태는 거침없이 쏘아붙였다.

"호군! 호군!"

우군칙이 큰 소리로 호군을 불렀다.

"감히 대원수의 영을 거역하려 하다니. 일벌백계로 군령의 지엄함을 보여주겠다!"

그런데 장막을 박차고 들어온 것은 호군이 아니고 최성태의 심복들이었다. 덕재와 만출의 손에는 칼이 들려 있었다.

"뭐냐! 물러가지 못할까!"

우군칙이 호통을 쳤지만 덕재와 만출은 아랑곳 않고 홍경래에게 달려가서 칼을 휘둘렀다.

"악!"

창졸간에 기습을 당한 홍경래가 비명을 지르며 뒤로 물러섰다. 어깨를 베인 것이다. 피를 보자 덕재와 만출은 더욱 흥분했다. 빼든 칼이다. 끝장을 봐야 한다. 두 심복은 살기등등해서 홍경래에게 다가갔다.

"이놈들!"

그때 호통 소리와 함께 안지경이 군막 안으로 뛰어들었다. 칼바람이 일면서 덕재가 비명을 지르고 쓰러졌다. 상황이 불리하다고 판단한 최성태와 만출은 줄행랑을 놓았다.

"게 섰거라!"

안지경이 호통을 치며 뒤를 따랐다. 좁은 박천 읍내에서 달아나

봐야 멀리 가지 못할 것이다.

최성태는 죽을힘을 다해 내달렸다. 홍경래의 목을 베게 되었는데 갑자기 호군이 나타난 것이다. 제법 한다하는 덕재를 단숨에 제압해 버릴 만큼 무예에 능한 자다.

"내가 상대하겠소."

만출이 인상을 쓰며 길을 가로막고 섰다. 단짝 덕재가 피를 흘리며 쓰러지는 것을 보고 눈이 뒤집혔던 것이다. 완력이라면 누구에게도 뒤지지 않는다고 자신하고 있었다. 그러나 만출은 애초부터 안지경의 상대가 되지 못했다. 채 이합을 겨루기 전에 만출의 손에서 칼이 떨어져 나갔다. 그 사이에 최성태는 저만치 달아나고 있었다. 빨리 최성태를 잡아야 한다. 안지경은 날 듯 최성태의 뒤를 쫓아갔다.

이대로 잡히는 건가. 도저히 빠져나올 길이 없을 것 같았다.

"헉!"

골목을 돌아서는 순간 강한 힘이 최성태를 잡아끌었다. 놀라서 살펴보니 빈집 헛간이었다.

"쉿!"

건장한 남자가 최성태에게 조용히 할 것을 일렀다. 곧이어 안지경이 숨을 헐떡이며 쫓아오는 소리가 들렸고, 동패가 밖으로 뛰어나가며 안지경의 시선을 끌었다. 색출이 시작되기 전에 여기를 빠져나가야 한다.

"빨리 피신해야 하오."

노성집이 최성태의 소매를 잡아끌었다. 파총이 안지경을 유인하고 있지만 오래가지 못할 것이다.

"뉘시오?"
최성태가 하얗게 질려서 물었다.
"당신을 도우려는 사람이니 아무 말 말고 따라오시오."
노성집이 윽박질렀다.

* * *

갑자기 상대의 몸놀림이 날래졌다. 날이 어두워서 확실한 것은 파악되지 않지만 아무래도 다른 사람 같았다. 그렇다면…… 아마 골목을 돌아설 때 사람이 바뀐 것 같았다. 최성태는 이미 멀리 달아났을 것이다. 그렇다면 속히 대원수에게 가봐야 한다. 대원수의 신변을 지키는 것이 호군의 임무다. 그런데 어쩌다 대원수가 한 편의 칼에 맞는 일이 발생했단 말인가. 안지경은 통탄을 금할 길이 없었다.
"어찌 되었는가?"
홍경래가 어깨를 부여잡고 물었다. 다행히 생명에는 지장이 없는 듯했다.
"그만 놓쳤습니다. 동패가 있는 것 같습니다. 송구스럽습니다. 소임을 다하지 못했습니다."
안지경이 고개를 떨구고 사죄했다.
"이미 지나간 일이다. 요행히 상처가 깊지 않으니 너무 괘념치 말거라."
홍경래가 대죄를 하려는 안지경을 위로했다.
"대원수께서 피습을 당했다는 소문이 돌면 군병들의 사기가 떨어질 것입니다. 외부로 퍼져나가는 일이 없도록 단단히 단속하고 진영을 재정비할 때까지 영변 진격을 잠시 멈추는 게 좋겠습니다."

우군칙이 심각한 표정으로 입을 열었다. 안지경은 생각에 잠겼다. 짐작건대 주막에서 마주쳤던 수상한 자들은 정탐을 나온 관병일 텐데 어쩌면 그들이 최성태의 도주를 도왔을지 모른다. 그렇다면 저들은 대원수가 피습당했다는 사실을 알 것이다.

토벌대의 움직임이 예상보다 빠른 듯했다. 병서에 이르기를 이럴 때는 적이 채 자리잡기 전에 선제공격으로 기습의 효를 노려야 한다.

"영변 공략은 일단 미루고 대원수께서는 다복동으로 옮겨서 몸을 돌보시다가 연후에 청천강을 건널 때 앞에서 평서군을 이끄는 게 좋겠습니다."

그런데 우군칙은 안지경과 다른 생각을 하고 있었다. 속전을 주장하려던 안지경은 괴로워하는 홍경래를 보면서 선뜻 입을 열지 못했다. 하긴 북진군과도 보조를 맞추어야 하니 갑작스레 공격 일정을 바꾸는 것은 쉽지 않을 것이다.

"그리하오."

홍경래도 같은 생각을 했는지 순순히 승낙했다.

* * *

싸고 싼 사향도 밖으로 퍼져나간다고 대원수가 변을 당했다는 소문이 돌면서 봉기군 진영은 술렁였고, 음울한 기운이 감도는 가운데 4일이 지나갔다.

"영변으로 간다!"

대원수를 대신해서 군사 우군칙이 명령을 내렸다. 평서군은 영변을 향해 진격했다. 영변을 칠 수 있을까. 안지경은 자신이 없었다. 가산을 접수하고, 박천을 점령했지만 사실 여태 싸움다운 싸움을 한 적이 없었다. 봉기병의 기세에 놀란 관헌들이 싸울 생각을 하지 않고 줄행랑을 놓으면서 손쉽게 장악했던 터였다. 하지만 영변은 다르다. 어쩌면 토벌군 선발대가 들어왔을지도 모른다. 안지경은 홍경래를 따라가는 대신에 우군칙을 도와서 영변 공략의 선봉을 맡기로 했다.

짐작대로 영변성은 성문을 굳게 걸어 잠그고 악착스레 저항했다. 시간을 끌면 원병이 도착할 것이다. 엊그제까지 농부와 광부였던 봉기병들이 활을 제대로 쏘지도 못하고, 전술을 제대로 구사할 리 없었다. 함성을 지르며 몰려갔다가 관군이 화살을 날리면 맥없이 퇴각하기 일쑤였다. 시간은 관군 편이다. 안지경은 허송한 4일이 너무 아까웠다.

"안주성으로 방향을 돌리는 게 어떻겠나?"

우군칙이 안지경의 의견을 물었다. 차라리 속전속결로 청천강을 건넜다면 관군이 우왕좌왕하는 틈에 안주성을 점령했을지도 모른다. 하지만 그사이에 관병은 전열을 정비했을 것이다. 어쩌면 순천과 개천에서 지원병이 도착했을 지도 모른다. 더 꾸물대다가는 한성을 출발한 경군도 합류할 것이다.

"영변을 도모한 후에 북진군이 의주를 도모할 때까지 청천강을 지키는 게 좋을 듯합니다."

안지경이 현실적인 안을 제시했다.

"하지만 영변성이 예상외로 굳건하니 무슨 수로 공략을 한단 말인가?"

우군칙의 표정이 어두웠다.

"서두른다고 될 일이 아닙니다. 전열을 재정비하고서 공성방략을 마련해보겠습니다."

안지경은 풀이 죽은 우군칙을 위로했다.

* * *

"영변 성민들을 전부 모으고 개천과 순천에서 달려온 군사까지 합치면 2천 명은 될 듯합니다."

점검을 마치고 돌아온 파총이 노성집에게 보고했다. 반군의 숫자는 1천명이 조금 넘는다고 했다. 그렇다면 병력에서는 밀리지 않는다. 오합지졸이기는 피차 마찬가지다. 총융청의 정병들이 오면 어렵지 않게 토벌할 수 있을 것이다. 하지만 시간이 문제다. 그 사이에 저들이 청천강을 건너면 안주, 순천에 이어서 평양도 위험하다.

시간을 끌면 호남, 영남에도 봉기의 불길이 번질지 모른다. 당장 영변 성민들 중에도 심정으로 저들에게 동조하는 자들이 적지 않다. 여하히 토벌대가 도착할 때까지 시간을 벌 것인가. 지금까지는 그럭저럭 잘 버텼다. 하지만 초전에 기선을 제압하지 못하면 반군에 가세하는 백성들이 늘어날 것이다.

"훈련도감과 어영청에서 보낸 지원군 일부가 모레 안주에 당도할 거라고 합니다."

순천을 다녀온 유 파총이 희소식을 전했다. 희소식은 하나 더 있었다. 평양감영에서 착호군(捉虎軍)을 급파해준 것이다. 호랑이를 잡는 포수들로 구성된 착호군은 조선 최강의 부대로 꼽히고 있었다.

"지원군이 오는 대로 강을 건너 박천으로 진격한다."

노성집은 선제공격을 하기로 했다.

* * *

수차례의 공격에도 영변이 무너지지 않자 봉기군의 사기가 많이 떨어졌다. 성문을 굳게 닫고 지키자 공성전 경험이 없는 봉기군들로서는 속수무책이었다. 하물며 대원수가 부상으로 전열에서 이탈한 상황이다. 어떻게 할 것인가. 군사 우군칙과 선봉장 홍총각, 안지경은 머리를 맞대고 방안을 찾아봤지만 뾰족한 수가 떠오르지 않았다. 그러나 그런 고심을 더 할 필요가 없게 되었다.

"관군이 강을 건넜습니다!"

정탐병이 다급한 소식을 전했다. 하면 저들이 벌써 반격에 나섰단 말인가. 그 사이에 지원군이 도착했단 말인가. 일순 남진군 수뇌부에 긴장감이 감돌았다. 정탐병은 적의 병력이 천여 명에 이른다고 전했다. 그렇다면 병력에서는 비등하다.

"순천과 개천에서 지원병이 도착한 것 같습니다. 어쩌면 경군의 선발대도 일부 합류했을지 모릅니다."

안지경은 상황이 간단치 않음을 경고했다. 차라리 영변을 놔두고 강을 건널 걸 하는 후회도 일었다.

"어찌하면 좋겠소?"

우군칙이 물었다. 격돌을 할 것인가. 아니면 일단 정주성으로 회군해서 대원수의 명을 기다릴 것인가.

"까짓거, 까부수지요. 이번 기회에 안주까지 밀고 내려갑시다!"

홍총각이 전의를 불태웠다. 들에서 정면 격돌하면 승산이 있을까. 안지경은 반반이라고 봤다. 사기는 여전히 봉기군 쪽이 높다. 그리고 성민들이 계속해서 봉기군에 합류하고 있다. 병농일치의 진관체제(鎭管體制)에서는 관군이라고 해야 봉기병들과 별반 다를 게 없다. 문제는 경군이 얼마나 있냐는 것인데…… 안지경은 생각에 잠겼다.

"여기서 싸워보지도 않고 후퇴하면 봉기군의 사기가 땅에 떨어지고, 의주 공략을 앞둔 북진군에도 영향을 미칠 겁니다."

홍총각이 거듭 강공책을 주장했다. 딴에 일리가 있는 말이다. 안지경이 고개를 끄덕이며 동의했다.

"하면 병력을 송림으로 이동시키겠소."

우군칙이 결정을 내렸다. 평지전으로 승부를 걸기로 한 것이다.

* * *

드넓은 박천 송림 벌판에 양군이 각양 군기를 펄럭이며 대치했다. 정탐의 보고대로 관병은 1천여 명에 이르는 것 같았다. 군기로 봐서 중앙은 훈련도감, 좌우는 어영청에서 급파된 소수의 군병, 후방은 안주와 순천, 개천의 향병들이 포진하고 있을 것이다.

정면충돌, 그것도 중앙에서 급파된 관병을 상대로 싸우게 되자 봉기군들은 잔뜩 긴장했다.

"가자!"

선봉장 홍총각이 기세 좋게 호령하며 앞장을 섰다. 세가 비슷할 때는 누가 기선을 제압하느냐에 따라 승패가 결정된다. 봉기병들은 함성을 지르며 홍총각의 뒤를 따랐다. 안지경은 그들 틈에 섞여서 적진을 향해 돌진했다. 화살이 날아들었지만, 시위를 당기는 훈련도 제대로 받은 적이 없는 자들이 날리는 화살이다.

정면충돌은 편을 지어서 서로 밀고 밀리면서 기에서 밀리는 쪽이 패하는 걸로 승패가 결정된다. 뒤엉켜 각자를 상대로 생사를 결하는 싸움은 승부가 결정된 후에 패잔병을 토벌할 때나 벌어진다. 근접한 봉기병과 관병들은 서로 장창을 내지르며 일 보 전진, 일 보 후퇴를 거듭했다. 막상 싸움이 붙자 도성에서 급파된 훈련도감 군병들도 지방 향병과 별반 다를 게 없었다. 그만큼 조정은 썩어 있었고 군율은 엉망이었다.

안지경은 전진과 후퇴를 거듭하면서 승세를 잡을 기회를 엿보았다. 이럴 때는 적장과 일대일로 상대해서 베어버리면 사기가 크게 올라간다.

"……!"

안지경은 훈련도감 군병들을 지휘하고 있는 노성집을 발견하고 가슴이 철렁했다. 역시 저자가 출동했구나. 총융청 천총으로 승차했다는 소식은 들었다. 안지경은 더 생각하지 않고 성큼 전열의 앞에 나섰다. 안지경이 환도를 뽑아 들고 노려보자 그 기세에 겁을 먹은 훈련도감 군병들이 슬금슬금 물러섰다. 그리고 예상했던 대로 노성집이 칼을 뽑아들고 앞으로 나섰다. 양 진영의 선봉장들끼리 한판 승부를 벌이기로 한 것이다.

상대를 알아본 두 사람은 날카로운 시선을 교환했다. 무과 전시(殿試)에서 마주친 이후 다시 격돌하게 된 것이다. 두 사람 다 무예에 일가견이 있다. 한 치의 빈틈이 승부를 결하게 될 것이다. 안지경은 진전견적세(進前見賊勢)를 취하면서 조금씩 거리를 좁혀갔다. 노성집은 살적세(殺賊勢)로 맞섰다.

대적은 오래가지 않았다. 피차간에 상대를 잘 알고 있었기 때문이다.

“쉿!”

바람을 가르는 소리와 함께 노성집의 칼이 안지경의 허리를 노리고 달려들었다. 안지경은 노성집의 일격을 막아내면서 재빨리 향전살적세(向前殺賊勢)로 전환했다. 노성집이 금계독립세(金鷄獨立勢)로 전환할 거라 예측한 것이다. 예측대로 노성집은 칼을 어깨 위로 올리면서 두 다리 사이의 간격을 넓게 벌렸다. 노성집이 금계독립세로 전환하는 것을 확인하는 순간, 안지경은 틈을 주지 않고 팔을 앞으로 죽 뻗으며 찌르기로 전환했다. 본국검법에는 직접 다루지 않는, 왜검법을 응용한 변형 공세다. 금계독립세는 안정적이지만 순간적인 자세 전환에는 불리하다. 안지경의 변칙 공세에 당황한 노성집은 얼른 몸을 뒤로 물렸지만, 칼보다 빠를 수는 없었다. 안지경의 칼이 노성집의 심장을 정확하게 노리고 달려들었다.

“탕!”

칼이 심장을 찌르기 직전에 총성이 일면서 안지경은 불꼬챙이로 어깨를 쑤시는 고통을 느꼈다. 탄환이 어깨에 명중한 것이다.

저 거리에서 어떻게 명중을? 안지경은 어깨를 부여잡고 물러서면서도 믿어지지가 않았다. 삼백 보도 더 떨어진 거리였다. 총성이 이어지면서 봉기군이 차례로 비명을 지르며 쓰러졌다.

"착호군이다!"

호랑이 사냥을 전문으로 하는 착호군은 명사수에 사납기로 이름이 높다. 하면 그들이 관군에 합류했단 말인가.

"물러서지 마라!"

홍총각이 앞으로 나서며 허둥대는 봉기군을 독려했지만, 봉기군은 전의를 상실하고 내빼기에 바빴다. 노성집은 고통을 참고 있는 안지경을 힐끗 쳐다보고는 퇴각하는 봉기군 추격에 나섰다. 나중에 정식으로 재대결을 해보자는 의미 같았다.

불타는
정주성

어수선한 가운데 해가 바뀌어 순조 12년(1812)이 되었고 어느새 정이월이 지나 춘삼월이 되었다. 그렇지만 각지에서 모여든 사람들로 북새통을 이루고 있는 정주성에서 봄기운은 찾아볼 수 없었다. 박천 송림에서 패한 남진군은 정주성으로 퇴각을 했다. 그리고 북진군도 곽산 사송야(四松野) 싸움에서 관군에게 패하면서 정주성으로 물러나게 되었다. 평안도 병마절도사(兵馬節度使) 이해우가 이끄는 관서군과 양서순무사(兩西巡撫使) 이요헌이 지휘하는 경군이 정주성을 겹겹이 에워쌌고, 한때 가산과 곽산, 박천, 선천 일대를 장악했던 봉기군은 정주성에 전부 집결해서 농성전에 돌입했다.

안지경은 아직 잔설이 남아 있는 성벽을 빠른 걸음으로 걸으며 성을 둘러봤다. 불리한 전세에, 거듭되는 공성전으로 지칠 대로 지친 봉기병들이 퀭한 눈으로 순시를 도는 안지경을 쳐다보았다. 토벌대가 수차례 성을 공격했지만, 봉기군은 그럭저럭 잘 막아내고 있었다. 수성은 공성 못지않게 힘든 싸움이다. 그럼에도 봉기군이 잘 막아내고 있는 것은 정주성은 본시 난공불락의 요지인데다 짧은 기간임에도 안지경이 봉기병들을 잘 조련시켰고, 선두에서 독려했기 때문이다. 봉기병들은 투석전과 화공을 겸비하면서 관병의 파상공세를 근근이 버텨내고 있었다.

안지경은 돌이 모자라지 않는지, 활은 탄력을 제대로 유지하고 있는지, 관병의 화포 공격에 여하히 대비하고 있는지를 꼼꼼히 살피고는 지휘부가 있는 서장대(西將臺)로 발길을 돌렸다.

"동문은 어떤가?"

먼저 와서 기다리고 있던 정주형이 환도를 철컥이며 다가왔다. 그도 무과에 급제했음에도 서북인이라는 이유로 간신히 파총을 지내고 관직에서 물러난 사람이다. 정주형은 정주성 북문 수비를 지휘하고 있었는데 이격이 행방불명이 된 후로 고군분투하고 있는 안지경에게 큰 힘이 되고 있었다.

"위태위태하게 버티고 있네. 봉기병들의 사기가 점점 떨어지는 것 같아 고심이네. 북문은 어떤데?"

"크게 다르지 않네. 경군이 도착했다는 소문이 퍼지면서 봉기병들이 동요하고 있네."

정주형이 짧은 한숨을 내쉬었다. 정주성은 북변방어의 거점답게 치밀하고 견고하게 축성되었기에 여태까지 버티는 중인데 불과 얼마 전까지 호미와 쟁기, 곡괭이를 들던 사람들로 언제까지 막아낼지 장담할 수 없었다.

서장대로 올라서자 홍경래와 막료들이 심각한 표정으로 달천(撻川)을 굽어보고 있었다. 달천 너머로 토벌대가 포진해 있고, 양서순무사의 수기(帥旗)가 힘차게 펄럭이고 있었다. 총공세가 시작되면 토벌대는 달천을 넘어 진격해올 것이다.

"군사는 토벌대가 언제 총공세를 펼칠 거라 보고 있소?"

홍경래가 우군칙에게 물었다. 다행히 경상이어서 거동에 큰 불편이 없었다.

"정황을 미뤄보건대 금월 말 경께 총공세를 단행할 것으로 보입니다."

우군칙이 3월 말을 예상했다. 홍경래는 고개를 끄덕이며 동의를 표했고 지휘부 누구도 이견을 내지 않았다.

정주는 물론 곽산과 철산, 가산, 박천 일대의 농민들이 몰려들면서 성안은 아수라장을 이루고 있었다. 농성전이 3달째로 접어들면서 성안에는 먹을 것과 마실 물이 떨어지기 시작했는데 농성전이 장기로 돌입하면서 점점 문제가 불거지고 있었다.

그렇지만 시간이 꼭 토벌대 편만은 아니다. 정예 총융청이 마냥 도성(都城)을 비우고 있을 수 없었다.

"정주성은 난공불락의 요새입니다. 저들이 아무리 총포를 쏴대고, 떼로 밀려와도 절대로 무너지지 않을 겁니다."

성정이 불같은 홍총각이 수성에 자신을 드러냈다. 정주성은 낮은 곳은 7자, 높은 곳은 17자에 이르는 석성이며 곳곳에 치성(雉城)이 설치되어 있어 관병이 성벽으로 접근하는 것을 허용하지 않고 있었다.

"경군이 대완구(大碗口)를 끌고 왔다고 합니다. 머지않아 비격진천뢰가 성안으로 날아들 겁니다."

김사용이 정황이 간단치 않음을 전했다. 토벌대는 총통을 방포해서 성벽을 무너뜨리려 했지만 견고한 정주성은 끄떡없었다. 그러나 화력이 훨씬 큰 비격진천뢰라면 사정이 다르다. 비격진천뢰가 성안에 떨어지면 성민들은 크게 동요할 것이다. 자고로 성은 안으로부터 무너진다고 했다. 성민들이 동요해서 혼란이 일면 상황이 크게 위태로워질 것이다.

"속히 비격진천뢰 막을 대책을 마련해야 합니다."

이제초가 불안을 감추지 못했다. 토벌대는 4월을 넘기지 않겠다는 기세였다.

"보상단과 부상단에 연통한 것은 어찌 되었소?"

홍경래가 도총 이희저에게 물었다. 홍경래는 보부상단을 통해서 팔도의 봉기를 유도하는 일은 이희저에게 맡기고 있었다.

"부상단의 팔도임방도존위로부터 조속히 팔도반수들을 소집하겠다는 연통을 받았습니다. 그런데 보상단에는 다음 중점(中點 정기총회)까지 기다리라는 말만 하고 있습니다."

곡물과 건어물, 옷감 등 주로 의식주에 소요되는 물건을 파는 부상단은 촌민들을 상대하는 반면에 패물과 노리개, 비단과 청나라산 방물을 취급하는 보상단은 양반이나 돈 많은 부호들을 상대한다. 그러다 보니 민란을 대하는 시각에서도 조금 차이가 났다.

"사력을 다해도 여기서 한 달 이상을 더 버틸 수 없습니다."

김창시가 곤혹스러운 표정으로 입을 열었다. 식량과 식수는 진작에 바닥을 보이고 있었다. 자력으로 위기를 극복할 수 없다는 사실은 봉기군 수뇌부 모두 잘 알고 있었다.

"비격진천뢰를 날리려면 200보 앞까지 다가와야 합니다. 돌격대를 이끌고 성문 밖으로 나가서 근접 방포를 저지하겠습니다. 어떤 일이 있어도 비격진천뢰가 성안에 떨어지는 일은 없게 하겠습니다."

이제초가 시립해 있는 안지경과 정주형을 돌아보며 그들에게 임무를 맡길 뜻을 비쳤다.

"소장, 신명을 다해 소임을 완수하겠습니다."

안지경과 정주형은 차례로 앞으로 나서서 대원수에게 군례를 올리며 임무를 맡겠다는 결의를 보였다.

"다음 달까지 무사히 공세를 막아서면 좋은 소식이 당도할지 모릅니다. 부상단이 움직이면 결국 보상단도 따라 움직일 것이고, 그들이 움직이면 팔도에서도 호응할 것입니다."

이희저가 희망을 담아 얘기했다. 홍경래는 고개를 끄덕이며 화합을 마칠 뜻을 비쳤다.

"자네, 노성집을 기억하고 있나?"

서장대에서 내려오면서 안지경이 정주형에게 물었다.

"무과에서 자네에게 장원의 자리를 내주고 방안이 되었던 자를 말함인가? 어영청인가 총융청에서 천총 노릇을 하고 있다고 들었네만."

정주형이 노성집을 기억해 냈다.

"실은 박천에서 그자와 마주쳤던 일이 있었네. 그런데 그자가 성에 잠입했던 것 같아."

하면 성안 사정을 소상히 알 것이다. 안지경은 걱정이 되었다.

"참으로 자네와는 악연이로군. 하면 그자가 공성전을 지휘할 거라고 보고 있는가?"

"틀림없이 그러할 것이네. 어쩌면 비격진천뢰를 날려서 성을 혼란에 빠뜨리겠다는 계책도 그의 머리에서 나왔을지도 몰라."

노성집은 무예가 출중하고 병법에도 밝은 자다. 비격진천뢰가 떨어지면 성민들이 공포에 떨 것이고, 우왕좌왕할 때 총공세를 펼치려 할 것이다.

"하긴 사송야 싸움이 벌써 석 달 전의 일이니 그 사이에 평양성 화포대에서 대완구를 끌고 왔을 수도 있겠지. 성벽을 한 번 더 둘러보겠네."

정주형이 휑하니 걸음을 재촉했다. 남진군은 송림 싸움에서, 그리고 북진군은 사송야 싸움에서 각각 관군에게 패하면서 봉기군의 사기가 크게 떨어져 있었다. 하지만 중요한 것은 이제부터다.

안지경은 유진소로 걸음을 돌렸다. 정주성 살림은 유진장 차한상이 맡아서 하고 있었다.

거리를 지나는 성민들의 눈에 핏발이 서 있었다. 먹을 게 떨어진 데다 관병이 들이닥치면 모조리 목을 벨 것이라는 등 이런저런 유언비어들이 나돌면서 민심이 흉흉해질 대로 흉흉해져 있었다.

뭔가 돌파구가 필요하다. 안지경은 하늘을 올려다본 후에 차한상이 있는 곳으로 향했다. 차한상은 정주 관아의 내아(內衙)를 유진소로 쓰고 있었다. 정주성은 큰 고을이다. 내아도 제법 규모를 갖추고 있었다.

"표정이 어둡군. 대원수께서는 어떠신가?"

차한상이 안지경을 지긋한 눈길로 쳐다봤다. 충분히 정주성 부사(府使)를 지내도 좋을 학식과 인품을 지닌 사람이다.

"일전에 다치셨던 데는 거의 다 나으셨습니다. 그런데 전황이 풀릴 기미가 보이지 않습니다. 어쩌면 비격진천뢰가 날아들지 모릅니다.”

“그리되면 혼란이 일면서 성민들이 크게 동요하겠지.”

차한상이 한숨을 내쉬었다.

“보부상 쪽은?”

“부상과는 연락이 닿았는데 보상은 소극적인 것 같습니다.”

안지경이 대답하는데 차홍련이 안으로 들어섰다. 차한상이 미리 불렀던 모양이다.

“오늘 교리 모임을 갖기로 했네.”

차한상은 와중에도 천주교 신자들을 모아서 신앙생활을 이어가고 있었다. 짧은 기간에도 관서의 봉기병을 모을 수 있었던 데는 만인은 평등하다는 천주교의 가르침도 큰 몫을 했다.

날이 어두워지자 정주성 일대의 천주교 신자들이 차한상의 집에 모여들었다. 모두들 손에 천주교요리대문답(天主敎要理大問答)을 들고 있었다.

“천주님은 누구신가?”

“천주님은 만신만덕을 갖춘 신이시며 만물을 창조하신 분입니다.”

차한상이 묻자 신자들이 일제히 답했다. 차한상은 성직자를 대리해서 신도들을 이끌고 있었다.

“하나이신 천주님은 몇 위(位)를 포함하게 계시는가?”

“하나이신 천주님은 삼위를 포함하고 계시니 성부와 성자와 성령입니다.”

삼위일체설은 천지창조와 원죄, 구세주의 강생과 더불어 천주교 교리의 핵심을 이룬다. 모인 신자들은 진지하게 믿음을 고백했고, 성인의 통공과 육신의 부활을 추호의 의심 없이 받아들였다.

안지경은 눈을 감고, 두 손을 모은 채 신앙을 고백하고 있는 차홍련의 모습에서 범접하기 힘든 성스러움과 신앙의 열정을 생생하게 느꼈다. 안지경은 만민평등을 내세우는 천주교에 대해서는 우호적이지만 그렇다고 내세를 마음으로 받아들인 것은 아니다. 신앙보다는 서학(西學)으로 통하는 창으로 접근하고 있었다.

과연 모든 백성이 똑같이 평등하게 살 수 있는 세상이 가능할까. 차별 철폐의 횃불을 들고 봉기를 단행한 지금도 솔직히 자신있게 말할 수 없었다. 어느 시대, 어느 왕조에서건 지배층과 피지배층은 나뉘어 존재하고 있었다.

아무튼 당장은 관군의 공세를 막아내는 게 급선무다. 연후에 포위망을 뚫고 북상해서 의주에 이르는 게 수뇌부의 계책이다. 그리되면 일단 봉기의 목적을 달성할 수 있다.

그런데 공세를 저지하고, 포위망을 뚫고 나갈 수 있을까. 그리고 성민들을 데리고 무사히 의주까지 갈 수 있을까. 안지경의 표정이 어두워졌다. 갈수록 자신을 잃고 있었다.

모임이 끝나자 신자들이 하나둘씩 자리를 뜨고 방에는 안지경과 차한상, 차홍련만 남았다.

"관군이 언제 공세를 취할 것 같은가? 성민들이 몹시 불안해하고 있네."

차한상이 근엄한 표정으로 안지경에게 물었다. 식수와 식량이 떨어지면서 몰래 성을 빠져나가는 성민들이 하나둘씩 늘어나고 있었다.

"머지않아 싸움이 벌어질 것 같습니다."

"버텨낼 수 있을 거라 보는가?"

"외부의 도움이 없으면 힘든 게 사실입니다."

안지경이 솔직한 생각을 밝혔다. 차한상은 눈을 감은 채 시름에 잠겼고 차홍련은 불안한 얼굴로 두 사람의 대화를 지켜보고 있었다.

"혹 불행한 일이 생기더라도 끝까지 이 아이를 지켜줄 것을 부탁하겠네."

차한상이 팔을 뻗어 차홍련과 안지경의 손을 잡았다.

"그리하겠습니다."

안지경은 어떤 경우에도 부부의 연을 이어갈 결심이었다.

"정안수라도 떠 놓고 혼례를 치를까도 생각해 봤지만 당분간 지켜보는 게 좋을 것 같아서 주변을 살피고 있는 중이네."

"상황이 불리하지만, 반드시 솟아날 구멍이 있을 겁니다."

안지경이 차한상과 차홍련의 손을 힘껏 잡으며 안심을 시켰다. 손끝에서 차홍련이 파르르 떨고 있는 것이 느껴졌다.

"너무 심려하지 마시오. 곧 좋은 소식이 들려올 것이니."

안지경이 차홍련을 안심시켰다. 차홍련은 아무 말이 없었지만, 꼭 잡고 있는 두 사람의 손끝에서 강한 신뢰가 오갔다.

평서대원수 홍경래의 안위를 책임지고 있는 마당이다. 이제 그만 돌아가 봐야 한다. 안지경은 차한상에게 예를 올리고 방을 나섰다. 차홍련이 말없이 따라 나왔다.

"의주에서 원군이 당도하면 반격에 나설 것이오. 그리고 무슨 일이 있어도 홍련의 곁에 있겠소."

안지경이 약조를 했다. 의주 방수장(防守將)을 맡고 있는 임상옥이 제때 원병을 보낼까. 현재로서는 그를 믿는 수밖에 없다. 이럴 때 이격이 있었으면 큰 의지가 될 텐데. 그런데 이격은 살아 있을까. 북진군이 사송야 싸움에서 패배했을 때 후미를 막아서다 본진과 합류하지 못했는데 혹여 목숨을 건졌다고 해도 나중에 참수를 당할 것이다.

하지만 지금 그 걱정을 할 때가 아니다. 성이 함락되면 봉기군은 몰살될 것이고, 성민들도 무사하지 못할 것이다. 꼭 공세를 막아내고 탈출에 성공해서 의주까지 가야 한다.

* * *

"수고했다. 단주께서는 무탈하시더냐?"

장학면이 의주에서 급히 달려온 통인에게 물었다.

"의주는 아직 별일이 없습니다. 그런데 정주는 형편이 몹시 어려운 것 같군요. 이러다가는 조만간에 성을 드나들지 못할 것 같습니다."

"그럴 테지. 그래 네가 보기에 토벌군이 언제 움직일 것 같으냐?"

"머지않아 총공세를 펼칠 것으로 보입니다."

의주에서 온 통인이 보고 들은 사실을 가감 없이 전했다. 의주를 도모하려던 북진군 총사령 김사용은 한양에서 대규모 토벌대가 출발했다는 정보를 입수하고서 군대를 돌려 정주성으로 향하면서 만상 임상옥을 의주 방수장에 앉히고 그에게 청나라 및 만주에 거주하는 조선인들을 모아서 원병을 조직하는 일을 맡겼다.

장학면은 임상옥 상단의 차인으로 부원수 김사용이 정주성으로 회군할 때 그를 따라 정주성에 온 자다.

"단주께서 정주성이 조기에 함락되는 일이 없어야 할 거라며 고심하고 계십니다."

당연히 그럴 것이다. 봉기군 수뇌부는 의주에서 원병이 도착하면 반격을 개시하고, 의주로 옮겨갈 계획이다. 그런데 정주성이 조기에 함락되면 모든 계획이 물거품이 될 것이다.

임상옥은 인삼 무역을 통해서 큰돈을 번 의주의 거상이다. 이재에 밝을 뿐만 아니라 처세에도 뛰어나서 세도를 누리고 있는 반남 박씨의 거두로, 금상(순조)의 생모인 수빈(綏嬪)의 친정 오라버니며 호조판서인 박종경에게 끈을 대고 있었다. 그러던 차에 홍경래가 군사를 일으킨 것이다. 거사가 성공할 것인가. 임상옥은 일단 봉기에 소극적으로 합류를 한 채 양쪽을 저울질하면서 심복 장학면을 정주로 보내서 현지의 상황을 살피고 있었다.

홍경래는 재기할 수 있을까. 장학면은 생각에 잠겼다. 평안감영 포교로 있던 장학면은 시세판단에 남다른 감각을 지녔고, 그 점이 임상옥의 눈에 들어 심복이 된 자다. 눈을 감고 생각에 잠겨있던 장학면이 비감한 표정으로 입을 열었다.

"단주께 똑똑히 전하게. 정주는 다음 달을 넘기기 힘들 거라고."

증좌를 남기지 않으려면 서신은 피해야 한다.

"사정이 그리 어렵습니까? 단주께서는 의주에 원병 2천 명을 모아놓고 계십니다."

통인이 어두운 표정으로 말을 받았다.

"식량과 식수가 떨어진 마당이니 무슨 수로 버티겠는가. 단주께 섣불리 움직이지 말고, 소문 없이 군병들을 해산시키라고 전하게. 박종경 대감과의 끈은 절대로 놓아서는 안 된다는 말도 전하고."

"잘 알겠습니다. 단주께 그리 전하겠습니다."

"상황이 악화되기 전에 속히 성을 빠져나가게. 내가 이른 말을 빠뜨리지 말고 전하게."

"알겠습니다."

통인이 지체하지 않고 몸을 일으켰고 혼자 남은 장학면은 고심에 잠겼다. 행여 판단이 잘못돼서 봉기군이 토벌군을 물리치고 평양으로 진격하는 일이 벌어지면 어떻게 하나. 그때는 임상옥 단주는 배신자가 되어 목이 달아날 것이고 상단은 풍비박산이 날 것이다.

장학면은 고개를 세게 내저었다. 절대로 그런 일은 생기지 않을 것이다. 거친 숨을 몰아쉬고 있지만 그래도 조선은 아직 명이 붙어 있다. 400년을 이어온 사직은 아직은 뿌리 깊은 나무였다.

거기에 비하면 홍경래는 어떻게 군사를 움직이겠다는 계획도 치밀하지 못했고, 봉기의 대강도 제대로 마련하지 못하고 있었다. 분노만으로는 조선의 숨통을 끊어놓지 못한다. 그리고 혼란의 시기에는 어정쩡하게 중간에 서는 것보다 어느 한쪽에 확실하게 붙는 쪽이 살아남을 가능성이 크다.

화살이 시위를 떠났으니 지체하지 말고 다음 행동에 들어가야 한다. 장학면은 몸을 일으켰다. 급히 만날 사람이 있었던 것이다.

***

토벌군 군영에서 관서군과 경군의 연석회의가 열리고 있었다. 경군을 인솔하고 온 양서순무사 이요헌과 관서군을 지휘하는 평안도 병마절도사 이해우를 중심으로 순무사 중군 유효원, 종사관 서능보와 김계온, 총융청 파총 노성집 등이 머리를 맞대고 대책을 숙의하고 있었다.

"마냥 시일을 끌 수 없소. 이달이 지나기 전에 정주성을 함락시켜야 할 것이오."

이요헌이 근엄한 얼굴로 4월 말까지 성을 함락시켜야 함을 못박고 나섰다. 그동안 관군은 여러 차례 정주성을 공격했지만 여태 성문을 열지 못하고 있었다. 봉기군은 격렬하게 저항하고 있는데 조정에서는 계속 닦달하고 있었다.

"정주성은 이미 식량이 다 떨어졌고, 식수도 고갈되었소."

이해우가 기어들어 가는 목소리로 답했다. 종2품으로 이요헌과 품계가 같지만, 처지가 처지인지라 눈치를 볼 수밖에 없었다.

"반군들을 너무 가볍게 본 것 같습니다."

천총 노성집이 발언하고 나섰다. 품계는 낮지만, 공성의 선봉장을 맡고 있기에 모두들 그의 말에 귀를 기울였다.

"세 차례나 정면 공성전을 펼쳤지만, 성과가 없습니다. 그렇다면 새 전술로 이 국면을 타개해 가야 합니다."

"새 전술이라면?"

신중한 성품의 중군 유효원이 물었다.

"양동책을 쓸 필요가 있습니다. 관서군은 계속해서 공성전을 펼치고 경군은 따로 침투로를 찾겠습니다."

"따로 침투로를 찾는다니? 대체 정주성 어디를 공략하겠다는 것인가? 괜히 병력만 분산시키는 우를 범하는 수가 있다."

이해우가 반대를 하고 나섰다. 정주성은 난공불락이다. 노성집은 대답 대신에 벽에 걸린 커다란 지도로 걸어가더니 '들여보내라!'라고 장막 밖에다 호통을 쳤다. 누구를 부른 것일까. 토벌군 수뇌들은 호기심 어린 눈으로 문을 열고 들어오는 사람을 쳐다봤다.

"저자는……!"

평안도 병마절도부 천총(千摠)의 눈이 휘둥그레졌다. 사송야 싸움에서 자신의 손으로 잡았던 반군의 장수가 걸어들어온 것이다.

"홍적(洪賊)의 호군으로 있다가 사송야 싸움에서 우리에서 사로잡힌 자입니다. 오랜 설득 끝에 우리에게 투항하기로 했습니다."

노성집이 관군 수뇌부에게 이격을 소개했다. 이격은 심호흡을 하고서 호기심 가득한 눈길로 쳐다보는 경군 수뇌부와 경계심을 감추지 않고 있는 관서군 수뇌부를 일견한 후에 노성집의 옆에 섰다.

그날 사송야 싸움은 처절했다. 선천을 장악하고, 의주까지 세력을 넓힌 북진군은 자만했고 관군을 얕본 것이다. 거기에 정주성으로 집결하느라 서두르다 경계를 소홀히 한 것도 패인이었다. 어디서 몰려온 것일까. 예상보다 많은 관군에 북진군 수뇌부는 퇴로를 차단당했다. 김사용 부원수를 탈출시켜야 한다. 이격은 죽기를 각오하고 포위망을 뚫었고, 후미에서 관군을 막아서다 힘에 부쳐서 관군에게 붙잡히고 만 것이다.

군문효수(軍門梟首)를 각오하고 있는 이격 앞에 노성집이 나타났다. 이격의 경력을 살핀 노성집은 이격을 회유하고 나섰다. 공을 세우면 사죄는 물론 총융청 무관직을 주겠다는 제안에 이격은 흔들렸다. 꼭 관직이 탐났던 것만은 아니다. 뜻도 제대로 펼쳐 보지 못하고 이대로 세상을 하직하는 게 너무 억울했던 것이다. 그리고 정주성은 결국 함락될 것이고 성민들은 도륙을 당할 것이다. 그런데 정주성에는 꼭 구해내고 싶은 사람이 있다.

고심 끝에 이격은 노성집의 회유를 받아들였다. 공을 세우고 사면이 되면 오랫동안 연정을 품어왔던 차홍련을 구해낼 수 있을 것이다. 아무리 역모에 연관되었다고 해도 아녀자는 죽이지 않는다.

"말씀대로 정주성은 난공불락입니다. 그래서 땅을 파고 들어가서 화약으로 성문을 날려버릴 계책을 세웠습니다."

"방금 화약이라고 했나?"

이요헌이 화들짝 놀라며 되물었다. 경악하기는 이해우도 마찬가지였다. 굴을 파고 들어가서 화약으로 성문을 폭파시킨다는 생각은 한 번도 해 본 적이 없었다.

"그렇습니다. 굴을 파고 화약을 설치하기 위해서 영조사(營造司)와 군기시(軍器寺)에서 장인들을 데리고 왔습니다."

노성집은 진작부터 정주성은 통상의 공성책으로 무너뜨리기 힘들다는 사실을 간파하고 있었다. 그렇다고 식량과 식수가 떨어질 때까지 마냥 기다리는 것도 상책이 못 된다.

"이곳입니다."

노성집이 지도를 가리키고는 이제부터는 당신이 설명하라는 듯 이격에게 눈짓을 했다.

"정주성은 고지대에 자리한 데다 시야가 탁 트여서 공성전이 어렵고, 단단한 암반 위에 축성을 했기에 비격진천뢰를 퍼부어도 쉽게 무너지지 않습니다. 하지만 한 군데 약점이 있습니다. 여기 북수문 부근은 암반지대가 아니어서 충분히 땅굴을 팔 수 있습니다."

이격이 지도로 성큼 걸어가더니 북수문을 가리켰다.

"성문까지 파들어가려면 얼마나 걸리겠는가?"

노성집이 물었다. 관군 수뇌부 모두 두 사람의 문답에 귀를 기울였다.

"잠채꾼들이 여기서부터 파들어가면 열흘이면 성문 아래에 도달할 수 있다고 했습니다."

이격이 제법 수풀이 우거진 지점을 가리켰다. 그곳이라면 성에서 관측이 되지 않을 것이다.

"열흘이라…… 화약은 충분한가?"

이요헌이 긍정적인 반응을 보였다.

"충분히 가지고 왔습니다. 그리고 운산과 태천 관아에서 잠채를 하다 잡혀 온 자들을 이송해 왔습니다."

노성집이 이미 준비를 마쳤음을 고했다.

"그렇다면 반군의 주의를 다른 데로 끌 필요가 있겠군요."

중군 유효원이 양동작전을 제안했다.

"선봉을 천총에게 맡기겠네. 관서군과 군기시, 영조사의 관헌들은 천총에게 적극 협력하도록."

이요헌이 회합을 마무리 지었다.

* * *

정주형의 말이 엄살이 아니었다. 관군은 불과 사흘 만에 정주성의 동문 높이와 맞먹는 토성을 쌓아 올리고 있었다. 도대체 어디서 저렇게 많은 흙더미를 구해왔단 말인가.

"몸을 보이면 위험하네. 화살이 날아들어 올지 모르니."

정주형이 가까이서 살피려는 안지경을 만류했다. 상황이 이렇다면 관병이 토성 위에서 일제히 화살을 날리면서 성벽에 달라붙으면 막아내기 힘들 것 같았다. 안지경은 북문 병력 일부를 빼돌려야겠다고 판단했다.

"원병을 보낼 테니 어떻게 해서든 막아보게."

안지경이 사태의 심각성을 인식하고서 발길을 돌리려는데 토성에서 화살이 일제히 날아들었다. 안지경과 정주형은 재빨리 몸을 숙였지만 채 피하지 못한 봉기병 몇이 비명을 지르며 쓰러졌다. 돌진해 올 것인가. 안지경은 숨을 죽이며 적진을 살폈지만, 관병은 접근하지는 않았다. 사다리를 타고 올라오는 관병을 물리치려면 커다란 돌을 던져야 하는데 화살을 쏴대면 제대로 막아내기 힘들다. 안지경은 서둘러 홍경래에게 달려갔다.

"무슨 소리인가? 동문이 위태롭다니?"

홍경래와 우군칙을 위시해서 수뇌부들이 모두 모여 있었다.

"관병이 토성을 쌓아 올리고서 성안으로 화살을 퍼붓고 있습니다."

안지경이 동문의 상황을 소상하게 고했다.

"대책은?"

홍경래가 심각한 표정으로 물었다.

"병력을 더 보내서 어떻게든 막아야 합니다."

우군칙이 대답하면서 안지경에게 고개를 돌렸다. 북문의 병력을 빼돌릴 수 있겠냐는 뜻이다. 안지경은 머뭇거렸다. 정주형에게 그리 약조를 했지만, 다시 한번 신중하게 살펴보기로 한 것이다.

"무슨 문제라도 있소?"

안지경이 대답을 망설이자 홍경래가 다그쳤다.

"어쩌면 성동격서일 수도 있습니다. 신중하게 살펴보는 게 좋겠습니다."

"북문 쪽도 무슨 문제가 있소?"

우군칙이 물었다.

"특별한 움직임은 없습니다."

"북문은 정주성에서도 제일 공격하기 힘든 곳이오. 당장 동문 쪽이 급하니 병력 일부를 지원하도록 하시오."

"그리하도록 하라."

우군칙이 군령을 내렸고, 홍경래가 비준을 했다. 최선을 다해서 막는 수밖에 없다. 안지경은 군례를 올리고 물러섰다.

* * *

"어서 오십시오. 안에서 기다리고 계십니다."

만출이 뛰어오며 장학면을 맞았다. 허름한 움막으로 들어서자 최성태가 먼저 와서 자리를 잡고 있었다. 때가 때인지라 최성태는 경계의 눈초리를 감추지 않았다. 느닷없이 장학면이 만나자는 연통을 보낸 것이다. 임상옥 상단 차인인 그와는 군량을 나르는 일로 몇 차례 대면을 했던 적이 있었다.

장학면은 주위를 살피고 맞은 편에 정좌를 했다. 최성태는 봉기군에게 잡히면 목이 달아날 판인데도 아직 성에 남아 있었다. 그 사실을 안 장학면이 은밀히 최성태를 찾아온 것이다.

"무슨 일로 보자고 하셨소?"

최성태가 장학면을 살피며 물었다.

"성안 분위기가 몹시 뒤숭숭합니다."

장학면이 그렇게 운을 떼었고 최성태는 여전히 경계의 눈초리를 거두지 않고 있었다. 뒤에는 심복 둘이 눈을 치켜뜨고 지켜보고 있었다.

"당신은 정주성이 언제까지 버틸 거라 보고 있소?"

장학면이 돌연 정주성 함락을 입에 담자 최성태는 긴장이 되었다. 금기를 입에 담은 것이다.

"그야 의주와 연통하고 있는 당신이 더 잘 알고 있지 않소?"

최성태가 그렇게 말을 받으며 장학면의 진의를 살폈다.

"나를 경계할 필요는 없소. 당신을 발고할 것 같으면 혼자 오지 않았을 테니."

장학면은 최성태를 안심시킬 필요가 있었다.

"묫자리나 보러 다니던 자가 군사를 맡고, 일자무식 농꾼이 선봉장을, 잠채꾼이 도총을 맡았으니 어찌 총융청의 정병을 상대하겠소. 나는 최 부호께서 도총을 맡아야 했다고 보고 있소만. 정주성 함락은 정해진 일이오."

장학면이 태도를 분명히 했다. 묫자리나 보러 다니던 자는 군사 우군칙, 농꾼은 홍총각, 잠채꾼은 이희저를 이름이다.

"하면 무슨 일로 나를 찾아오신 것이오?"

최성태가 한결 누그러진 표정으로 장학면을 상대했다.

"살길을 마련해 두어야 하지 않겠소."

장학면이 최성태의 눈치를 살피며 본론을 꺼냈다. 장학면은 최성태가 관군과 반군 모두로부터 쫓기는 신세라는 사실을 잊지 않고 있었다. 그렇다면 살길을 제시하면 단번에 물 것이다.

"그 말은 의주의 임 단주가 돌아섰다는 말씀이오?"

최성태가 따지듯 물었다. 사실이라면 승부는 이미 끝난 마당이다.

"그렇소. 통인을 통해 빨리 손을 떼라는 진언을 올렸소. 성이 함락되면 남자들은 모조리 도륙을 당하고, 여자와 아이들은 노비로 끌려갈 것이오. 그 전에 우리도 살 길을 마련해야 하지 않겠소?"

장학면이 최성태를 몰아세웠다.

"속히 성을 빠져나가야 할 텐데 경계가 삼엄해지면서 예전처럼 성을 벗어나는 게 쉽지 않습니다."

만출이 끼어들었다.

"성이야 어떻게 빠져나간다고 해도 포도청에서 추포에 나서면 조선 팔도 어디에도 발을 붙이지 못할 것이오. 설사 이제 발을 뺀다고 해도 무사하지 못할 것이고."

장학면이 슬쩍 겁을 주었다.

"하면 어쩌면 좋겠소?"

예상대로 최성태와 두 심복은 잔뜩 겁에 질렸다.

"따로 살길을 마련해야지요."

장학면이 정색을 하고 최성태를 노려보았다.

"그게 무엇이오?"

최성태가 애간장이 타는 얼굴로 한걸음 다가왔다.

"이리된 마당에 우리가 살길은 홍적의 수급을 바치는 것뿐이오."

장학면의 눈에 살기가 등등했다. 홍경래의 목을 들고 가야 한다는 말에 최성태는 깜짝 놀라 장학면을 살폈다. 속을 들킨 기분이었다.

"그게 쉽겠습니까? 아무리 쫓기는 신세라고 해도 호랑이 같은 자가 지근에서 신변을 지키고 있는데."

최성태가 짐짓 모른 체하며 장학면을 떠봤다.

"내게 수가 있소."

장학면이 자신 있게 말했다. 최성태와 덕재, 만출은 장학면의 말에 귀를 기울였다. 아무리 봐도 자신들을 반군에게 넘기려고 온 것 같지는 않았다.

"하면 내가 할 일이 무엇이오?"

최성태가 슬쩍 거드름을 피웠다. 숨어 있는 나를 찾아온 것은 제 놈도 내게 필요한 게 있기 때문일 것이다.

"봉기군의 눈에 띄면 목이 열 개라도 모자랄 당신이 정주성을 빠져나가지 않고 이렇게 숨어서 지내고 있는 것은 필시 다른 이유가 있을 것이오? 내 짐작이 틀리지 않는다면 관군 쪽에 끈이 있는 것 같은데…… 내 짐작이 틀렸소?"

장학면이 정곡을 찌르자 최성태는 움찔했다. 호락호락한 상대가 아니었다.

"잘 보셨소. 그날 호군에게 쫓길 때, 성에 암약하고 있던 관군의 도움을 받아 피신할 수 있었소. 그리고 그자로부터 약조를 받았소. 홍적의 목을 가지고 오면 사면은 물론 공신명단에 올려주겠노라고."

하지만 무슨 수로 홍경래의 목을 벤단 말인가. 어물쩍대다가는 내 목이 달아날 판이다. 숨어서 전전긍긍하고 있던 차에 장학면이 찾아온 것이다.

"그 무관이 누군지 알고 있소?"

장학면의 눈에서 빛이 일었다.

"총융청 천총 노성집이라고 들었소."

나중에 살아나려면 회유 상대를 확실하게 알아놔야 한다.

"그로부터 들은 말이 더 없소?"

장학면이 최성태를 다그쳤다.

"이달 말께 총공세를 펼칠 거라고 했소."

"믿을 수 있는 수하를 몇이나 데리고 있소?"

장학면이 덕재와 만출을 일견하고서 물었다.

"두어 명 더 부를 수 있소만…… 대체 뭘 어쩌려는 거요?"

그날 무섭게 달려들던 안지경을 떠올리면 지금도 간담이 서늘하다. 덕재나 만출 모두 힘을 제법 쓰지만 안 호군에게는 상대가 되지 못했던 것이다.

"내 짐작이 틀리지 않는다면 관군은 땅굴을 파고 화약을 설치해서 북문을 폭파하고 성안으로 밀려들 것이오."

장학면이 자신 있게 말했다. 관군이 화약을 모으고 있고 군기시의 폭파장들과 토굴꾼들이 정주로 향했다는 정보가 임상옥 상단에게 포착되었다. 정주성 지세를 살펴보건대 폭파지점은 북문이 유력했다.

"그걸 당신이 어찌 아시오?"

최성태가 눈을 휘둥그레 뜨고 물었다.

"정주성 서쪽에 암문(暗門)이 있소."

장학면은 대답 대신에 계책을 설파하기 시작했다.

"암문?"

"그렇소. 숲에 가려서 여간해서는 눈에 띄지 않는 곳에 은밀히 설치해 놓았소. 암문을 나오면 일산을 거쳐 남양에 이르고, 그곳에서 배를 타고 바다로 빠져나가면 의주로 통하지요. 임상옥 단주와 홍경래 대원수는 뱃길을 통해 소식을 주고받고 있소."

그런 곳이 있었단 말인가. 그렇다면 성이 함락되면 홍경래는 틀림없이 그 길을 통해 의주로 피신하려 할 것이다.

"암문은 폭이 좁아서 간신히 한 사람씩 빠져나올 수 있소."

"하면 암문 주변에 잠복하고 있다가 홍적이 빠져나오면 기습을 하자는 말이군요."

최성태가 비로소 알아들었다.

"그렇소. 이 판국에서 살아남으려면 우리가 손을 잡고 공을 세워야 하지 않겠소."

최성태가 만족한 웃음을 지으며 덕재와 만출을 돌아보았다.

* * *

굴속으로 들어서자 습기가 몰려왔다. 굴은 제법 깊었는데 허리를 굽히고 겨우 들어갈 수 있는 높이인데다 곳곳에 횃불이 일렁이며 묘한 기분을 자아냈다.

"바로 위가 정주성 북문입니다."

노성집이 위를 힐끔 올려보자 착굴을 책임진 채굴장이 뒤따르며 설명했다. 역도들에게 들키지 않고 용케도 여기까지 파들어온 것이다.

"화약은 모자라지 않나?"

"충분한 양을 확보했습니다."

화약장이 염려하지 말 것을 전했다. 공성일이 스무아흐레로 정해졌다. 선봉을 맡은 노성집은 총공세를 앞두고 최종점검에 나선 길이다.

그만하면 큰 문제가 없을 것 같았다. 공세를 늦추었다가는 굴을 파고 있다는 사실을 역도들에게 들킬 것이다. 노성집은 서둘러 굴을 빠져나왔다. 어둡고 축축한 데 더 있고 싶지 않았다.

장대(將臺)로 돌아오자 양서순무사 이요헌, 평안병사 이해우, 우포청대장 이득제 등 토벌군 수뇌부가 기다리고 있었다.

"굴착이 끝났으니 이제 화약을 채우기만 하면 됩니다."

노성집이 보고했다.

"발파는 문제가 없겠는가? 혹시 불심지가 젖는 일은 없겠는가?"

이요헌이 물었다.

"화약장에게 재삼재사 다짐을 받았습니다."

"하면 이제 성안으로 쳐들어갈 일만 남았군. 천총이 계속해서 동문을 맡도록 하게."

"허락해 주신다면 소장이 북문 폭파를 지휘하고 싶습니다."

노성집이 한 발 나서며 양서순무사에게 간청을 했다.

"북문이 폭파되더라도 주전장은 동문이 될 터, 나는 천총에게 주력의 선봉장을 맡기고 싶은데."

이요헌이 지긋한 눈길로 신임하는 무장을 쳐다보았다.

"반드시 역도 수괴의 목을 베어 국법의 지엄함을 만천하에 보여주겠습니다. 수뇌부가 집결해 있는 곳을 치려면 북문으로 진입하는 게 더 빠릅니다."

노성집이 결의를 다졌다.

* * *

불안과 고난 속에도 시간은 부지런히 흘렀고 이레만 더 있으면 오월이다. 시절이 하 수상한데도 계절은 어김없이 찾아와서 어느덧 개나리, 진달래 다 진 성 주변은 차츰 푸른 빛을 띠고 있었다.

안지경은 북문 야간순찰을 돌기로 하고 환도를 챙겨 들었다. 동문 쪽으로 파상적인 공세가 이어졌지만, 다행히 정주형이 잘 막아내고 있었다. 관병도 피해가 적지 않을 것이다. 정주성은 난공불락이라는 생각이 들면서 관군도 사기가 많이 떨어졌을 것이다. 성안에는 식량이 진작에 거덜 났고, 식수도 구하기 어려웠지만 그래도 조금만 더 버티면 희망이 있다. 관군이라고 마냥 포위를 지속하지 못할 것이다. 장기전에 돌입하면 관군도 군기가 해이해질 것이고 보급도 차질을 빚을 것이다. 틈이 보이면 성문을 열고 쳐들어가서 포위망을 뚫을 것이다. 안지경은 낙관적으로 생각하기로 했다.

그런데 북문은 괜찮을까. 동문 쪽으로 병력을 상당히 빼돌린 마당이다. 안지경이 다가가자 성벽을 지키고 있는 봉기병들이 퀭한 얼굴로 안지경에게 군례를 올렸다. 너울거리는 횃불이 비치는 그들의 모습은 싸움은커녕 서 있기도 힘들어 보였다.

"별다른 움직임은 없습니다."

부장이 순시를 도는 안지경에게 달려와서 보고를 했다. 초근목피로 연명하고 있는 저들을 데리고 얼마나 관군을 막아설 수 있을까. 적장 노성집은 병법에 정통한 우수한 무장이다. 그런데 뜻밖이다 싶을 정도로 동문을 고집하고 있었다.

혹시 동문에서 눈길을 끌고서 다른 곳을 노리려 하는 게 아닐까. 다른 곳이라면 지형상 여기 북문밖에 없는데 다행히도 북문 쪽은 개활지여서 적군의 동태가 성 위에서 한눈에 들어왔다. 주의해서 살펴보고 있지만 대군이 움직이는 증후는 포착되지 않고 있었다. 움직임이 일면 안지경은 즉각 동문에서 병력을 빼 올 생각이다.

"……!"

동문으로 향하려던 안지경은 걸음을 멈추고 북문을 돌아보았다. 별다른 이상징후가 감지되지 않았는데도 이상하게 불길한 예감을 떨쳐버릴 수 없었던 것이다.

"쾅!"

한 번 더 살펴볼까 하는 생각을 하는 순간 천지가 무너져 내리는 굉음이 일면서 엄청난 충격이 밀려왔다. 안지경은 휘청거리다 중심을 잃고 쓰러졌다. 고개를 드니 밤하늘이 온통 흙먼지도 뒤덮여 있었다. 사방을 둘러보니 북문 성벽이 무너져 내려 있었고 성벽을 지키던 봉기병들이 피투성이가 되어 여기저기에 쓰러져 있었다.

'화약!'

안지경은 무슨 일이 벌어졌는지 파악했다. 관군이 성벽 아래까지 굴을 파고들어 와서 화약을 터뜨린 것이다. 동문 상황이 급하게 돌아가면서 그만 굴을 파고 접근할 거란 생각을 하지 못했던 것이다.

횃불을 든 관병들이 무너져 내린 성벽 위에 모습을 드러냈다. 성벽에 오른 관병들은 총탄을 날리고 화살을 쏘아댔다. 살아남은 봉기병들을 규합해서 저들을 막아낼 것인가. 안지경은 고개를 가로저었다. 이미 대세가 기울었다. 지금쯤 관병은 동문에서도 총공세를 벌였을 것이다. 정주성의 함락은 이제 피할 수 없게 되었다.

그렇다면 홍경래 대원수를 안전한 곳으로 피신시켜서 후일을 도모해야 할 것이다. 안지경은 더 생각하지 않고 장대를 향해 몸을 날렸다.

"무슨 일인가?"

군사 우군칙이 달려 나오며 물었다.

"북문 성벽이 무너졌습니다. 관병이 굴을 파고 화약을 터뜨렸습니다."

"어째 그런 일이."

홍경래가 뛰어나왔다.

"성이 무너졌습니다. 관병이 곧 이리로 들이닥칠 겁니다. 대세는 이미 기울었으니 속히 피신하셔서 후일을 도모해야 합니다."

안지경이 홍경래를 재촉했다. 어쩌면 노성집이 추포대를 이끌 것이다.

"그리하는 게 좋겠습니다. 여기는 소장이 남아서 수습하겠습니다."

우군칙이 안지경의 건의에 동조했다.

"성민들은 놔두고 나 혼자 살자고 피할 수는 없네."

홍경래가 완강하게 거절했다.

"대의를 위하는 일입니다. 혁명의 불꽃이 이대로……"

그 순간 탄환이 장대로 날아들기 시작했다. 더 지체할 틈이 없었다. 안지경이 잡아끌고, 우군칙이 등을 떠밀자 홍경래는 마지못해서 장대를 나섰다.

밖은 벌써 아수라장이었다. 사방에서 불길이 치솟아 올랐고, 성민들은 겁에 질린 채 우왕좌왕하고 있었다.

"빨리."

안지경이 홍경래를 재촉했다.

"대원수를 잘 모시게."

우군칙이 안지경에게 당부하고는 홍경래에게 고개를 돌렸다.

"성을 빠져나갈 수 있는 암문이 있네. 대원수, 무사히 성을 빠져나가서 후일을 도모하십시오. 여기 일은 내가 마무리 지을 테니."

우군칙이 자신과 홍경래만이 알고 있는 암문을 안지경에게 알려주었다. 우선 장대를 빠져나가야 한다. 안지경은 환도를 움켜쥔 채 주의해서 사방을 살폈다. 성은 이미 아수라장이었다. 사방에 불길이 일면서 거리는 대낮처럼 환했다. 노성집과는 피차 안면이 있는 사이다. 마주치면 홍경래 대원수의 정체가 단박에 드러날 것이다. 아직 추포대가 이르지 않았음을 확인한 안지경은 여전히 머뭇거리고 있는 홍경래의 손을 잡아끌었다.

성은 잔뜩 겁에 질려 이리 뛰고 저리 뛰는 사람들과 핏발이 선 눈으로 칼을 휘두르고 있는 관병들이 뒤엉키면서 아수라장을 이루고 있었다. 누가 불을 놓았는지 몰라도 초가마다 불길이 솟아오르고 있었다.

"지휘를 파총에게 맡기고, 나는 추포대를 이끌고 홍적을 찾겠다. 순무사 영감에게는 미리 고했다."

노성집은 신뢰하는 파총에게 토벌을 맡기고 자신은 홍경래를 추포하기로 했다. 그자가 홍적의 곁에 있을 것이다. 북문을 돌파할 때 마주치지 않은 걸로 봐서 그자는 홍적을 측근에서 호위하고 있을 게 틀림없었다.

"어른 남자들은 단 한 명도 성을 빠져나가지 못하게 하라. 불응하는 자는 목을 베어도 좋다."

노성집이 파총에게 그리 지시했다.

"따르라!"

노성집이 앞장서자 가려서 뽑은 10명의 정예 추포사들이 바람처럼 그의 뒤를 따랐다. 장대가 멀지 않은 곳에 있다. 추포사들을 본 성민들이 비명을 지르며 흩어졌다.

한발 늦은 것일까. 역도 수뇌부는 이미 장대를 떠났고, 넓은 방은 텅 비어 있었다.

"성민들 틈에 섞였더라도 이 몸이 알아볼 수 있소."

추포사 중에는 이격도 포함되어 있었다. 변복을 해도 이격의 눈을 피할 수 없을 것이며 어차피 성안의 남자 어른들은 모조리 도륙을 당할 마당이다. 살길은 정주성을 벗어나는 것뿐이다. 노성집은 그리 판단했다.

“암문과 협문(夾門)마다 추포병을 배치시켰습니다.”

좌포청에서 지원 나온 양현수 종사관은 도적을 잡는 데는 조선 팔도에서 제일이라는 소리를 듣고 있는 자다. 노성집은 진작에 정주성도를 확보하고서 문마다 관병을 배치시켰다. 그런데 그게 다일까. 노성집은 의혹을 버리지 못했다. 내가 모르는 암문이 있지 않을까. 정주성을 드나들며 외부와 연통을 주고받는 자들이 있다는 사실을 알고 있었다. 눈치로 봐서 이격도 암문의 존재는 모르고 있는 것 같았다.

＊＊＊

우거진 수풀을 헤치고 나가자 과연 사람 한 명이 겨우 빠져나갈 만한 암문이 나타났다. 이런 곳이 있었단 말인가. 정주성 방어를 책임지고 있는 나도 모르는 곳에 암문이 있다니. 저쪽으로 빠져나가면 일산을 거쳐 남양에 이르고, 그곳에서 배를 타면 의주로 갈 수 있다고 했다.

“서둘러야 합니다.”

안지경이 발길이 떨어지지 않는다는 듯 불타오르고 있는 정주성을 멍하니 쳐다보고 있는 홍경래를 재촉했다. 빨리 빠져나가지 않으면 추포대에게 뒤를 잡힐 것이다.

“그러지.”

홍경래가 앞장서서 암문을 빠져나갔고 안지경은 쫓아오는 자가 없는지 확인했다.

"엇!"

안지경이 암문으로 들어가려 하는데 갑자기 홍경래의 비명이 들렸다. 무슨 일이 벌어진 걸까. 안지경이 환도를 움켜쥐고 황급히 암문을 빠져나갔다.

암문을 나오자 홍경래가 가슴을 움켜쥐고 비틀거리고 있었다. 그 앞으로 칼을 든 괴한 두 명이 지켜서고 있었다. 하면 추포대가 벌써?

"이놈들!"

안지경이 환도를 뽑아 들고 달려들자 홍경래에게 다가가던 괴한들이 주춤하며 물러섰다. 그런데 대원수를 기습한 자들은 관군이 아니고 최성태를 따라다니던 자들이었다. 저들이 어떻게 나도 모르고 있던 암문을 알아냈는지 몰라도 빨리 수습하지 못하면 대원수의 목숨이 위태롭다. 움켜쥔 어깨에서 피가 계속 흘러내리고 있었다.

안지경은 검풍을 일으키며 덕재를 향해 달려들었다. 기세에 놀란 덕재는 뒤로 물러섰고, 만출이 옆으로 빠지면서 안지경의 측면을 노렸다. 안지경은 재빨리 방향을 틀면서 측면으로 달려들던 만출의 허리를 노렸다.

"챙!"

날카로운 금속 마찰음과 함께 팔에 엄청난 진동이 전해졌다. 상대는 무예를 제대로 익히지 못했지만, 힘은 장사 같았다. 충격을 받기는 만출도 마찬가지여서 순간적으로 중심이 흔들렸다. 이때를 놓치면 안 된다. 안지경은 얼른 자세를 낮추고 만출의 정수리를 노리고 돌진했다. 안지경이 맹렬한 기세로 달려들자 만출은 기겁을 하며 뒷걸음치다 중심을 잃고 주저앉았다. 지금이다. 안지경은 지금쯤 덕재가 두 걸음 뒤까지 다가왔을 거라 예측하고 순식간에 왼쪽으로 몸을 틀면서 칼을 곧추세우고 덕재의 목을 향해 찌르기를 행했다. 검을 높이 들고 달려들던 덕재는 안지경의 신속한 몸놀림에 미처 몸을 피하지 못했다.

"악!"

덕재가 비명을 지르며 쓰러지자 만출은 겁을 먹고 내뺐다. 빨리 여기를 벗어나야 한다. 안지경은 어깨를 부여잡고 괴로워 하는 홍경래를 부축했다. 어깨를 깊이 베었는지 유혈이 낭자했다. 빨리 치료받지 못하면 목숨이 위험할 것이다. 안지경은 저고리를 잘라서 상처 부위를 질끈 동여맸다.

"괴롭더라도 조금만 참으십시오. 남양에서 배를 타면 의주로 갈 수 있습니다."

안지경이 홍경래를 부축하며 걸음을 옮겼다.

"나는 괜찮네."

홍경래가 고통을 참으려 말했다. 어느새 동이 트려 하고 있었다. 뒤를 돌아보니 정주성이 불길에 휩싸여 있었다. 탈출하지 못한 수뇌부는 어찌 될까. 성민들은 무사할까. 문득 홍련 생각이 났다. 황급히 성을 빠져나오느라 챙기지 못했던 것이다.

'살아만 있어 주오. 반드시 구해낼 것이니.'

안지경은 그렇게 다짐하며 서쪽으로 향해 발걸음을 재촉했다. 당장은 홍경래 대원수를 무사히 의주까지 모시고 가는 게 급선무다.

* * *

해가 환하게 떠오를 무렵에 이르러서야 불길이 잡혔다. 관병에게 함락된 정주성은 지옥을 방불케 하고 있었다. 곳곳에 시신이 즐비했는데 살아남은 사람들의 눈에는 공포가 가득했다. 어떤 운명이 기다리고 있는지 잘 알고 있는 터였다.

"홍적은 없는 듯합니다."

이격을 대동하고 다가온 박 파총이 홍경래를 찾지 못했음을 고했다. 하면 성을 빠져나갔단 말인가. 노성집은 입맛이 썼다. 홍경래를 붙잡거나 목을 베어야 난이 완전히 진압된 것이다.

"암문은?"

"출구마다 경비병을 배치해 놓았는데 아무도 빠져나오지 않았다고 합니다."

하면 알려지지 않은 암문이 따로 있을 것이다.

"성벽을 샅샅이 뒤져라! 반드시 암문을 찾아내야 한다!"

노성집이 엄명을 내렸다.

"반도(叛徒)들은 어떻게 할까요?"

"상부에서 영이 내려올 때까지 남자들은 전원 포박하고 여자와 아이들은 한 곳에 가둬놓아!"

"평안감영에 연통해서 기찰선을 띄우는 게 좋겠습니다."

이격이 불쑥 끼어들자 노성집은 그게 무슨 말이냐는 표정을 지었다.

"홍적은 의주와 수시로 연통하고 있었습니다. 그런데 밀사는 소장도 모르는 곳을 통해서 성을 드나들고 있었습니다. 짐작건대 바다로 왕래한 것 같은데 그렇다면 남양에서 배를 탔을 것입니다."

"그렇다면 서쪽으로 통하는 암문이 있겠군. 관병을 이끌고 성 서쪽을 샅샅이 뒤지도록. 현장지휘는 박 파총에게 맡기겠네."

노성집은 그리 명하고 양서순무사 이요헌에게 달려갔다. 역도 토벌을 마쳤음을 고해야 한다.

"어찌 되었소? 홍적은 포박했소?"

구군복(具軍服) 차림의 이요헌이 뛰어나오며 물었다.

"시신을 확인하지 못했습니다. 어쩌면 혼란 중에 성을 빠져나갔을지도 모릅니다."

"무슨 소리인가! 수괴를 놓치고 어찌 난을 진압했다고 할 수 있겠나!"

이요헌이 언성을 높였다.

"사전에 파악하지 못했던 암문을 통해서 빠져나간 듯한데 곧 추적에 들어갈 것입니다."

노성집이 결의를 다지는데 휘하의 파총이 황급히 장대로 뛰어들었다.

"암문을 찾았습니다. 천총 예상대로 서문 쪽에 암문이 있었습니다."

"추포대는?"

"출동시켰습니다"

"알았다. 내가 현장으로 가서 지휘하겠다."

노성집은 장대를 뛰쳐나가려다 몸을 돌리며 평안병사 이해우에게 고했다.

"홍적이 바다를 통해 의주로 빠져나갈지 모르니 즉시 병영의 기찰선을 남양 앞바다로 출동시켜 주십시오."

"알겠네."

이해우가 윤허하자 노성집은 몸을 날려 서문 쪽으로 내달렸다. 불길이 채 잡히지 않은 성내를 가로질러 서문에 이르자 대기하고 있던 박 파총이 달려오며 군례를 올렸다.

"저곳입니다."

박 파총이 수풀로 뒤덮힌 곳을 가리켰다. 다가가서 자세히 살피니 사람 하나 간신히 빠져나갈 만한 암문이 교묘하게 숨겨져 있었다. 노성집은 허리를 굽힌 채 환도를 움켜쥐고 암문을 빠져나갔다. 밖으로 나오자 우거진 숲이 앞으로 가로막고 섰다. 노성집은 조심스레 숲을 헤치며 앞으로 나갔다.

"부근 숲을 철저히 수색하라!"

홍적이 부상을 당했다면 멀리 가지 못하고 몸을 숨기고 있을지도 모른다. 노성집은 추포대에서 인근 숲을 자세히 수색할 것을 지시했다.

"엇!"

수풀을 뒤지던 추포대 군병이 비명을 질렀다. 달려가 보니 웬 자가 피를 흘리며 쓰러져 있는데 살펴보니 이미 숨이 끊어졌다. 칼을 들고 있는 걸로 봐서 대적을 하다 당한 것 같은데 정확하게 급소를 베인 것으로 봐서 상대는 무예가 매우 출중한 자 같았다. 예상대로 그자가 홍적과 함께 있는 것 같았다.

"샅샅이 뒤져라!"

* * *

일산에 이르렀을 무렵에 동이 트기 시작했다. 밤새 격전을 치르고, 목숨을 건 탈출을 하는 중이다. 피로가 몰려왔지만 지체해서는 안 된다. 다행인 것은 대원수가 부상을 당했음에도 잘 참고 있다는 사실이다.

"조금만 더 가면 남양이고, 배를 타면 마음을 놓을 수 있습니다. 그때까지는 힘들더라도 참으십시오."

"내 걱정은 말게."

홍경래가 거친 숨을 몰아쉬며 대답했다. 출혈을 많이 해서 얼굴이 창백했다. 안지경은 급한 대로 저고리를 찢어서 피를 흘리는 곳을 막았다.

지금쯤 암문이 발각되고, 추포대가 쫓아오고 있을지 모른다. 최성태가 어떻게 암문을 알고 있는지 몰라도 다행인 것은 혼자서 공을 세울 요량으로 암문의 존재를 관병에게 고하지 않았다는 사실이다. 이럴 때 이격이 있으면 얼마나 좋을까. 큰 힘이 되었을 것이다. 그러나 애석하게도 이격은 사송야 싸움에서 목숨을 잃고 말았다.

날이 환하게 밝았는데도 들에는 사람의 그림자를 찾아볼 수 없었다. 난리 통에 모조리 몸을 숨기고 있는 듯했다. 이 상황에서도 다행이었다. 더 지체할 틈이 없다. 안지경은 얼굴이 백지장처럼 하얗게 된 홍경래를 부축하며 힘겨운 걸음을 재촉했다.

다행히 해가 중천에 떠올랐을 무렵에 남양 포구에 당도하게 되었다. 포구 역시 한산하기는 마찬가지였다. 부지런히 포구를 드나들던 고기잡이배들은 보이지 않았고, 크고 작은 장삿배들도 자취를 감추었다.

"주막에서 한 서방을 찾으면 의주로 갈 배를 마련해줄 걸세."

홍경래가 힘겹게 입을 열었다. 일각을 지체할 수 없다.

갑자기 환도를 든 건장한 남자가 들어서자 주모가 겁을 먹고 뒤로 물러섰다.

"정주성에서 왔소. 한 서방을 찾고 있소."

다행히 주막에는 주모만 있었다. 주모가 잔뜩 겁먹은 얼굴로 안지경을 살피는데 뒤뜰에서 나이가 지긋한 촌부가 모습을 드러냈다.

"대원수를 모시고 왔소. 속히 의주로 가야 하오."

안지경이 환도에 손을 가져가며 배를 댈 것을 요구했다. 여차하며 목을 날려버릴 기세인데도 촌부는 별로 놀라는 기색 없이 포구로 향했다.

"기다리고 있으시오."

홍경래를 확인한 촌부는 휑하니 사라지더니 곧 조기잡이 중선배를 끌고 왔다. 조기잡이배 치고는 작은 편이지만 먼 바다로 나가는 게 아니고 해안을 따라가면 되니 큰 어려움은 없을 것이다. 안지경은 몹시 힘들어하는 홍경래를 부축해서 중선배에 태웠다. 배에는 한 서방 외에 어부 두 사람이 더 있었는데 아무것도 보이지 않는다는 듯 묵묵히 자기 일만 하고 있었다.

포구를 빠져나온 중선배는 돛을 한껏 부풀린 채 물살을 가르며 서해로 향했다. 이제 사지를 탈출한 것일까. 그러나 안지경은 긴장을 늦출 수 없었다. 노성집이 추포대를 이끌고 있을 것이다. 결코 쉽게 포기할 자가 아니다.

"신미도 쪽으로 갑니까?"

키잡이가 물었다.

"그래. 그렇지만 외장도로 가지 말고 일단 운무도 쪽으로 배를 돌리게."

잠시 생각하더니 한 서방이 해로를 알려주었다.

"그러면 제법 돌아가야 하는데 어째 바람이 좋아 보이지 않습니다."

키잡이가 하늘을 올려다보며 대답했다.

"한시 빨리 대원수를 의원에게 보여야 하니 잠시도 지체할 틈이 없소."

안지경이 끼어들었다. 홍경래는 눈을 감고 괴로워하고 있었다.

"기찰선의 눈에 들면 이 배로는 추적을 따돌릴 수 없습니다."

한 서방이 부지런히 주변을 살피며 대답했다. 그리 말하는데 더 재촉할 수 없었다. 아무튼 한 서방은 믿을 만한 사람 같았다.

"조금만 참으십시오. 곧 의주에 당도할 겁니다."

정신줄을 놓으면 안 된다. 안지경은 부지런히 말을 걸었고 홍경래는 연신 어깨를 움켜쥐고 '나는 괜찮아'를 연발했다.

"대영도 쪽에 기찰선이 떴습니다!"

돛잡이가 황급히 소리쳤다. 황급히 고개를 돌리니 과연 소맹선(小猛船) 두 척이 대영도 쪽에서 다가오고 있었다. 벌써 기찰선이 떴단 말인가. 자칫 외장도 쪽으로 뱃길을 잡았더라면 꼼짝없이 마주쳤을 것이다.

"봉매도 뒤로 숨어라!"

한 서방이 소리치자 키잡이가 재빨리 중선배 방향을 틀었다. 그러나 이미 늦었다. 중선배를 발견한 기찰선이 빠른 속도로 다가왔다.

"돛을 끝까지 올려라!"

이제는 달아나는 수밖에 없다. 한 서방이 달려가서 돛잡이를 도왔다. 돛을 한껏 부풀린 중선배는 남쪽으로 머리를 돌린 채 먼 바다로 향했다. 이제 어떻게 되는가. 조기잡이배가 빠른 기찰선을 따돌릴 수는 없을 것이다.

"일단 먼 바다로 나가서 수를 마련해보겠습니다. 소맹선은 빠르지만, 화포가 실려 있지 않으니 운무도를 지날 때까지 잡히지 않을 겁니다."

한 서방이 칼을 뽑아 든 채 기찰선을 노려보고 있는 안지경을 안심시켰다.

"바람이 심상치 않습니다."

돛잡이가 하늘을 올려다보며 소리쳤다. 안지경이 하늘을 올려다봤지만, 별반 이상은 느껴지지 않았다. 그렇지만 뱃사람들은 안색이 심상치 않았다. 그 사이에도 기찰선은 빠른 속도로 거리를 좁혀왔다. 아무래도 무사히 빠져나가지 못할 것 같았다. 두 배의 거리는 스무 길에 불과했다. 기찰선에는 추포대가 창검을 번뜩이며 노려보고 있었다.

"……!"

일전을 벌일 각오로 기찰선을 노려보던 안지경은 주춤하며 뒤로 물러섰다. 갑자기 중선배가 심하게 요동쳤던 것이다.

"삼각파도입니다!"

한 서방이 잔뜩 긴장해서 뒤를 돌아보는 안지경에게 말했다. 안지경도 뱃사람들이 두 개의 파도가 부딪히면서 생기는 삼각파를 제일 무서워한다는 사실은 알고 있었다. 삼각파가 생겼다는 것은 멀지 않은 곳에서 거센 바람이 불고 있다는 의미다.

"파고로 봐서 엄청난 바람인 것 같습니다."

한 서방이 넋이 나간 표정으로 중얼거렸다. 평생을 바다에서 살았다는 그도 쉽게 경험하는 일이 아닌 것 같았다. 앞을 살펴보니 중선배보다도 작은 기찰선은 높은 파도에 솟구쳤다 가라앉기를 거듭하며 당장이라도 뒤집힐 것 같았다. 쫓고 쫓기는 것이 무의미한, 각자 알아서 살길을 찾아야 할 판국이었다.

배가 요동칠 때마다 양현수 종사관은 숨이 멎을 것 같은 공포에 휩싸였다. 도적을 추포하는 데에는 조선 제일이지만 바다, 더구나 이런 황천(荒天)은 익숙하지 못했던 것이다. 그 사이에 하늘은 시커멓게 변했고, 바람은 더욱 거세게 불어댔다.

"엄청난 바람이 불어오고 있습니다. 속히 뱃머리를 돌려야 합니다."

수졸이 사색이 되어 빨리 포구로 피신해야 한다고 했다.

홍경래가 눈앞에 있다. 이대로 놓칠 수는 없다.

"안 돼! 쫓아간다!"

양현수가 호통을 치는 순간 기찰선은 붕 떠오르더니 허공으로 내동댕이쳐졌다.

"악!"

사방에서 비명이 들렸다. 다행히 기찰선은 뒤집혀 지지는 않았지만, 홍경래가 탄 배는 뒤집혔는지 보이지 않았다. 하늘은 어두웠고 바람이 사정없이 불어대면서 집채만 한 파도가 계속 몰려왔다. 옆구리를 강타당하면 여지없이 전복될 것이다.

"배를 돌려라!"

짧은 순간 지옥을 경험했던 양현수는 배를 돌릴 것을 지시했다. 비록 홍경래를 포박하지 못했지만 이렇게 심한 파도가 치는 바다에서 살아남지는 못할 것이다.

이양선

우포청 종사관 이격이 들어서자 별감이 부리나케 달려왔다.

"나리 오셨습니까."

기방에서는 염라대왕 왈짜패로 통하는 별감이지만 이격 앞에서는 순한 양이었다. 별감은 앞장서서 이격을 후원으로 안내했다. 숭교방에 자리한 기방은 한양에서도 제일로 꼽는 곳답게 후원이 잘 꾸며져 있었다. 이격은 연꽃이 한가로이 떠 있는 연못 정자로 성큼 올라섰다.

"곧 설류옥(雪柳玉)을 보내겠습니다."

별감이 휑하니 사라졌다. 이격은 늘 기녀 설류옥을 후원으로 부르고 있었다.

춘풍에 실려 오는 꽃내음이 싱그러웠다. 추운 겨울이 지나고 만물이 소생하는 봄이 돌아온 것이다. 병자년(丙子年 1816)의 봄은 유달리 일찍 온 것 같았다. 나무 위에서 지저귀고 있는 새에게 눈길을 주던 이격의 입에서 짧은 한숨이 새어 나왔다. 벌써 4년의 세월이 흐른 것이다.

정주성이 무너지면서 반군의 수뇌부들은 몰살됐다. 군사 우군칙과 도총 이희저는 체포되어 목이 달아났고 다른 수뇌부들은 혼전 중에 목숨을 잃었다. 체포된 성민은 모두 2,983명인데 이 중 10세 이하 아이들 224명과 여자 842명을 뺀 1,917명은 목이 달아났다. 조선 건국 이래 최대의 민란이었던 홍경래의 난은 그렇게 처참한 도륙으로 마감되었다. 수괴 홍경래의 시신은 찾지 못했지만, 조정은 혼란 중에 불에 타버린 것으로 공표하였다.

이격은 정주성 공략의 공을 인정받아서 사면되었고, 노성집의 도움으로 종6품 우포청 종사관이 되었다.

중노미들이 술상을 날라왔고, 기녀 설류옥이 모습을 드러냈다. 한양 제일의 기방에서도 미색으로 손꼽히는 설류옥이 날아갈 듯 절을 하고 맞은 편에 자리를 했다. 늘 그러하듯이 따로 악공은 부르지 않았고, 후원에는 두 사람뿐이었다.

“그동안 적조했네. 대장 영감이 새로 부임하면서 이것저것 챙길 일이 많아서. 지내는 데 힘든 일은 없었소?”

이격이 정 가득한 눈길로 설류옥을 쳐다봤다.

“종사관 나리께서 돌봐주시는 덕에 아무런 어려움 없이 지내고 있습니다.”

설류옥이 기명만큼이나 청아한 목소리로 대답했다.

“내 별감에게 단단히 일러놓을 테니 행여 힘든 일이 생기거든 주저하지 말고 별감에게 얘기하시오.”

이격은 상대가 기녀임에도 하대를 하지 않았다.

“그리 생각해주시니 감읍할 따름입니다.”

눈을 내리깔고 차분하게 사의를 표하는 설류옥을 보며 이격은 만감이 교차했다. 어릴 때부터 마음에 담아두고 있었던 사람이다. 그때는 차홍련이 기녀가 될 거라 상상조차 못했었지만.

해가 네 번이나 바뀌었음에도 설류옥의 마음속에 여전히 그자가 자리하고 있다는 사실을 이격은 잘 알고 있었다. 포도청 종사관이면 기녀를 기적에서 빼서 소실로 들여앉히는 게 크게 어려운 일이 아니다. 그럼에도 이격은 설류옥이 자신에게 마음을 열고 자기를 받아줄 때까지 기다리기로 했다.

"모친이 계신 곳을 찾고 있소. 장예원 서리에게 청을 넣었는데 내 청을 무시할 수 없을 테니 곧 소식을 알게 될 것이오."

"나리의 은혜를 어찌 갚아야 할지 모르겠습니다."

설류옥이 진심으로 이격에게 사의를 표했다. 정주성이 함락되면서 차홍련의 부친은 참형을 당했고 차홍련과 모친은 관노로 끌려갔다. 그렇지만 차홍련은 이격이 힘쓴 덕에 기녀가 되었고, 설류옥이란 기명으로 숭교방 기방에 머물게 되었다. 이격은 지방관아의 관노인 차홍련의 모친을 한성으로 불러들이겠다고 차홍련에게 약조를 한 터였다.

"항차 파총이나 우후(虞候)로 승차하면 그대 모친을 노비적에서 빼줄 수 있을 것이오."

"백골난망이옵니다."

설류옥이 크게 감읍하며 잔에 넘치게 술을 따랐다. 그때 무슨 급한 일이 생겼는지 심복 포교가 조심스레 후원으로 들어섰다.

"무슨 일인가?"

밀회를 방해받은 이격은 짜증이 났다.

"영감께서 찾으십니다."

포도청대장이 찾는다는데 안 가볼 수 없었다. 이격은 얼른 몸을 일으켰다.

"또 들리겠소."

우포청대장은 노성집이다. 정주성 함락에 큰 공을 세운 노성집은 우포청대장으로 승차해 있었다. 이격은 한걸음에 포청으로 내달렸다.

"찾으셨습니까?"

대장 방에는 좌포청 양현수 종사관이 먼저 와 있었는데 이격이 들어서자 노성집이 읽고 있던 계를 한쪽으로 치웠다. 아마도 은율이나 장연 관아에서 보낸 계일 것이다. 그만하면 덮을 만한데도 참으로 집요했다. 하물며 좌포청의 종사관까지 불러서 닦달하고 있다니. 노성집이 이리 집요하게 물고 늘어지는 데는 근자에 들어 홍경래가 살아 있다는 소문이 퍼지고 있는 것도 한몫을 하고 있을 것이다.

"의심할 만한 것이라도 있습니까?"

이격의 물음에 노성집은 고개를 가로저었다.

"제가 두 눈으로 똑똑히 목도했습니다. 산더미만 한 파도가 홍적이 탄 배의 옆구리를 강타했고, 배는 그대로 뒤집혔습니다. 어부들 말이 그 격랑 속에서 살아남을 수는 없다고 합니다. 하물며 홍적은 칼에 맞고 피를 많이 흘렸습니다."

추격을 담당했던 양현수가 그날의 정황을 소상히 설명했다.

"자네를 의심해서가 아니다. 다만 마무리를 분명히 하고자 함이다. 그 배에는 홍적 외에도 생사를 확인하고 싶은 자가 있다."

정주성이 무너지고 반도들을 모조리 처단한 지 벌써 4개 성상이 흘렀다. 그럼에도 노성집은 홍경래와 안지경의 생사를 확인하고자 서해 연한 고을의 관아에 4년 전 시신이 표류해 온 적이 없는가를 거듭 확인하고 있었다. 하지만 서해안 어느 고을에도 떠밀려온 배도 시신도 없다고 했다.

"혹시 청나라로 떠밀려 갔을 수도 있지 않을까?"

노성집은 쉽게 의심을 거두지 못했다. 이격이 그 일은 그만 덮는 게 좋겠다는 말을 하려는데 포교가 웬 노인을 데리고 들어왔다.

"네가 조운선단(漕運船團) 도선장이냐?"

"그렇습니다."

검게 그을린 얼굴의 노인이 공손하게 대답했다.

"그날을 상황을 이자에게 소상하게 설명하게."

노성집이 양현수에게 지시했다. 양현수가 탁자 위의 지도를 집어 가며 도선장에게 그날 겪었던 일을 소상하게 말해주었다.

"어떠냐? 청나라에 표류했을 가능성이 있어 보이느냐? 일찍이 절강땅에 표류했다 돌아온 뱃사람도 있다고 들었다."

노성집이 도선장을 주목했다. 도선장은 선뜻 대답하는 대신에 지도를 뚫어지게 쳐다봤다.

"큰 파도에 휩쓸려서 멀리 류구(琉球 오키나와)나 여송(呂宋 필리핀), 안남(安南 베트남)까지 떠밀려 갔다가 돌아온 자도 있습니다만 흔한 경우는 아닙니다."

도선장이 지도에서 눈을 떼지 않고 대답했다.

"네 해 전의 큰바람은 소인도 똑똑히 기억하고 있습니다. 마침 해주감영에서 올리는 공물을 싣고 강화도로 향하던 중이었으니까요. 평생 배를 탔지만 그렇게 사나운 바람은 처음이었습니다. 그런데 소인이 그날 겪었던 바람은 방금 나리께서 얘기한 풍향과 달랐습니다. 사실이 그러하다면 추측건대 진시(辰時) 무렵에 바람의 방향이 급격히 바뀐 것 같습니다."

도선장이 손가락으로 지도를 집어 가며 설명했다.

"추측이 사실이라면 그 배는 산동 쪽으로 떠밀려갔다가 풍향이 바뀌면서 다시 조선으로 향했을 수 있습니다."

"하면 해안으로 떠밀려 왔을 수도 있다는 말이냐? 하지만 각 고을 관아에 알아본바 그날 표류해 온 배는 없었다!"

노성집의 목소리가 높아졌다.

"섬도 있습니다. 섬이라면 바람의 방향으로 봐서 아마 여기, 여기, 여기일지 모릅니다."

도선장이 초도와 백령도, 대청도를 차례로 가리켰다.

섬이라. 노성집의 표정이 굳어졌다. 왜 그 생각을 못했을까. 작은 섬에는 관아가 없다. 가끔 첨절제사가 순시를 돌 뿐이어서 죄를 짓고 숨어 지내는 자들이 종종 있었다.

"황해감영에 연통해서 기찰선을 마련하라고 이르라!"

노성집이 엄한 목소리로 이격에게 지시를 내렸다. 아마도 피를 많이 흘린 홍경래는 그 와중에서 목숨을 부지하기 힘들었을 것이다. 하지만 그자는…… 무인의 예감이라는 게 이런 걸까. 노성집은 안지경은 왠지 바다에 빠져 죽을 자가 아닐 거라는 생각을 떨쳐버리지 못했다.

* * *

멀리 장산곶이 가물가물하게 눈에 들어왔다. 안지경이 배를 대자 갈매기들이 끼룩끼룩 소리를 내며 배 주변에 모여들었다. 안지경이 망에서 작은 물고기를 꺼내 멀리 집어던지자 갈매기들이 우르르 그쪽으로 날아들었다.

"오늘은 그런대로 괜찮군."

김 씨가 환한 얼굴로 망을 살폈다. 안지경은 물고기들을 어항에 채운 후 익숙한 솜씨로 그물을 말고, 어구(漁具)를 챙겼다. 이곳 백령도로 표류해온 지 4년, 스물다섯 살이 된 안지경은 영락없는 어부의 모습을 하고 있었다.

뒷마무리를 마친 안지경은 김 씨를 따라 천천히 백사장을 걸었다. 이토록 잔잔한 바다가 그날은 왜 그리도 무섭게 성을 냈을까. 사정없이 불어대던 바람, 집채만 한 파도가 떠오르자 안지경은 부르르 몸이 떨렸다. 하긴 풍랑이 몰려오지 않았다면 꼼짝없이 관군에게 붙잡혔을 것이다. 그날 살아남은 것은 오로지 기적이었다.

배는 사정없이 떠밀려 갔고 사공들도 하얗게 질려 어쩔 줄을 몰라 했다.

"조금만 참으면 바다가 잠잠해질 겁니다."

안지경은 희망을 담아 홍경래를 위로했다. 안색은 창백했지만, 아직 숨은 붙어 있었다.

"나는 괜찮네."

도리어 홍경래가 힘들게 눈을 뜨며 손을 꼭 잡고 있는 안지경을 위로했다. 다행히 아직까지 정신이 온전했다.

"죽는 건 두렵지 않아. 동지들을 놔두고 혼자 성을 빠져나온 게 걸려."

"그런 말씀 마십시오. 대원수께서 무사하셔야 동지들을 다시 규합해서 혁명을 완수할 수 있습니다."

"혁명이라."

홍경래의 입가에 씁쓸한 미소가 지어졌다.

"아쉽지만 내 혁명은 실패로 돌아갔네. 제대로 된 혁명이라면 팔도 백성의 마음을 움직였을 것이고, 도처에서 들고 일어섰겠지. 하지만 우리는 백성들의 마음을 얻지 못했네. 무엇을 위해 혁명을 하는지, 새 세상은 어떻게 다를지를 백성들에게 심어주지 못했네. 이제 기쁜 마음으로 동지들, 나를 따르던 백성들을 만나러 가겠네."

힘겹게 숨을 헐떡이던 홍경래가 눈을 번쩍 뜨고 안지경을 쳐다봤다.

"자네는 어떻게 해서든 살아남게. 살아남아서 무엇이 부족했는지를 살피고, 어떻게 해야 하는지를 깨달아서 미완의 혁명을 완수하게."

홍경래는 그 말을 마치고 잠들 듯 스르르 눈을 감았다.

"대원수! 대원수!"

안지경이 다급하게 홍경래를 흔드는데 배가 갑자기 하늘로 솟구치더니 뒤집힌 채 내동댕이쳐졌다. 안지경은 그대로 정신을 잃고 말았다.

시간이 얼마나 흘렀을까. 눈을 떠보니 웬 남자가 자신을 지그시 내려다보고 있었다. 그 뒤로 언제 폭풍우가 쳤냐는 듯 파란 하늘에 환한 해가 비치고 있었다. 강렬한 햇빛에 안지경은 다시 눈을 감았다.

“정신이 드는가?”

남자의 목소리가 들렸다.

“여기가 어딥니까?”

안지경이 눈을 게슴츠레 뜨고 물었다.

“백령도네. 고기를 잡으러 가다 떠밀려 온 것을 보고 건져낸 것이네.”

남자가 담담한 어조로 대답했다.

백령도 어부 김 씨에게 구조된 안지경은 어부로 새로운 삶을 살게 되었다. 그리고 4년이 흘러 병자년(丙子年 1816)이 되었다.

처음에는 바다만 보면 그날의 일이 떠올랐고, 배를 타면 멀미와 토악질을 해댔지만, 이제는 적응이 되어서 어부 몫을 충분히 해내고 있었다. 바닷가 사람들은 아무도 안지경을 이상하게 보지 않았다. 종종 배가 뒤집히면서 떠밀려온 사람들이 있었던 것이다. 거기에 김 씨는 과묵한 사람인지 안지경에게 아무것도 묻지 않았다.

이대로 섬에서 어부로 살아가야 하나. 대원수는 혁명을 완수할 것을 당부했지만 여기서 할 수 있는 일은 아무것도 없다. 홍련은 어찌 되었을까. 아마도 노비로 끌려갔을 것이다.

‘기다려줘. 내가 반드시 구해낼 테니.’

안지경이 하늘을 올려다보며 그리 다짐하는데 앞서가던 김 씨가 돌아서며 말했다.

“내일은 먼 바다로 나갈 거니까, 어구를 단단히 챙기고 먹을 거랑 물도 넉넉히 싣게.”

* * *

순풍에 돛을 잔뜩 부풀린 알세스트 호가 서해를 가르며 순항하고 있었고, 조금 떨어져서 자매함 리라 호가 부지런히 쫓아오고 있었다. 영국을 떠난 지 여러 달이 흘렀다. 긴 항해에 지칠 대로 지쳤음에도 선원들은 대영제국의 해군답게 규율을 잘 지키고 있었다.

선장 배질 홀은 망원경에서 눈을 뗐다. 저 멀리로 육지가 눈으로도 확인이 되었다.

"코리아입니다. 그들은 조선이라고 부르고 있지요."

청나라 통변이 설명했다.

"바깥세상과는 떨어져서 사는 은둔의 나라입니다. 섣불리 배를 댔다가는 봉변을 당할 수 있습니다."

통변이 주의를 주었다. 배질 홀이 알고 있다는 듯 고개를 끄덕였다. 해군 항해지에서 읽었던 기억이 떠올랐던 것이다.

19년 전인 1797년(정조 21년)에 일본 나가사키로 향하던 영국 전함 프로비던스 호는 풍랑을 만나 코리아의 동래 용당포란 곳에 표류했던 적이 있었다. 그때 조선의 관민들은 친절하게 영국 선원들을 상대했으며 먹을 것과 마실 것을 제공했다고 했다. 그래도 조심하는 게 좋을 것이다.

"측량을 실시하라!"

배질 홀 선장이 명령을 내리자 선원들이 바쁘게 움직였다. 측연선을 내려서 수심을 재고, 부유물을 띄워서 해류의 흐름을 살피고 부근에 암초가 있는지도 빠뜨리지 말고 살펴야 한다.

배질 홀 선장이 지휘하는 알세스트 호와 자매함 리라 호는 영국 국왕이 주청(駐淸) 특명전권대사로 임명한 암허스트 백작을 태우고 영국을 출항했는데, 돌아가는 길에 조선의 서해안을 측량하는 임무를 수행 중이다. 조선은 네덜란드 선원 하멜을 통해서 유럽에 그 존재가 알려졌지만 섬인지 육지인지가 불분명하다가 프랑스의 지리학자 단 빌이 완성한 세계지도에 의해서 비로소 반도임이 확인이 되었다. 그 후 프랑스의 르쿠르앙 호가 동해를 항해하면서 해도를 제작했지만, 서해는 여지껏 미지의 바다였다.

미지의 세계는 먼저 탐사하고 지도를 완성한 나라에게 식민지 경영의 우선권이 있다. 당시 영국은 워털루 전투(1815)에서 나폴레옹의 프랑스 군대를 물리치고 유럽대륙의 패자(霸者)로 등극했고, 해군은 오대양 육대주를 누비며 해가 지지 않는 대영제국을 구가하면서 부지런히 넓은 세계로 손을 뻗치고 있었다.

"코리아는 어떤 나라인가? 친절한 사람들이라고 들었다."

배질 홀이 프로비던스 호의 보고서를 떠올리며 물었다.

"한 번도 다른 나라를 침입했던 적이 없었던 순박한 사람들입니다."

그렇다면 육지는 몰라도 섬이라면 상륙해도 괜찮을 것 같았다. 발해만에서부터 남쪽으로 내려오면서 조선 서해안의 지형과 해로를 살피고 있던 배질 홀은 보다 상세하게 알고픈 욕심이 났다.

"배를 해안에 접근시키고 상륙할 만한 섬이 있는지 살펴라."

* * *

배가 포구에 닿자 진장(鎭將)이 허겁지겁 달려왔다. 대체 무슨 일일까. 가끔 해주감영에서 첨절제사가 순시를 나온 적은 있지만 한양의 포도청대장이 외딴섬 백령도까지 찾아오는 경우는 없었다.

"둘러본 섬들 중에서는 제일 큰 섬입니다."

해주감영에서 따라온 서리가 노성집을 따라 배에서 내리며 말했다. 백사장이 넓게 펼쳐져 있고, 배들도 제법 눈에 들어왔다.

"포도대장 영감께서 어인 일로 여기까지."

진장이 노성집의 눈치를 살피며 군례를 올렸다.

"죄를 짓고 도망 온 자가 있는지 살피는 중이다."

우르르 따라 내리는 포졸들을 보며 긴장해 있던 진장의 얼굴에 '뭐야 겨우 그깟 일로' 하는 표정이 스치고 지나갔다.

"섬사람들은 전부 점고할 테니 한 사람도 빠뜨리지 말고 모으거라."

노성집이 엄명을 내렸다.

길에 늘어선 낚싯바늘에 일일이 미끼를 끼우는 게 조금 성가시지만 그래도 주낙은 그물이나 통발에 비해서 조과(釣果)가 확실하다. 김 씨를 도와서 주낙 채비를 마친 안지경은 홍어가 주렁주렁 매달렸으면 하는 심정으로 낚싯줄을 던졌다. 바다는 잔잔했지만 언제 또 심술을 부릴지 모른다. 안지경과 김 씨는 번갈아 하늘을 살폈다.

"아저씨는 천주학을 믿으십니까?"

안지경이 조심스럽게 입을 열었다. 일전에 우연히 그의 소지품에서 십자가를 본 적이 있었다. 김 씨는 일순 주춤했지만, 곧 차분한 표정으로 돌아왔다.

"그렇네. 내 집은 본시 보령이었네. 일찍이 천주님을 만나서 가슴에 모시고 살다가 신유년 박해 때 몸을 피해 이리로 왔지."

"그렇군요. 나는 무과에 급제했지만, 신유년 박해 때 집안이 평안도로 쫓겨갔고, 그곳에서 대원수를 만나 대의를 도모했습니다."

안지경은 자신이 홍경래의 측근임을 밝혔다.

"정주성에서 온 사람이라고 대강 짐작하고 있었네. 그런데 자네도 천주학을 신봉하고 있었군. 그래 앞으로 어쩔 셈인가? 나야 여기서 어부로 살다가 주님 품으로 돌아가면 그만이지만."

김 씨가 안지경을 빤히 쳐다봤다.

"솔직히 뭘 어찌해야 할지 모르겠습니다. 딱히 할 수 있는 일도 없고. 어쩌면 4년 전에 이미 죽은 목숨인지도 모르지요."

안지경이 한숨을 내쉬었다. 무력감이 밀려왔다. 할 수 있는 것은 아무것도 없는데 걸리는 게 둘이 있다. 대원수의 당부와 차홍련을 찾는 일.

"서두르지 말게. 기회는 어느 순간에 불쑥 찾아온다고 하니. 차분하게 때를 기다리다 보면 반드시 뜻을 펼칠 수 있는 기회를 만나게 될 걸세."

김 씨는 보령 향반(鄕班)의 서출이라고 했는데 너그러운 성품에 식견도 뛰어난 사람이었다.

주낙은 지루함을 참아내는 게 일이다. 이런저런 얘기를 나누다 보니 채비를 거둘 시간이 되었다. 제발 홍어가 주렁주렁 걸렸으면 하는 바람으로 안지경은 김 씨를 도와 낚싯줄을 거둬들였다.

"이런, 홍어밭이었군"

줄줄이 따라 올라오는 홍어를 보며 김 씨가 환호했다. 안지경이 보기에도 근자에 드물게 보는 수확이었다. 두 사람은 환한 얼굴로 배를 돌렸다.

예정에 없었던 점고, 그것도 포도대장이 직접 군졸들을 인솔하고 들이닥치자 섬이 발칵 뒤집어졌다. 노성집은 고을을 빼놓지 않고 들렀고, 서리는 호패와 장적(帳籍)을 일일이 대조해가며 신원을 확인했다. 불려 나온 섬사람들은 창검을 들고 서 있는 군졸들을 보며 잔뜩 겁에 질려서 부들부들 떨었다. 한편에는 신분이 탄로 나서 잡힌 자, 산으로 도망쳤다가 붙잡혀온 자 등 3명이 오랏줄에 묶여 있었다.

"점고를 마쳤습니다."

마지막 사람까지 확인한 서리가 고하자 노성집의 표정이 흐려졌다. 잡범들이나 잡자고 여기까지 행차한 게 아니다. 백령도에도 없다면 이제 어디를 뒤져야 하나. 오래전에 물에 빠져 죽은 자를 상대로 내가 너무 예민하게 구는 게 아닐까 하는 생각도 들었다.

"더 없느냐?"

"배를 타고 고기를 잡으러 나간 자 외에는 전부 살폈습니다."

"언제 돌아오느냐?"

"대중없습니다. 당일로 돌아오는 올 때도 있고, 며칠 있다가 돌아올 때도 있는데 오래 조업할 때는 보름씩 나가 있는 경우도 있습니다."

서리가 기어들어 가는 목소리로 대답했다. 마냥 섬에서 기다릴 수는 없는 일이다. 노성집은 소태를 씹은 표정으로 기찰선으로 돌아갈 것을 명했다. 군졸들은 창검을 번쩍이며 포구로 향했다.

포구에 이르자 바다에서 돌아온 어부들이 눈을 휘둥그레 뜨고 군졸들을 쳐다봤다. 그사이에 섬에 무슨 변고라도 생겼단 말인가.

“기찰선 같은데 점고일도 아닌데 무슨 일로?”

포구를 살피던 김 씨가 고개를 갸우뚱했다. 기찰선이라는 말에 안지경은 정신이 번쩍 들었다.

“이상하군. 점고 때가 아닌데. 그리고 웬 군졸이 저리 많단 말인가?”

김 씨는 심각한 표정으로 포구를 살폈다. 이전처럼 진장을 적당히 구슬린다고 넘어갈 것 같지 않았다.

“내 말을 잘 듣게.”

김 씨가 심각한 표정으로 안지경에게 일렀다.

“잡범이나 잡자고 포청에서 기찰선을 띄우지는 않았을 걸세. 그렇다고 지금 배를 돌리면 의심을 살 것이네. 내가 저들의 눈을 끌 테니 자네는 저들이 섬을 떠날 때까지 꼼짝 않고 배에 엎드려 몸을 숨기고 있게.”

김 씨는 기찰선이 안지경을 잡으려고 왔다는 사실을 눈치챘다. 달리 도리가 없었다. 안지경은 얼른 몸을 숙였다.

“김 씨!”

배가 포구에 닿자 진장이 손짓으로 김 씨를 불렀다.

“무슨 일입니까? 이른 봄에 점고를 마쳤던 걸로 기억하는데.”

김 씨가 태연을 가장하며 물었다.

“한양 포도청에서 특별 점고를 나왔네. 그런데 왜 혼자야? 전에 뭍에서 온 먼 친척이 뱃일을 도와주고 있다고 하지 않았나?"

진장이 안지경을 기억하고 있었다.

"얼마 전에 뭍으로 돌아갔습니다. 바닷일이 영 힘들다면서."

김 씨가 적당히 얼버무리려 하는데 감영 서리가 눈을 부릅뜨고 다가왔다.

"왜 그래! 점고에 빠진 자라도 있는 건가?"

"그게 아니고……"

보아하니 꼬투리를 잡아서 뭔가 뜯어내려는 수작 같았다.

"홍어를 제법 잡았군. 꽤 실해 보이는데."

서리의 눈이 망으로 향했다. 남들 안 볼 때 몇 마리 꺼내주어야겠다고 생각하는데 서리가 배로 성큼성큼 걸어갔다. 손에 들고 있는 걸로는 성이 차지 않는 모양이었다. 김 씨는 가슴이 철렁 내려앉았다.

"이게 다입니다!"

김 씨가 소리치며 따라갔다. 하지만 서리는 이미 뱃전에 올라서고 있었다.

혹시나 해서 몸을 숨긴 채 점고 나온 군졸들을 유심히 살피던 안지경은 가슴이 철렁 내려앉았다. 군졸들을 지휘하고 있는 자는 분명 노성집이었다. 거리가 제법 떨어졌지만 안지경은 똑똑히 알아볼 수 있었다. 그렇다면 여전히 대원수와 자신의 뒤를 쫓고 있단 말인가. 그의 성품을 알고 있었지만 참으로 집요한 자였다.

그런데 저자는 왜 이리로 오는 걸까. 서리가 다가오자 안지경은 당황했다. 피할 데도, 피할 틈도 없었다. 안지경은 뱃전으로 올라서는 서리를 향해 냅다 발길질을 했다.

"아이쿠!"

서리가 비명을 지르며 나뒹굴었다. 그예 발각이 되었다. 좁은 섬에서 달아나 봐야 숨을 곳이 없을 테니 빨리 뭍으로 도망가야 한다. 안지경은 있는 힘껏 삿대질을 하며 배를 바다로 몰았다. 옹진까지 그리 멀지 않다. 안지경은 익숙한 솜씨로 돛을 펼치며 바람의 방향을 살폈다.

"……!"

느닷없이 비명에 고개를 돌린 노성집은 가슴이 철렁했다. 황급히 배를 몰고 도망가는 자가 눈에 들어왔는데 영락없는 어부 행색이지만 왠지 용태가 익었다. 하면 그자가 폭풍우 속에서 용케 목숨을 부지해 백령도에서 어부로 숨어지내고 있었단 말인가.

"쫓아라!"

노성집이 기찰선으로 달려가자 군졸들이 우르르 그의 뒤를 따랐다. 어선은 제법 멀리 떨어진 곳까지 갔지만, 뭍에 닿기 전에 충분히 따라잡을 수 있을 것이다.

"멀리 가지 못할 겁니다."

첨사가 거리를 재며 조바심을 내고 있는 노성집을 안심시켰다. 대체 저자가 누구길래 포도대장이 이리도 흥분하는 걸까. 나이로 봐서 홍경래는 아닌 것 같았다.

기찰선이 파도를 가르며 빠른 속도로 쫓아왔다. 노성집이 뱃머리에서 추격을 지시하고 있었다. 그런데 바람이 북쪽을 향해 불면서 배는 장연 쪽으로 향하고 있었다. 어느 쪽이든 추격을 벗어나기 힘들 것이다. 이대로 순순히 포박을 당할 수는 없다. 대원수의 유지를 받들고, 홍련을 찾아야 하는데…… 안지경은 다가오는 기찰선을 보며 절망에 빠져들었다.

"……!"

안지경과 노성집의 눈이 마주쳤다. 두 사람의 눈에서 불꽃이 일었다. 노성집의 손에 환도가 들려 있었는데 안타깝게도 안지경은 대항할 수단이 없었다.

순풍에 한껏 돛을 부풀린 알세스트 호는 물살을 가르며 해안을 따라 남쪽으로 내려가고 있었다. 망루에서 육지를 살피던 배질 홀 선장은 망원경을 내려놓았다. 저곳이 은둔의 나라라는 조선이란 말인가. 조용하면서 수려한 경관이 눈에 들어왔다.

"조금 가면 백령도라는 섬이 나옵니다. 배를 대시겠습니까?"

청인 통변이 물었다. 조선인들은 순박하다고 했지만 그렇다고 경계를 늦추었다가는 변을 당할 수도 있다. 세계 어디에도 불청객을 환대하는 나라는 없다. 그렇지만 여기까지 와서 그냥 돌아가기는 아쉽다. 어떻게 할까. 배질 홀이 고심을 하는데 마스트 위에서 감시가 소리를 쳤다.

"남쪽에서 배가 다가옵니다!"

배질 홀이 얼른 망원경으로 살피니 과연 배가 맹렬한 속도로 다가오고 있었다. 창검을 든 군인들이 스무 명 남짓 타고 있었다.

"조선 관선 같습니다."

통변이 잔뜩 긴장한 얼굴로 말했다.

"어떻게 할까요? 더 이상 접근하기 전에 위협 사격을 할까요?"

항해사도 겁을 먹고 있었다. 무장을 한 조선군 스무 명이 승선하면 당해 낼 길이 없다. 배질 홀은 경고를 보내기로 했다.

"발포하라!"

조금만 더 접근하면 잡을 수 있다. 순순히 오라를 받을 자가 아니다. 노성집은 몸을 날려 배로 뛰어오를 요량으로 거리를 가늠했다. 노성집이 몸을 움츠리는데 청천벽력의 굉음이 들려왔다.

"펑!"

그 순간 거대한 물기둥이 솟아오르며 노성집은 중심을 잃고 쓰러졌다. 놀라서 주위를 살펴보니 저 멀리 떨어진 곳에 커다란 돛을 단 배에서 연기가 피어오르고 있었다. 이양선(異樣船)이 조선 바다에 출현한 것이다. 저 먼 거리에서…… 조선 판옥선에 실려 있는 총통보다 훨씬 먼 거리까지 포환을 날린 것이다.

"어떻게 할까요?"

첨사가 와들와들 떨며 물었다. 안지경은 전속력으로 먼바다로 달아나고 있었다. 다 잡았는데…… 노성집이 미련을 버리지 못하고 있는데 재차 물기둥이 솟아오르며 배가 심하게 요동쳤다. 정통으로 맞았다가는 배가 두 쪽이 날 것 같았다.

"돌려라."

여기서 배를 돌려야 한단 말인가. 노성집은 멀어져 가는 안지경을 보며 이를 갈았다.

"설사 이양선에 오르더라도 선노(船奴) 신세를 벗어나지 못할 겁니다. 다시 조선 땅에 발을 붙이는 일은 없을 겁니다."

첨사가 잔뜩 겁에 질려서 노성집의 결심을 재촉했다. 틀리지 않을 것이다. 그렇다면 아쉽지만, 배를 돌려야 할 것이다. 어쨌든 홍경래는 죽은 게 확실했다.

자세히 살피니 작은 배가 이쪽을 향해 전속으로 다가오고 있었다. 하면 조선 관선은 죄인을 쫓고 있던 중이었나. 성급하게 발포한 면이 있지만, 다행히 조선 관군이 순순히 물러가 주었다. 그사이에 쫓기는 배는 알세스트 호까지 다가왔고, 남자가 손을 흔들며 구조를 요청했다.

"어떻게 할까요?"

항해사가 물었다. 남의 일에 끼어들고 싶지는 않은데 승선을 거절하면 저자는 목숨을 부지하지 못할 것이다. 배질 홀이 망설이는데 지켜보고 있던 통변이 나섰다.

"태워주시면 내가 데리고 내리겠습니다."

통변은 영파(寧波)에서 하선할 예정이다.

"수부 일손이 모자랍니다."

갑판장이 끼어들었다. 항해 도중에 수부 한 사람은 병으로, 또 한 사람은 바다에 빠져서 죽는 바람에 갑판이 바쁘게 돌아가고 있었다. 일손이 부족한 판이다. 그렇다면 승선을 거절할 이유가 없다. 배질 홀이 고개를 끄덕이자 줄사다리가 내려졌다.

* * *

밤새 파도에 시달리면서 지칠 대로 지친 몸을 끌고 안지경은 권양기(捲揚機)에 매달렸다. 선원 넷이서 무거운 닻을 끌어올리려니 여간 힘든 일이 아니다. 갑판장이 고함을 지르며 빨리 일을 마칠 것을 재촉했다.

"돛을 펼쳐라!"

충청도 비인 앞바다에 닻을 내리고 지형과 해류를 살핀 알세스트 호는 닻이 올라오자 돛을 활짝 펴고 서쪽으로 침로를 틀었다. 안지경은 흐르는 땀을 닦아내며 멀어져 가는 조선 땅에 눈길을 주었다. 다시 돌아올 수 있을까. 아무런 기약을 할 수 없었다.

"괜찮은가? 선노 일이 고달플 텐데."

통변 진 씨가 안지경에게 다가오며 물었다. 어쩌다 영길리(英吉利 잉글랜드) 배에 구조를 받게 되어 백인 선원들 틈에서 이것저것 허드렛일을 거드는 선노로 지내게 되었다. 한 가지 다행인 것은 말이 통하는 청나라 사람이 있다는 사실이다. 안지경은 진 씨로부터 알세스트 호는 극동에서의 임무를 마치고 영길리로 돌아가는 길이라고 들었다. 서학을 공부한 안지경은 바다 멀리에 영길리와 불랑찰(佛郎察 프랑스), 열이마니아(熱爾瑪尼亞 독일), 서파니아(西把尼亞 스페인), 포도아(葡萄牙 포르투갈), 그리고 천주의 지상 대리인 교황이 사는 의대리아(意大里亞 이탈리아) 등의 열국(列國)이 있다는 사실을 알고 있었다.

"견딜만합니다."

안지경은 웃는 얼굴로 대답했다. 힘든 건 사실이지만 어쨌든 이양선 덕분에 목숨을 건진 마당이다.

"나는 영파에서 내릴 예정이네. 그때 당신도 함께 데려가기로 선장과 약조를 했으니 힘들어도 참게."

진 씨가 위로의 말을 건네는데 갑판장이 호각을 불었다. 봉범사(縫帆士)가 돛을 꿰매는 일을 거들어야 한다.

먼 바다로 나가자 파도가 심하게 쳤다. 처음에는 견디기 힘들었지만 건장한 안지경은 그사이에 적응해서 이제는 그런대로 견딜 만했다. 사방을 둘러봐도 망망대해였다. 안지경은 수평선 너머로 눈길을 주고는 두려움 없이 새로운 운명을 향해 걸음을 옮겼다.

"뭘 꾸물대나! 빨리 올라가지 못해!"

갑판장이 줄사다리를 오르고 있는 안지경을 몰아붙였다. 험상궂은 얼굴에 건장한 체격의 갑판장 손에는 '고양이 발톱'이라고 불리는 여섯 가닥 채찍이 들려 있었다. 맞으면 살점이 묻어난다고 할 만큼 무서운 채찍이다. 사나운 선원들을 통솔하기 위해서 선상 규율은 엄격했고, 조금만 게으름을 피워도 엄벌이 따랐다.

줄사다리가 오늘따라 심하게 흔들리는 것 같았다. 아래를 내려다보면 안 된다. 겁을 먹으면 손발이 경직되면서 추락할 수도 있다. 안지경은 떨리는 가슴을 진정시키면서 대롱대롱 매달린 채 위로 향했다. 바람이 세게 불어오고, 배가 출렁이는 데도 봉범사는 한 손으로 돛대를 잡은 채 익숙한 솜씨로 바느질을 하고 있었다.

"여기 있소."

간신히 돛대에 오른 안지경이 봉범사에게 가죽실을 전달했다. 실을 건네받은 봉범사가 안지경에게 찢어져서 너덜대고 있는 돛을 붙들고 있으라고 했다. 그렇지 않아도 어지러운데 펄럭이는 돛을 잡고 있으려니 죽을 맛이었다. 그때 배가 흔들리면서 안지경의 발이 허공에 떴고, 순간적으로 한 손으로 매달린 꼴이 되었다. 다행히 배가 곧 균형을 되찾으면서 다시 발을 디딜 수 있었기에 망정이지 하마터면 그대로 바다로 떨어질 뻔했다. 선노 하나 물에 빠졌다고 배가 멈춰서 구조를 하지 않는다. 안지경은 결사적으로 줄사다리를 움켜쥐었고, 아래로 내려갈 때까지 제발 파도가 치지 않기를 빌었다. 잔뜩 굳어 있는 안지경과는 대조적으로 봉범사는 아무렇지도 않은 듯, 한 손으로 익숙하게 바느질을 했다.

"어이!"

갑판장이 밑에서 내려오라고 손짓을 했다. 안지경은 정신을 집중시키며 간신히 줄사다리를 내려갔다. 내가 뭘 잘못한 게 있나. 고양이 발톱이 날아들까 봐 안지경이 긴장을 하고 있는데 갑판장이 따라오라며 성큼성큼 이층 선실로 향했다. 그곳은 사관들 숙소로 선원들은 출입이 금지된 곳이다.

배에서 사관과 선원들의 신분은 엄격히 구별되고 있었다. 선원들이 사관의 명을 따르지 않거나 불손한 태도를 보이면 어김없이 고양이 발톱이 날아들었다. 사관들은 각자의 방에서 안락한 생활을 하지만 선원들은 숙소가 따로 없이 갑판이나 지하 선실 아무데서나 자고 먹는 것도 형편없었다.

갑판장이 턱짓으로 선장실로 들어갈 것을 일렀다. 하면 선장이 나를 찾았단 말인가. 안지경이 의아해하면서 선장실로 들어갔다. 선장실에는 선장과 나이 지긋한 사관, 진 씨가 앉아 있었다.

"선장이 당신에게 물어볼 것이 있다고 하네."

진 씨가 불려온 이유를 설명해 주었다. 내게 뭘 물어보려는 걸까. 안지경은 호기심 어린 눈으로 자기를 쳐다보고 있는 나이 지긋한 사관과 눈이 마주쳤다. 배질 홀 선장이 강인한 표정에 절도 있는 자세, 오대양 육대주를 누비는 영국 해군 사관의 전형적인 모습에 비해서 나이 지긋한 사관은 학자풍의 남자였다.

"당신이 조선의 귀족이냐고 묻는군. 내가 일전에 양반 출신이라고 얘기를 했었네."

진 씨가 통변을 시작했다. 안지경이 그렇다고 하자 배질 홀 선장이 다음 질문을 했다.

"당신이 무슨 이유로 조선 관헌에게 쫓기고 있었는지 궁금해하네."

안지경은 긴장이 되었다. 사실대로 말했다가 배를 돌려 조선으로 향하는 게 아닐까 하는 생각이 스치고 지나갔던 것이다. 적당히 둘러댈까. 짧은 망설임이 일었지만 안지경은 솔직하게 얘기하기로 했다. 비록 실패로 돌아갔지만, 압제와 수탈에 맞서서 봉기한 것을 후회한 적은 없었다. 마음을 정한 안지경은 차분한 심정으로 지금까지의 일을 간략하게 얘기했다.

진 씨가 더듬거리며 긴 통변을 마치자 배질 홀 선장과 나이 지긋한 사관의 얼굴에 감동의 빛이 스치고 지나갔다.

잠시 침묵이 흐른 후에 나이 지긋한 사관이 안지경을 쳐다보며 진 씨에게 뭐라고 말했다.

"선내 박물학자 찰스턴 경이네. 배에서는 선장 다음가는 신분이지."

진 씨가 나이 지긋한 사관을 소개하면서 영국 배는 미지의 세계를 탐사하기 위해서 귀족 출신 박물학자를 동승시키고 있다고 부연했다.

"당신이 민중봉기에 앞장섰다는 사실, 그리고 천주교를 신봉하고 있다는 사실에 선장과 찰스턴 경이 큰 감명을 받은 것 같네."

안지경이 배질 홀 선장과 찰스턴 경의 표정을 살피니 진 씨의 말이 틀리지 않는 것 같았다. 관에 쫓기는 잡범인 줄 알았는데 혁명에 앞장섰던 귀족, 그리고 천주교 신자일 줄이야. 그렇다면 조선을 살피기 위해서 먼 항해를 했던 알세스트 호 입장에서는 귀한 손님이 제 발로 걸어들어온 셈이다.

"그동안 내가 조선의 문물과 지리를 박물학자에게 대강 소개하고 있었는데 박물학자가 앞으로는 당신에게 그 일을 맡기고 싶다고 하는군."

마다할 일이 아니었다. 동시에 박물학자로부터 서양에 대해서도 상세한 것을 배울 수 있을 것이다. 안지경이 승낙을 하자 배질 홀 선장과 찰스턴 경이 웃는 얼굴로 차례로 악수를 청했다.

* * *

그날 이후로 안지경은 숙소를 사관선실로 옮겼고, 더 이상 험한 뱃일을 하지 않아도 되었다. 안지경은 조선의 역사와 지리, 풍습, 제도에 대해서 소상하게 얘기해 주었고 진 씨의 어눌한 통변을 참을성 있게 들은 찰스턴 경은 부지런히 노트에 적어 내려갔다. 알세스트 호는 계속해서 서쪽으로 나갔고, 점점 조선에서 멀어져 갔다. 돌아갈 기약은 없지만 안지경은 새로운 삶에 부지런히 적응해 나갔다. 우연한 기회에 마주친 새로운 세상, 넓은 세상을 적극적으로 상대하기로 했다.

"진 선생은 어떻게 영길리 말을 배우게 됐습니까?"

안지경과 진 씨는 이층 사관 갑판에 나란히 서서 물결치는 바다를 보고 있었다. 알세스트 호는 머지않아 영파에 입항할 거라고 했다.

"영파는 오래전부터 넓은 세상으로 향하는 창구였네. 중원의 배들이 먼 세상을 향해 출항했고, 먼 세상의 배들이 영파에 도착했지."

안지경도 영파가 오래전부터 국제항이었다는 사실은 알고 있었다. 신라시대에는 신라방(新羅坊), 고려 때는 고려사(高麗司)가 설치되었을 정도로 우리와도 긴밀히 연결된 곳이다.

"예전에는 포도아와 화란(和蘭 네덜란드) 배들이 많이 들어왔다고 하지만 지금은 영길리 배들이 압도적이야. 나는 영길리 배 하역을 하면서 그 나라 말을 배웠다네."

이어서 진 씨는 서양은 한때 불랑찰의 나파륜(拿破崙 나폴레옹)이 열국들을 차례로 정복하고서 대륙의 주인 행세를 했지만 영길리에게 패하면서 지금은 영길리가 서양에서 제일 센 나라라고 했다.

나파륜? 그는 어떤 사람이길래 서양의 열국들을 전부 정복했을까. 안지경의 머릿속에 나파륜이라는 이름이 각인되었다.

"어쩔 셈인가?"

갑자기 진 씨가 진지한 표정을 지었다.

"애초에 약조는 내가 영파에서 하선할 때 당신을 데리고 내리기로 되어 있었네. 배에서 내리면 일단 해관(海關)에 출두해야 하네. 표류하던 사람을 건진 거라고 둘러대면 방면은 되겠지만 평생 노비 신세를 면치 못할 것이네. 하지만 조선으로 돌아가기를 원하면 포정사(布政使)에 출두해서 신분을 밝혀야 할 걸세. 그런데 당신은 조선으로 돌아갈 수 있는 처지가 아니지 않은가?"

진 씨가 어떻게 할 거냐는 표정으로 안지경을 쳐다봤다. 평생을 남의 나라에서 노비로 썩을 수는 없다. 그렇다고 조선으로 돌아가면 참수를 면치 못할 것이다. 어떻게 해야 하나. 참으로 난감한 일이다. 대원수의 유지를 받들고, 홍련을 찾으려면 어떻게 해서든 살아남아야 하는데 지금으로서는 난감할 따름이었다.

"차라리 배에 남는 게 어떻겠나? 다행히 선장과 박물학자가 당신을 좋게 보고 있는데. 당신만 좋다면 내가 부탁해 보겠네."

진 씨가 새로운 제안을 했다. 그럼 영길리로 가게 될 것이고, 다시 조선으로 돌아간다는 보장이 없다. 그래도 무작정 하선하는 것보다는 나을 것 같았다. 또 넓은 세상을 직접 경험하고, 서양의 문물을 익히면 기회를 엿볼 수 있을 것이다. 안지경은 고심 끝에 고개를 끄덕였다.

＊＊＊

동지나해를 지난 알세스트 호는 절강성 영파에 들렀다가 다시 서쪽으로 침로를 잡았다. 알세스트 호에 남은 안지경은 찰스턴 경의 박물지 저술을 도왔다. 통변이 없어서 많이 갑갑했지만 손짓 발짓을 섞어가며 하던 일을 진행했고, 그러는 동안에 간단한 의사소통은 가능하게 되었다. 찰스턴 경은 틈나는 대로 안지경에게 영어를 가르쳤고, 배움이 빠른 안지경은 열심히 영어를 익혔다.

알세스트 호는 홍콩과 수마트라의 팔렘방에 차례로 기착을 했는데 영국은 곳곳에 동인도회사의 지사를 설치하고서 동방 진출에 박차를 가하고 있었다. 안지경은 조선이 우물 안의 개구리 신세에 불과하다는 사실을 새삼 절감했다. 세상은 하루가 다르게 변하고 있는데 조선은 여전히 실제를 외면한 채 사변적(思辨的)인 공론에서 벗어나지 못하고 있었다. 말라카 해협을 빠져나온 알세스트 호는 인도양으로 진입했고, 순풍을 타고 서쪽을 향해 부지런히 파도를 갈랐다.

밤이 되었다. 하늘을 올려다보니 별들이 찬연한 빛을 발하며 남국의 밤하늘을 아름답게 수놓고 있었다. 조선으로 돌아갈 수 있을까. 홍련은 지금 어디서 무엇을 하고 있을까. 상념이 안지경의 뇌리에서 떠나지 않았다.

"고국 생각을 하는가?"

돌아보니 찰스턴 경이 다가오고 있었다.

"그렇습니다."

"현실이 힘들고, 세상일이 뜻대로 되지 않더라도 희망을 잃지 말게. 참고 지내면 고국으로 돌아갈 기회, 그래서 뜻을 펼칠 기회가 찾아올 것이네."

찰스턴 경이 안지경의 어깨를 치며 격려를 했다. 케임브리지 대학에서 동물학을 전공했다는 찰스턴 경은 전형적인 영국 신사였다. 오로지 유학 경전만을 고귀한 글로 여기는 조선에 비해서 서양의 귀족들은 실용 학문에 적극 뛰어들고 있었다.

찰스턴 경은 안지경으로부터 큰 도움을 받았다며 흡족해하고 있었다. 그렇지만 안지경이 찰스턴 경을 통해서 알게 된 사실들이 더 많았다.

찰스턴 경은 영국은 국왕이 있지만 실제 통치는 백성들의 대표인 의회에서 행한다고 하면서 민주주의는 백성이 주권자가 되어 스스로를 다스리는 정치라고 했다.

백성이 다스린다! 안지경의 귀에는 꽤나 생경한 말이었다. 경전에서는 백성을 위한 나라는 치자(治者)의 기본이라고 가르치고 있지만 백성이 스스로 다스리는 나라는 처음 들어본 말이다.

세상은 지배하는 자와 지배를 당하는 자로 나뉘는 건 동서고금을 통한 진리다. 그런데 지배를 당하는 백성이 주권자가 되어 스스로 통치를 한다니. 그게 가능한 일일까. 안지경은 영국의 의회민주정치를 직접 경험해 보고 싶은 충동에 사로잡혔다.

영국도 귀족과 평민은 신분이 다르다고 하는데 맡은 직분, 하는 일이 다를 뿐 다 같은 사람이라는 인식이 깔려 있는 것 같았다. 아마도 예수교의 영향이 컸을 것이다. 그런데 영국의 예수교는 로마교황에서 벗어나서 그들만의 분파를 이루고 있다고 했다.

어떤 세상이 기다리고 있을까. 자신의 힘으로 운명을 개척할 수 있는 상황이 아니지만 안지경은 두렵지 않았다. 그리고 어떤 경우에도 대원수의 당부와 홍련과의 약조를 잊지 않기로 했다.

"나는 세계 여러 곳을 다니며 탐사를 했지. 아프리카의 정글과 남아메리카 아마존의 열대우림을 누비며 생태계를 살피고, 신종을 채집했네. 지구가 둥글다는 사실은 알고 있겠지?"

안지경이 고개를 끄덕이자 찰스턴 경이 말을 계속했다. 그동안 부지런히 영어를 익혔기에 안지경은 영어로 간단한 의사소통을 할 수 있었다.

"알세스트 호는 내일 적도를 지나 남반부로 들어서게 되네."

하면 지구의 아랫부분이다. 지구가 둥글다고 했을 때 유학자들은 그럼 아래에 있는 사람들은 다 떨어질 것 아니냐며 핀잔을 주던 일이 떠올랐다.

"아프리카 대륙의 제일 남쪽에 있는 희망봉을 지나 대서양을 북상하면 유럽에 도달하게 되지."

안지경이 세계지도를 떠올리며 고개를 끄덕였다.

"상의할 일이 있네."

돌연 찰스턴 경이 심각한 표정을 지었다.

"나는 당신을 런던으로 데리고 가서 대영제국 왕립지리학회에 소개할 생각이었네. 학회에서는 틀림없이 당신을 환영할 거야. 큰 도움이 될 테니. 하지만."

찰스턴 경이 안지경을 빤히 쳐다보고는 말을 이었다.

"당신은 조선으로 돌아가겠다는 의지를 포기한 적이 없는 것 같은데, 내 생각이 맞는가?"

"그렇습니다. 해야 할 일이 있고, 찾아야 할 사람이 있습니다."

안지경이 분명하게 대답했다.

"짐작이 틀리지 않았군. 해야 할 일이라면 아마도 혁명과 관련이 있을 듯하네만."

"그렇습니다. 조선의 혁명은 아직 끝나지 않았습니다."

"학회에서 보증하면 자유민이 될 수 있겠지만 그들이 당신의 귀국까지 보장하지는 않을 걸세."

안지경은 곤혹스러웠다. 조선을 잊었다면 찰스턴 경의 제안은 더 바랄 나위 없이 좋은 조건이다. 그렇지만 조선으로 돌아갈 길이 막연하다면 고려해봐야 할 것이다. 안지경은 침울한 표정으로 생각에 잠겼다. 어쨌거나 찰스턴 경이 호의를 보이는 것은 분명했다.

"조선으로 돌아가려면 도중에 내려서 동양으로 가는 배로 갈아타야 할 걸세. 동양으로 돌아가는 배를 구하는 것은 문제가 없네.

케이프타운만 해도 홍콩이나 나가사키로 가는 배들이 많이 있으니까. 문제는 여하히 당신을 자유민의 신분으로 만드느냐는 것인데…… 배에서는 선장 직권으로 당신의 신분을 보장할 수 있지만 배에서 내리면 문제가 달라질 것이네.”

“하면 어쩌면 좋겠습니까?”

안지경이 간절한 눈길로 찰스턴 경을 쳐다봤다. 찰스턴 경에게 매달리는 수밖에 없었다.

“당신의 신분을 확실하게 보장해줄 수 있는 사람을 찾아보기로 하세. 쉽지는 않겠지만…… 내가 백방으로 알아보겠네. 아직 시간은 있으니까.”

찰스턴 경은 그 말을 남기고 선실로 향했고 안지경은 다시 혼자가 되었다. 암담했지만 그래도 찰스턴 경 같이 좋은 사람을 만난 건 커다란 행운이었다.

* * *

적도를 지나 남반부로 접어든 알세스트 호는 항해를 거듭해서 인도의 고아에 기착했고, 오랜 항해에 지칠 대로 지친 선원들은 모처럼 땅을 밟게 되었다. 이것이 남국의 정경이란 말인가. 안지경은 눈 앞에 펼쳐진 낯선 전경을 보며 비로소 먼 여행을 했음을 실감했다. 그렇지만 유럽까지 가려면 아직 한참 더 배를 타야 한다. 고아는 영국이 동양으로 진출하는 전초기지로, 영국은 이곳에 동인도회사를 설치하고서 동양 교역을 관장하고 있었다. 항구에는 수시로 교역선들이 드나들었고, 선창에는 교역품들이 산더미처럼 쌓여 있었다.

항해 도중에 선원 셋이 목숨을 잃었다. 두 명은 사고로, 또 한 명은 병으로. 정박하는 동안에 배를 수리하고, 물자를 보급받고, 새로 선원을 충원한 알세스트 호는 보름 만에 고아를 출항해서 인도양 항해로 들어섰다. 그래도 여태까지는 하루나 이틀 거리면 육지에 도달할 수 있는 연안 항해였지만 이제부터는 진짜 망망대해를 항해해야 한다. 다행히 순풍이 계속되었다. 알세스트 호는 인도양의 파도를 가르며 서쪽으로 순항했고, 안지경은 찰스턴 경을 도와서 조선박물지 제작에 힘을 쏟으며 나름 바쁜 나날을 보냈다.

인도양을 무사히 항해한 알세스트 호는 아프리카 대륙을 따라 남하를 계속했고, 대륙 남단의 희망봉을 지나 대서양 항해로 접어들었다. 이대로 아프리카 대륙을 따라 북상하면 유럽에 당도하게 된다.

그렇게 알세스트 호가 아프리카 대륙을 돌아 대서양 항해에 접어들 무렵에 해가 바뀌어 1817년이 되었다. 그러는 동안에 안지경은 제법 영어가 늘었다.

선상에서 새해를 맞은 안지경은 수평선 너머에서 떠오르는 해를 보며 감회에 젖어 들었다. 지구를 반바퀴 돌아 먼 아프리카까지 왔다. 조선으로 돌아갈 수 있을까. 두려움이 밀려올 때마다 안지경은 하늘을 올려다보며 불타는 정주성의 마지막 밤을 떠올리면서 약해지려는 마음을 다져나갔다.

* * *

"티모시."

안지경이 줄사다리를 오르려는 티모시를 불렀다. 견시(見視) 임무를 위해 망루로 오르는 중인데 왠지 힘들어 보였던 것이다. 티모시는 알세스트 호 선원 중에서 어린 편에 속했는데 안지경이 선노로 지내던 때 여러모로 도움을 준 적이 있었다.

"왜 그래? 어디 아픈 데라도 있어?"

"열이 나는 것 같아요."

티모시가 힘이 빠진 목소리로 대답했다. 행여 줄사다리를 오르다 어지러워서 헛발을 디디기라도 했다가는 큰일이다. 안지경은 티모시를 도와주기로 했다.

"기다려. 내가 도와줄 테니."

안지경이 티모시를 부축하며 사다리를 올랐다. 사관 대우를 받는 안지경을 제지하는 선원은 아무도 없었다. 망루에 오르자 사방이 눈에 들어왔는데 마침 항해하는 배가 알세스트 호밖에 없었다. 두 사람은 망루에 나란히 앉았다.

"왜 알세스트 호를 탔지? 위험하고 고된 일의 연속인데."

안지경은 영국의 평민들 삶이 궁금했다. 찰스턴 경을 통해 귀족들에 대해서는 대강 알고 있었다.

"평생 땅을 파면서 사는 것보다는 나을 같아서요."

티모시가 무표정한 얼굴로 대답했다. 당시 영국은 산업혁명이 진행되면서 석탄 수요가 급격하게 늘어서 가난한 집 아이들을 싼값에 광부로 쓰고 있었다.

"탄광 일이 그렇게 힘든가? 그래도 육지에서 지내는데."

티모시가 감정을 담지 않은 얼굴로 대답했다.

"하루종일 쉬는 날도 없이 좁고 컴컴한 굴에서 석탄을 캐고, 화차에 싣고 끌어야 하니까요. 그리고 굴이 무너지면 꼼짝없이 갇혀 죽게 되지요. 요행히 살아남아도 굶주림을 면치 못하고, 그러다 나이 들어 폐병으로 죽게 되지요."

영국은 유럽의 패자며 오대양 육대주를 누비는 강국이라고 했는데 평민들의 삶은 도리어 조선보다 더 비참한 것 같았다.

"클레멘스는 왜 쫓기게 되었나요?"

티모시가 궁금해했다.

"잘못된 세상을 바로잡고자 일어섰다가 관군에게 패하면서 쫓기는 신세가 되었지."

"뜻밖이군요. 당신은 귀족이라고 들었는데."

티모시가 조금은 의외라는 표정으로 안지경을 쳐다보았다. 의외이기는 안지경도 마찬가지였다. 영국에서는 왕은 상징적인 존재고 귀족을 대표하는 상원과 평민을 대표하는 하원이 협치해서 나라를 다스린다고 했다. 그래도 가진 게 다른데 귀족과 평민 사이에 반목이 없을까. 이해가 가질 않는 게 많았지만 티모시를 상대하는 데에는 한계가 있을 것이다. 찰스턴 경은 다방면에 해박한 지식을 가지고 있었지만, 혁명에 대해서는 특별히 화제로 삼으려 하지 않았다.

언어소통도 완전치 못한 데다 짧은 시간에 너무 많은 것을 알려고 하는 것도 문제다. 안지경은 이해가 가지 않는 것들을 차곡차곡 머릿속에 정리해 놓았다. 언젠가 명확한 답을 얻을 기회가 올 것을 믿으며.

"육지다!"

갑자기 티모시가 벌떡 일어서며 소리를 질렀다. 몸을 일으키고 살펴보니 멀리 수평선 부근에 육지가 눈에 들어왔다. 어쩌면 육지가 아니고 섬일지도 모른다. 아마도 알세스트 호가 기착할 예정인 세인트 헬레나 섬 같았다. 망망대해를 지나느라 지칠 대로 지친 선원들이 모두 갑판에 몰려와 늠름한 자태로 버티고 서 있는 세인트 헬레나 섬을 보며 환호를 질렀다. 알세스트 호는 대서양 한복판의 고도(孤島) 세인트 헬레나 섬의 제임스타운 항구를 향해 침로를 변경했다.

외딴 섬의
황제

깎아지른 암벽 아래로 파도가 하얀 포말을 일으키며 밀려들었고 바닷새가 파도 사이를 바쁘게 날아다녔다. 수평선을 붉게 물들이며 떠오른 태양이 환한 빛을 뿌리기 시작하면서 대서양의 고도 세인트 헬레나 섬에 또 하루가 시작되었다. 세인트 헬레나는 아프리카 서해안에서 2,000km나 떨어진 대서양의 외딴섬이지만 영국이 일찍부터 개척을 해서 4,000여 명의 주민이 상주하고 있었고, 대서양을 항해하는 배들이 분주히 드나드는 작지 않은 섬이다.

떠오르는 태양을 묵묵히 바라보고 있던 나폴레옹 보나파르트는 천천히 걸음을 옮겼다. 나폴레옹 보나파르트. 유럽 대륙을 호령했던 당대의 영웅이다. 한때 떠오르는 저 태양처럼 대륙을 호령했지만, 재작년(1815) 워털루 싸움에서 영국에게 패하면서 대서양의 외딴섬에 2년째 유배되어 있었다. 프랑스 황제의 자리에서는 쫓겨났지만, 아직도 위엄이 대단했고, 여전히 그를 따르는 사람들이 많았다.

"이슬이 찹니다. 그만 돌아가시는 게 좋겠습니다."

비서 라스카스 백작이 조심스럽게 고했다. 고개를 돌려 살펴보니 저 아래로 대영제국 깃발을 단 커다란 범선이 제임스타운으로 입항하고 있었다. 대서양 항해의 중간 기착지인 세인트 헬레나 섬에는 사람과 물자를 실은 배가 수시로 드나들고 있었다.

나폴레옹은 쉬 발걸음이 떨어지지 않는 듯 한참을 꼼짝도 하지 않고 서 있었다. 프랑스의 황제가 되고, 유럽 대륙을 호령했던 영웅이 이 작은 섬에 갇혀 지내려니 얼마나 갑갑하겠는가. 황제는 절대로 이대로 주저앉을 사람이 아니다. 엘바 섬에서 탈출했던 것처럼 기회가 닿으면 세인트 헬레나를 빠져나가 다시 대륙을 호령할 것이다. 라스카스 백작은 잘 알고 있었다.

한참을 말없이 바다를 내려다보고 있던 나폴레옹이 이윽고 천천히 숙소를 향해 발걸음을 돌렸다. 황제의 거처는 사화산 중턱, 바다가 잘 조망되는 곳에 자리하고 있었다. 나폴레옹이 집무실로 들어서자 시종장 마르샹은 알현객이 있음을 고했다.

"알세스트 호의 선장 배질 홀이 폐하 알현을 요청해 왔습니다."

알세스트 호? 아까 제임스타운에 입항한 영국 배 같았다. 세인트 헬레나 섬을 드나드는 배의 선장과 귀빈 중에는 나폴레옹을 찾아와서 인사를 드리는 경우가 종종 있었다. 유럽 각국에는 여전히 나폴레옹을 존경하는 사람들이 많았다. 물론 경계를 하는 사람들이 더 많았지만, 나폴레옹은 알현 요청을 대부분 수락하고 있었다. 나폴레옹이 만나보겠다고 하자 시종장이 예복을 갖춰 입은 영국 해군 고급 사관을 데리고 들어왔다.

"대영제국 알세스트 호 선장 배질 홀, 폐하를 알현합니다."

배질 홀이 깍듯하게 예의를 표했다.

"부친이 제임스 홀입니다. 폐하."

제임스 홀이라는 이름을 들은 나폴레옹이 반색을 했다.

"하면 네가 제임스의 아들이라는 말이냐? 제임스와는 육군유년학교 시절 단짝이었다."

나폴레옹은 브리엔 르 샤토의 육군유년학교를 같이 다녔던 제임스 홀을 금세 기억해 냈다. 비록 국적은 달랐지만 제임스 홀은 당시 처지가 어려웠던 나폴레옹을 많이 도와주었던 고마운 친구였다. 그런데 그 친구의 아들이 지금 영국 해군 선장이 되어 앞에 나타난 것이다.

"해군에서 무슨 일을 하고 있느냐?"

"세계를 순항하며 미지의 세계를 탐사하고 있습니다."

"네 부친 제임스가 지리학자가 되었다는 말은 들었다. 하면 부친에게 큰 힘이 되겠구나."

나폴레옹이 옛 친구의 아들을 흐뭇한 눈길로 쳐다봤다. 영국 해군과는 적이 되어 싸웠지만 그래도 어려울 때 힘이 되어주었던 친구의 아들이 찾아온 것은 반가웠다.

"그래 이번에는 어디를 다녀오는 길이냐?"

"예. 차이나에 부임하는 영국 대사를 태우고 동쪽을 다녀오는 길입니다. 오는 길에 극동의 코리아라는 나라도 탐사했습니다."

배질 홀은 알세스트 호를 타고 조선의 서해안을 타고 남하하면서 백령도 부근의 수로를 살피고, 충청도 서천군 비인(庇仁)에 상륙했던 일을 소상하게 고했다.

"지팡구와 차이나는 알고 있지만, 코리아라는 나라는 처음이다."

호기심이 많은 정복 황제는 처음 들어보는 먼 동쪽의 나라에 관심을 보였다.

"역사가 오랜 나라인데 한 번도 다른 나라를 침략한 적이 없는 순박한 사람들이라고 합니다."

배질 홀은 통변으로부터 들은 얘기를 나폴레옹에게 전했다.

"세상에 그런 나라가 다 있단 말인가. 자유의 몸이 되거든 코리아를 방문하고 싶구나."

정복 전쟁으로 평생을 보냈던 나폴레옹에게 긴 역사를 통해 한 차례도 다른 나라를 쳐들어갔던 적이 없는 나라가 있다는 말이 신기하게 들렸던 것이다.

"출항할 때까지 틈틈이 들러서 먼 나라 이야기를 들려주거라."

무료한 나날을 보내고 있던 나폴레옹에게 배질 홀은 반가운 손님이었다.

"그리하겠습니다."

배질 홀은 약조를 하고 물러갔다. 다시 혼자가 된 나폴레옹은 생각에 잠겼다. 알프스를 넘어 이탈리아를 정복했고, 지중해를 건너 이집트 원정을 단행했으며, 멀리 러시아 모스크바까지 진격했지만, 자신이 정복했던 땅은 넓은 세상의 극히 일부에 해당했다. 먼 동쪽에 있다는 코리아라는 나라는 어떤 곳일까. 오래전에 그리스의 알렉산더 대왕도 세상의 끝을 찾아서 동쪽으로 진격을 했다. 지구가 둥글다는 게 알려진 후로 세상의 끝은 따로 없게 되었지만 그래도 먼 동쪽 미지의 나라 코리아는 나폴레옹에게 강한 호기심으로 다가왔다.

***

1817년(순조 17)의 조선은 건국한 지 425년을 맞아 곳곳에서 쇠퇴의 기미를 보이고 있었다. 홍경래의 난 여파는 컸다. 관서지방은 초토화되었고, 팔도에서 유랑민이 급증하면서 민심이 극도로 흉흉했다. 큰 불길은 잡았지만 채 꺼지지 않은 불씨들이 곳곳에 산재해 있어 언제 다시 불길이 번질지 모르는 형국이었다.

조선왕조가 400년 이상을 이어온 데는 사화와 당쟁을 통한 분할통치가 나름 주효했던 것도 큰 이유다. 조선의 사대부들은 동인과 서인으로 갈렸고, 다시 남인과 북인, 노론과 소론으로 나뉘어 권력을 놓고 서로 다투었다. 그러면서 만기친람(萬機親覽)을 하는 중국의 황제와 달리 조선의 국왕은 실정의 책임에서 벗어날 수 있었고, 여러 차례 국난을 겪으면서도 왕통을 이어갔다.

그런데 순조 대에 이르러 상황이 바뀌었다. 순조의 장인 김조순이 권력을 장악하면서 안동 김씨 세상이 되어버린 것이다. 안동 김씨는 권력을 다투던 경주 김문과 노론 벽파를 차례로 내치고 일문(一門)의 세도정치를 행하면서 국정을 전횡했다.

안동 김씨가 권력을 독점하면서 백성들의 삶은 더 핍박해졌다. 안동 김씨는 가릴 것 없이 힘을 휘둘렀고, 안동 김씨의 눈 밖에 벗어나면서 자리를 보존할 수 없게 된 지방 수령들은 백골징포(白骨徵布)니, 황구첨정(黃口簽丁)이니 하는 해괴한 세목으로 가렴주구를 일삼으며 백성들의 고혈을 짜냈다. 그러니 민심이 빠르게 멀어지고 있었다. 낡은 체제는 끝을 향해 치닫고 있었고 곧 시원한 소나기가 한줄기 쏟아질 것만 같은 후텁지근한 날씨가 계속되고 있었다.

경제에도 변화가 또 있었다. 상평통보의 유통이 늘면서 상거래가 활발해지고, 이앙법으로 산출량이 늘어나면서 경제 규모가 비약적으로 발전했다. 그런데 경제 규모가 커지면 빈부의 격차도 늘어나게 마련이다. 신분의 차이에 이은 재물의 유무라는 또 다른 차별이 가진 것 없는 백성들을 억압하고 있었다.

변화는 밖에서도 밀려오고 있었다. 서양의 이양선들이 일본과 중국에 이어서 조용한 아침의 나라, 은둔의 나라 조선을 차례로 찾고 있었다. 그러면서 병자년(1817)을 맞은 조선의 하늘에는 먹구름이 잔뜩 꼈다.

제주목에서 올린 계를 찬찬히 살펴본 노성집은 자리에서 일어섰다. 작년 9월에 비안현감 이승렬과 마량진 첨사 조대복이 올린 계에서 거론했던 이양선은 그날 백령도 앞바다에 출몰했던 배가 틀림없을 것이다. 이후 이양선이 출몰했다는 계가 없는 걸로 봐서 그 배는 군산 열도에서 서쪽으로 방향을 틀어 청나라로 향한 듯했다.

설혹 그날 그자가 이양선에 올랐더라도 선노 신세를 면치 못했을 것이고, 청나라 땅에 발을 디뎠다 해도 관아에 매인 몸이 되어 평생 험한 일을 하게 될 것이다. 혹여 조선으로 송환이 되면 즉각 포박할 것이다.

할 일이 태산인데 그렇다면 이쯤에서 그 일은 접어두는 게 좋을 것이다. 노성집은 마음을 그리 정하고 우포청을 나서서 경운방으로 향했다. 만나기로 약조를 한 사람이 있었다. 정주성 싸움의 선봉장이었던 노성집은 정란공신 2등에 봉해졌고, 우포청대장이 되면서 종2품 당상관이 되었다. 권력을 움켜쥔 김조순으로부터 돈독한 신임을 얻으면서 머지않아 총융청대장으로 승차할 거란 소문도 있었다.

"어서 오십시오. 나리."

기방 행수기녀가 화사한 웃음을 지으며 노성집을 맞았다. 노성집은 행수기녀의 안내를 받으며 후원 별채로 걸음을 옮겼다.

노성집이 좌정을 하자 주안상이 마련되었고, 행수기녀가 교태를 떨며 노성집의 옆에 자리를 했다.

"왜 이리 발걸음이 뜸하신지요."

"나랏일을 하는 몸이 어찌 한가롭게 기방 출입을 하겠느냐."

수하들을 추상같이 엄하게 대하는 노성집이 행수기녀에게는 사뭇 다른 자세로 대했다. 경운방의 기방은 조정의 고관대작들과 돈 많은 한성의 사상도고들이 무시로 출입을 하는 곳이다. 노성집은 행수기녀를 통해서 그들의 동태를 살피고 있었다. 안동 김씨가 조정을 장악하고 있지만 그래도 경주 김씨와 반남 박씨의 세력은 아직 남아 있었다. 그리고 촌민들의 동태를 살피는 것도 소홀히 해서는 안 될 것이다.

"요즘 누가 기방을 자주 다녀가느냐?"

술잔을 단숨에 들이킨 노성집이 정색을 하고 물었다.

"또 그 얘기를."

새초롬한 표정을 짓던 행수기녀가 곧 정색을 하고 그간 보고 들었던 일들을 노성집에게 전했다.

"근자에 들어 예판 대감과 좌참찬 대감, 판의금부사 나리 등이

가끔 기방을 찾고 계십니다."

전부 김조순 대감을 따르는 무리들이다. 그렇다면 특별히 경계하지 않아도 좋을 것이다.

"오늘은 복잡한 얘기 접어두고 마음 편히 지내십시오."

행수기녀가 교태를 부리며 노성집의 품에 안겼고 노성집은 뿌리치지 않았다. 그동안 격무에 시달렸다. 다행히 홍경래의 난 여파가 팔도로 번지지 않았지만 언제 어디서 또 분출될지 모른다. 백성들의 불만이 팽배할 대로 팽배해 있다는 사실을 노성집은 잘 알고 있었다. 여기에 근자에 들어 홍경래가 살아 있다는 소문이 끊이지 않고 있었다. 정주성에서 홍경래의 시신이 발견되지 않았기에 백성들은 바람을 담아서 근거 없는 소문을 실어나르고 있을 것이다.

홍경래는 틀림없이 죽었다. 하지만 안지경은 살아서 도주하는 것을 두 눈으로 똑똑히 목도했던 터였다.

'그래 봤자 죽은 목숨 아닌가.'

노성집은 머리를 흔들며 불쑥불쑥 찾아오는 불안감을 떨쳐 버렸다.

"대장 나리를 뵙고자 하는 자가 있습니다."

기방 별감이 밖에서 고했다. 장학면일 것이다. 노성집은 들이라 이르고 품 안을 파고드는 행수기녀를 가볍게 떨쳐냈다.

"우포청대장 나리를 뵙습니다."

장학면이 예를 올리고는 노성집의 답례를 기다리지 않고 맞은편에 자리를 잡았다. 대갓을 쓰지 않았을 뿐 여느 고관대작 못지않게 당당한 면모였다. 경상(京商)을 대표하는 재력가의 면모가 넘쳐흘렀다. 장학면은 물상객주로 자리를 잡고 제법 행세하고 있었다.

"장사가 번창한다는 말을 들었네."

언짢은 안색의 노성집이 곧 표정을 바꿨다. 세상이 바뀌고 있다. 조선은 본시 반상의 구분이 엄격했지만, 차츰 재물이 신분을 대신하고 있었다. 부상(富商)들은 조정 고관들에게 꿀리지 않았고, 몰락한 양반들은 호구지책을 마련하려고 그들에게 고개를 조아리고 있는 형편이었다.

"재운이 조금 따르는 편이기는 합니다만."

거드름을 피우던 장학면이 곧 정색을 했다.

"다 나리께서 돌봐주신 덕분입니다. 나리의 은혜를 한시도 잊은 적이 없습니다."

웬만한 벼슬아치를 우습게 아는 장학면이지만 노성집 앞에서는 순종의 도리를 다했다. 홍경래의 난이 평정되고서 자칫 처형당할 수 있었던 것을 노성집이 적극 구호해준 바람에 살아난 마당이다. 덕분에 의주의 임상옥 단주도 화를 면할 수 있었다. 장학면은 노성집 덕에 목숨을 부지했고, 재물도 모았다. 장학면은 노성집에게 시중의 정보를 전하며 충성을 다하고 있었다.

"시중에 요사한 소문이 돌고 있다고 들었다."

노성집이 근엄한 표정으로 입을 열었다. 사대부들의 당쟁은 크게 염려하지 않아도 좋은 대신에 곳곳에 잠재해 있는 민란의 잔불들은 경계를 게을리해서는 안 될 것이다.

"홍적이 살아 있다는 소문이 떠돌고 있다는 말은 소인도 들었습니다. 그렇지만 헛소문에 불과합니다."

장학면이 잘라 말했다. 장학면이 살아남은 데는 날카로운 예측과 정확한 시세판단이 큰 몫을 했다.

"하지만 그런 소문이 끊이지 않고 떠도는 것은 경계해야 합니다. 백성들의 마음이 그만큼 조정에서 멀어져 있다는 뜻일 테니까요."

장학면이 정곡을 찔렀다. 에둘러 조정이라고 표현했지만 실은 왕조를 뜻하는 것으로 다른 사람이라면 포도대장 앞에서 그런 말을 입에 담았다가는 목이 열 개라도 모자랐을 말이다. 하지만 장학면은 개의치 않았고, 노성집은 심각한 표정으로 고개를 주억거리기만 했다. 별채에 침묵이 흘렀다. 행수기녀가 눈치를 채고 슬그머니 자리를 비웠다.

"민심이 흉흉한 것은 나도 알고 있다. 지방관아에서 족징(族徵)이니 인징(隣徵)이니 하며 별의별 꼬투리를 붙여 백성들의 고혈을 쥐어짜고 있는 것도 알고 있고. 내 당상관이라고는 하나 포도청대장에 불과해 조정 대소사에 직접 관여하지 못하지만, 관운이 닿아서 판서 반열에 오르면 신명을 다해서 비리를 징치하고 수탈을 막을 것이다."

노성집의 눈에서 불이 일었다. 그 서슬에 산전수전을 다 겪었다고 자부하는 장학면도 가슴이 철렁했다.

"그렇지만 너희들, 사상도고들 또한 백성들이 피눈물을 흘리게 만든 장본인임을 잊어서는 안 될 것이다."

노성집이 사나운 눈길로 쏘아보자 장학면은 어찌해야 할 바를 몰라 바들바들 떨었다. 그가 얼마나 무서운 사람인지, 얼마나 큰 힘을 가지고 있는 사람인지 잘 알고 있는 터였다.

"그걸 탓하려고 보자고 한 게 아니다."

노성집은 분위기를 조금 부드럽게 할 필요가 있다고 판단했다.

"일부 사상도고들 중에는 재물을 믿고 조정 관료들을 우습게 아는 자도 있다고 들었다. 그 또한 탓하려는 게 아니다. 세상 만물은 변하기 마련, 창업 이래 400년이 넘는 세월이 흘렀고, 왜란, 호란에 민란까지 치렀는데 어찌 한결같기를 바라겠는가."

노성집이 잠시 말을 끊었다. 무슨 말을 하려는 걸까. 장학면은 노성집의 속내가 도무지 짐작이 가질 않았다.

"소인에게 이르실 말씀이 무엇인지요?"

"내 소임은 사직을 반석 위에 올려놓는 것이다. 여기저기서 소요가 일고 있지만 기실 백성들이 들고 일어서는 것쯤은 얼마든지 진압할 수 있다. 조직된 세력이 아니고, 새로운 기틀을 짤 능력이 없기에 기껏해야 지방관아나 때려 부술 테니까."

장학면은 비로소 노성집이 무슨 말을 하려고 하는지 짐작이 갔다. 장학면은 바짝 긴장이 되었다.

"그러나 너희들 사상도고는 다르다. 엄청난 재물을 지닌 데다 나름 조직도 있고, 보부상을 통해서 팔도에 연계되어 있다."

"하면 나리께서는 사상도고들이 반정을 꾀하기라도 할 거란 말씀이십니까?"

장학면은 노성집의 날카로운 눈초리를 피하지 않았다. 어물쩍 넘어갈 일이 아니었다.

"지레짐작할 필요는 없다."

노성집이 표정을 부드럽게 바꾸며 고개를 가로저었다.

"너희 사상도고들은 양반 부러울 게 없을 테니. 그리고 재물을 늘려가기도 바쁠 텐데 무엇하러 멸문을 자초하겠느냐."

맞는 말이다. 대상단 단주들은 바뀐 환경, 변한 사회의 최대 수혜자였다. 화를 자초할 이유가 없었다.

"하지만 외부에서 불똥이 튀면 사정이 달라질 수도 있다. 나는 항차 네가 조선을 대표하는 상단의 단주 자리에 앉을 거라 보고 있다."

"무슨 말씀인지 잘 알겠습니다. 소인이 각 상단 감시하는 일을 소홀히 하지 않겠습니다."

장학면이 고개를 조아리며 약조를 했다. 홍경래의 난이 실패로 돌아간 데는 여러 가지 이유가 있지만 홍경래가 분명한 대강을 밝히지 않은 게 큰 원인이라고 노성집은 보고 있었다. 홍경래는 새로운 왕조를 창업하려는 걸까. 아니면 조선에서 떨어져 나가서 청나라에 빌붙으려는 걸까. 그것도 아니면 적당히 조정과 타협해서 관직을 얻으려 했던 것일까. 팔도의 백성들은 명분이 분명치 않은 일에 목숨 걸기를 망설였고 홍경래 일당은 우물쭈물하다 정주성에서 비참한 최후를 맞은 것이다.

홍경래는 너무 서둘렀다. 그러다 보니 조직이 약했고, 뿌리가 얕다 보니 쉽게 무너져 내렸다. 그렇지만 여러 불리한 여건에서도 민란이 그만큼 퍼져나갔다는 사실은 조선의 뿌리가 흔들리고 있다는 방증일 것이다. 백성의 호응을 이끌 수 있는 대강을 제시하고, 조직 기반을 다진 후에 봉기를 하면 종묘사직이 무너져 내릴지도 모른다.

생각이 거기에 이르자 노성집의 등에서 식은땀이 흘러내렸다. 홍경래가 살아 있을 리 없다는 사실을 잘 알고 있음에도 자꾸 신경이 쓰이는 것은 누군가 바짝 마른 섶에 불길을 댕길 것 같은 위기감을 쉽게 떨쳐낼 수 없었기 때문이다.

'그자가 조선으로 돌아오는 일은 없겠지.'

부질없는 염려인 줄 잘 알면서 또 그런 의혹이 노성집의 뇌리를 스치고 지나갔다.

* * *

파도가 끝없이 몰려왔다. 안지경이 해변으로 걸음을 옮기자 모여 있던 물새 떼가 날아올랐다. 세인트 헬레나 섬에 기착한 지 사흘이 흘렀다. 이틀 후에 출항할 거라고 했다. 영국은 어떤 나라일까. 어떤 삶이 기다리고 있을까. 조선으로 돌아갈 수 있을까. 현재로서는 아무것도 장담할 수 없었다.

해안 저 멀리 깎아지르듯 솟아 있는 암벽 위에 프랑스 황제의 숙소가 있다고 했다. 황제 나파륜은 서양세계를 제패한 영웅인데 영국에게 패해서 여기로 유배되었다고 했다. 그는 어떤 인물일까. 자꾸 호기심이 일었다.

"클레멘스!"

부르는 소리에 고개를 돌리니 티모시가 손을 흔들며 석식 시간이 되었음을 알렸다. 이틀 후면 이 섬과도 작별이고 세인트 헬레나 섬에 정박해 있던 동안에 모처럼 여유를 누렸던 선원들은 다시 바빠질 것이다.

해가 수평선을 붉게 물들이며 수평선 너머로 사라졌고 세인트 헬레나 섬은 어둠에 잠겼다. 사관실의 불들이 하나둘씩 꺼졌고,

배 수리를 마무리 짓고, 보급품을 싣느라 녹초가 된 선원들은 일찍 잠이 들었는지 선원 숙소는 아무도 들락거리지 않았다.

몇 번 뒤척이던 안지경은 몸을 일으키고 밖으로 나갔다. 억지로 잠을 청하느니 밤바다를 보며 생각을 정리하기로 한 것이다. 청량한 바람이 얼굴을 스치고 지나갔다. 아직 한기가 완전히 가시지 않았지만, 그런대로 견딜 만했다. 하얀 이빨을 드러낸 검푸른 파도가 쉬지 않고 몰려들었다. 수평선 근처에 뜬 보름달이 잔잔한 빛을 뿌리면서 감흥을 더해주었다. 모든 것이 낯설고 새롭지만 하늘과 바다, 달과 파도는 조선의 그것과 조금도 다르지 않았다.

지금 조선은 어떻게 되었을까. 관서 땅은 황폐되었고 관서의 백성들은 고향에서 쫓겨나서 정처 없이 팔도를 떠돌고 있을 것이다. 봉기군과 성민들은 난리 중에 죽거나 잡혀서 모조리 참형을 당했다는 소식은 백령도에 있을 때 들어 알고 있었다. 부녀자들은 관노로 끌려갔다고 했다. 홍련은 목숨은 부지했을까. 살아 있으면 어디서 무엇을 하고 있을까. 차한상과의 약조가 스치고 지나가면서 형용하기 힘든 감회가 밀려왔다. 이어서 '혁명을 완수하라'던 대원수의 당부가 떠오르면서 안지경의 입에서 깊은 한숨이 새어 나왔다.

눈을 뜨니 다시 현실로 돌아왔다. 여기는 조선에서 지구를 반 바퀴 돌아서 온 먼 곳이다. 그리고 앞으로 어떻게 될지 아무것도 장담할 수 없는 처지다. 조선으로 돌아가서 대원수의 유지를 받들고 홍련과의 약조를 지켜야 할 텐데. 하지만 현실은 난감할 따름이다.

깊은 시름에 잠겨 해변을 거닐다 보니 어느 틈에 암벽 아래까지 다다르게 되었다. 과히 높지 않은 저 암벽 위에 황제의 숙소가 있는데 영국 병사들이 경계를 서고 있기에 숙소 부근에는 가지 말라는 지시를 받은 바 있었다.

서양을 호령하던 영웅이 패전지장이 되어 좁은 섬에 갇혀 지내려니 얼마나 갑갑할까. 안지경은 한 번도 본 적이 없는, 자신과는 아무런 관련이 없는 나폴레옹에게 동병상련의 정을 느꼈다.

"……!"

이제 그만 돌아가야 한다. 걸음을 돌리려던 안지경은 고개를 갸우뚱하며 암벽을 주시했다. 뭔가 움직임이 감지되었던 것이다. 자세히 살피자 건장한 남자 둘이 힘겹게 암벽을 오르고 있었다. 저들은 누구길래 이 시각에 왜 저기를…… 안지경은 본능적으로 위기를 감지했다. 누군지 몰라도 나폴레옹을 위해하려는 자들 같았다.

안지경은 더 생각하지 않고 암벽으로 내달렸다. 전후좌우는 알 길이 없지만 비열한 공격으로부터 황제를 지켜야 한다는 생각이 본능적으로 작동한 것이다. 경비를 서는 영국군은 암벽 쪽에는 배치되어 있지 않은 듯했다.

백령도에서 지내는 동안 무예 수련을 게을리하지 않았다. 암벽에 매달린 안지경은 빠른 속도로 올랐다. 두 괴한은 암벽을 오르는데 정신을 쏟았는지 안지경이 쫓아오는 것은 눈치채지 못하고 있었다. 안지경은 부지런히 손발을 움직였고, 마침내 암벽 위에 올랐다. 앞을 살피니 두 괴한이 자세를 낮추고 숙소로 접근하고 있었다. 숙소에는 나폴레옹 외에 나폴레옹을 최측근에서 보필했던 베르트랑 백작, 몬트론 백작 부부, 심복 글루고 장군, 황제비서 라스카스 백작, 마르샹 시종장과 하인 5명이 함께 기거하고 있다고 들었다. 두 괴한은 나폴레옹의 침실을 찾는 듯 자세를 낮춘 채 두리번거렸다.

아마도 불빛이 새어 나오고 있는 하얀 벽돌집이 나폴레옹의 침실일 것이다. 나폴레옹이 밤늦게까지 독서를 하고 있는 것 같았다. 괴한들도 안지경과 같은 생각인지 하얀 벽돌집을 향해 소리를 죽이고 접근했다. 상황이 여기까지 진행되었다면 더 의심할 이유가 없다. 소리를 지를까. 하지만 안지경은 고개를 가로저었다. 소용이 없을 것이다. 영국군 초소는 숙소에서 제법 떨어져 있었다. 사람들이 오기 전에 괴한은 침실로 뛰어들어서 나폴레옹에게 위해를 가할 것이다. 그렇다면 방법은 하나. 힘으로 저들을 제압해야 한다. 하지만 상대는 둘이고 무장을 하고 있을지 모른다.

고개를 살며시 들고 창 안을 살핀 괴한이 동료에게 손짓을 보냈다. 방 안에 나폴레옹이 있다는 의미일 것이다. 두 괴한이 문으로 접근하는 것을 본 안지경은 비호처럼 몸을 날리며 괴한에게 달려들어서 앞차기로 옆구리를 강타했다.

"윽!"

수박희(手搏戱)의 앞차기를 정통으로 맞은 괴한이 비명을 지르며 나뒹굴었다. 놀라서 뒤를 돌아보는 앞서가던 괴한의 손에 단검이 들려 있었다. 건장한 체구의 괴한은 단검을 휘두르며 안지경에게 접근했다.

'쉬!'

단검이 안지경의 급소를 노리고 날아들었다. 빠르고 능숙한 칼놀림이었다. 이럴 때는 칼이 아니고 상대의 눈을 놓치지 말아야 한다. 안지경은 상대의 눈을 응시하면서 반격의 기회를 엿보았다. 안지경이 빈손인 것을 확인한 상대는 거리낌 없이 공격을 이어갔지만, 상대의 눈을 놓치지 않은 안지경은 그때마다 칼끝을 피해갔다. 그렇게 세 차례 공세를 피해 가는데 옆구리를 맞고 쓰러졌던 괴한이 비틀거리며 몸을 일으키더니 품에서 단총을 꺼내 들었다. 위기였다. 화약을 재고 부싯돌을 치기 전에 제압해야 한다.

"탕!"

안지경이 그리 판단하고 단총을 든 자를 향해 몸을 날리려는 순간 총성이 일면서 안지경은 어깨를 움켜쥐고 주저앉았다. 괴한의 단총에서 연기가 피어오르고 있었다. 하면 서양 총은 부싯돌을 치지 않고도 쏠 수 있단 말인가. 총을 쏜 자는 나폴레옹의 침실로 향했고, 단검을 든 자는 득의만만한 웃음을 지으며 안지경에게 다가왔다. 절체절명의 순간이었다.

"탕!"

다시 총성이 울리더니 문을 열려던 괴한이 비명을 지르며 쓰러졌다. 그러자 안지경에게 다가오던 괴한이 황급히 등을 보이며 달아났지만, 곧 다시 총성이 일면서 그대로 주저앉았다. 주위를 둘러보니 일단의 횃불이 일렁이며 이리로 다가오고 있었다. 총성을 들은 황제의 측근과 영국 경비병들이 달려온 것이었다 안지경은 어깨를 움켜쥐고 몸을 일으켰다. 탄환을 맞은 자리가 쑤시고 아팠다.

일렁이는 횃불 사이로 키가 작은 남자가 앞으로 나서며 안지경에게 물었다.

"너는 누구냐?"

프랑스 말 같았다. 안지경이 머뭇거리자 뒤에서 누가 영어로 말했다.

"프랑스 황제 폐하시다. 예를 갖추라."

하면 키가 작은 이 사람이 나폴레옹이란 말인가. 안지경은 황급히 한쪽 무릎을 꿇으며 예를 표했다.

"됐다. 이 자를 치료해 주어라."

* * *

안지경은 하인들의 부축을 받으며 방으로 옮겨졌고 의사가 달려와서 탄환을 뽑고 총알에 맞은 부위를 소독하고 붕대로 동여맸다. 어깨가 몹시 욱신거렸지만, 다행히 총탄이 뼈와 힘줄은 피해 간 것 같았다. 출혈이 멎었으니 이제 상처가 아물 때까지 잘 요양하면 큰일은 없을 것이다.

끙끙거리며 아픔을 참는 사이에 동이 텄다. 속히 배로 돌아가야 한다. 안지경은 욱신거리는 어깨를 부여잡고 몸을 일으켰다.

"그대로 있게. 곧 폐하께서 이리로 오실 거네. 알세스트 호에는 우리가 연통해 놓았네."

자신을 황제의 비서 겸 작가라고 소개한 라스카스 백작이 몸을 일으키려는 안지경을 만류했다.

"하마터면 큰일 날 뻔했어. 당신이 폐하의 목숨을 구했어."

라스카스 백작이 웃음을 띠며 안지경에게 사의를 표했다.

"뭐 하는 자들인데 황제 폐하를 노렸습니까?"

"자코뱅의 급진파들이 보낸 자객이었네. 많은 사람들이 폐하를 흠모하지만, 폐하를 반대하는 자들도 제법 있지."

그때 입구에 사람 여럿이 몰려오는 소리가 들리더니 나폴레옹이 방으로 들어섰다. 뒤따라서 배질 홀 선장과 찰스턴 경이 들어왔다. 안지경은 라스카스 백작의 부축을 받으며 몸을 일으켰다.

"괜찮으니 그대로 있어라. 상처는 어떠냐?"

나폴레옹이 영어로 그대로 있을 것을 지시했다.

"지낼 만합니다."

"다행히 총탄이 뼈를 피해 갔습니다. 잠시 요양하면 원래대로 회복될 것 같습니다."

치료를 담당했던 의사가 부연하자 나폴레옹이 다행이라는 듯 고개를 끄덕였다.

"코리아 사람이라고 했느냐?"

"그렇습니다."

"그렇지 않아도 코리아라는 나라에 관심을 가지던 참이었다. 그런데 그 먼 나라에서 온 자에게서 큰 도움을 받게 될 줄이야."

나폴레옹이 진심으로 감사를 표했다. 서양인치고는 작은 키에 다부진 체격, 상대를 제압하는 형형한 눈빛의 이 남자가 유럽 대륙을 평정했던 영웅 나폴레옹이란 말인가. 안지경은 자신이 나폴레옹 황제와 마주하고 있다는 사실이 믿어지지 않았다.

"고마움을 표하고 싶다. 원하는 것이 있으면 말해 보아라."

갑작스러운 나폴레옹의 제안에 안지경은 당혹스러웠다. 이런 일이 있으리라 상상도 못했다. 안지경이 어찌할 바를 몰라 하는데 뒷줄에 서 있던 찰스턴 경이 앞으로 나서며 나폴레옹에게 예를 표했다.

"폐하, 알세스트 호의 박물학자인데 항해하는 동안 줄곧 저자와 지냈습니다. 제가 저자와 상의해서 답을 드리겠습니다."

"그리하라."

나폴레옹이 고개를 끄덕이며 승낙했다. 수행하는 인원들이 나폴레옹을 따라 나가면서 방에는 안지경과 찰스턴 경 둘만 남았다.

"우리는 내일 출항한다. 예전에 얘기했던 대로 왕립지리학회에서 일하게 되면 숙식은 해결하겠지만 코리아로 돌아간다는 보장은 없다. 나는 당신이 얼마나 돌아가고 싶어 하는지 잘 알고 있네."

찰스턴 경은 안지경을 빤히 쳐다보고는 말을 이었다.

"황제에게 이 섬에 남겠다고 부탁하는 게 어떨까? 황제의 부탁이라면 배질 홀 선장이 거절하지 못할 걸세. 세인트 헬레나 섬에는 동양으로 가는 배들이 수시로 기착을 하니까 기회를 잡으면 배를 얻어타고 청나라로 돌아갈 수 있을 것이네."

청나라에만 닿으면 얼마든지 조선으로 돌아갈 수 있다. 안지경의 얼굴에 화색이 돌았다. 나폴레옹이 나서주면 얼마든지 자유인의 신분이 되어 배에서 내릴 수 있을 것이다. 안지경이 관심을 기울이는데 찰스턴 경이 세인트 헬레나 섬에서 내려야 할 이유를 보탰다.

"당신은 조선의 봉기가 실패로 돌아간 것을 아쉬워하면서 당신이 모셨던 분의 유지를 받들고 싶다고 했네."

갑자기 그 말을 왜 하는 걸까. 분명히 찰스턴 경에게 그런 말을 했던 적이 있었다. 안지경이 말없이 고개를 끄덕였다.

"28년 전에 프랑스에서 혁명이 일어났네. 시민들이 폭정에 항거해서 들고 일어선 것이지. 그 결과 국왕은 처형되었고, 신분제가 철폐되면서 모든 시민들이 동등한 권리를 가지고 통치에 참여하는 공화정이 수립되었지. 이후 혁명과 반혁명이 반복되면서 프랑스는 다시 제정으로 돌아갔고, 나폴레옹 장군이 황제가 되었네. 그러다 전쟁에서 패하면서 이리로 유폐된 것이지."

프랑스 혁명에 대해서는 찰스턴 경으로부터 간략하게 들었던 적이 있었다. 찰스턴 경은 안지경에게 조선에서 혁명을 꿈꾼다면 프랑스대혁명에 대해서 상세하게 알아볼 필요가 있다고는 조언했었다. 기실 안지경도 프랑스대혁명에 대해서 상세한 것을 알아보고 싶었던 차였다.

"나도 프랑스대혁명에 대해서 소상한 것은 알지 못하네. 하지만 황제의 측근 중에는 그와 관련해서 당신의 궁금증을 풀어줄 사람이 있을 걸세."

안지경은 비로소 찰스턴 경이 왜 세인트 헬레나에 남으라고 했는지 분명하게 깨달았다. 조선으로 돌아갈 기회와 프랑스대혁명에 대해서 자세히 알아볼 기회를 잡은 것이다. 더 망설일 이유가 없었다. 안지경은 찰스턴 경에게 진심으로 사의를 표하며 제안을 받아들이기로 했다.

"그동안 당신이 성실하게 나를 상대해준 데에 대한 보답이라고 생각하게."

찰스턴 경이 잔잔한 미소를 지으며 작별을 아쉬워했다.

* * *

해변을 거닐던 안지경은 문득 세인트 헬레나 섬에 처음 도착했을 때가 떠올랐다. 세월은 부지런히 흘러서 좁은 섬에 갇혀 산 지 벌써 1년하고도 반이 흘렀다. 그러면서 어느덧 28살이 되었다. 그날도 오늘처럼 파도가 세게 몰아쳤고, 물새들이 떼를 지어 날아다녔다. 안지경은 해 질 무렵이면 생각을 정리할 겸 혼자 해변을 산책하는 걸로 일과를 마치고 있었다.

나폴레옹은 안지경의 소원을 받아들였고, 배질 홀 선장은 나폴레옹의 부탁을 기꺼이 수락하면서 안지경은 세인트 헬레나 섬에 남게 되었다. 마르샹 시종장을 위시해서 나폴레옹을 수행하는 사람들은 안지경을 황제의 손님으로 대우했고, 그에 걸맞는 숙소도 마련해 주었다. 간신히 정주성을 빠져나와 우여곡절 끝에 멀리 대서양의 외딴섬까지 와서 프랑스 황제의 손님이 될 줄이야. 참으로 기구한 삶, 파란만장한 세월의 연속이었다.

무엇보다도 피에르 신부를 만난 것은 큰 행운이었다. 황제의 수행원으로 세인트 헬레나 섬에 머물고 있는 피에르 신부는 가톨릭 사제면서 역사에 해박한 지식을 가지고 있었다. 안지경은 피에르 신부로부터 프랑스 말과 글을 배우고, 서양의 역사를 배우며 바쁜 나날을 보냈다. 물론 틈틈이 신체를 단련하는 일도 게을리하지 않고 있었다.

가끔 나폴레옹을 배알했는데 그도 프랑스로 돌아가서 다시 한번 유럽을 제패하려는 야망을 접지 않고 있었다. 백마를 타고 붉은 망토를 휘날리며 알프스를 넘는 접견실의 커다란 그림은 남자의 야망과 포부가 얼마나 원대한 것인가를 여실히 말해주고 있었다.

그런데 나는 언제 조선으로 돌아갈 수 있을까. 동양으로 향하는 배에 탈 기회는 쉽게 오지 않았다. 허드렛일을 하는 뱃사람이 아니고 청나라에 장기간 머물려면 해관에서 입국허가를 받아야 하는데 그러려면 그에 걸맞은 명분이 필요했다. 안지경은 서두르지 않기로 했다. 아직 피에르 신부에게 배울 것이 많았다. 홍련은 지금 무엇을 하고 있을까. 하루하루 수평선 너머로 지는 해를 볼 때마다 홍련의 단아한 모습이 떠올랐다.

숙소에 촛불이 너울거리고 있었다. 피에르 신부가 들른 모양이었다. 오전에 영국군 주둔병의 장례를 주관하느라 학습을 걸렀는데 보충하려고 따로 시간을 낸 것 같았다. 두 사람은 하루도 빠뜨리지 않고 프랑스대혁명과 유럽의 역사에 대해서 얘기를 나누고 있다. 안지경이 프랑스대혁명에 관심을 기울이는 만큼 피에르 신부도 조선의 역사와 봉기에 관해서 큰 호기심을 보였다.

의외였지만 피에르 신부는 조선에 대해서 상당한 지식을 가지고 있었다. 18년 전인 병인년(1801)의 천주교 박해 때 관의 추포를 피해 충청도 배론에 피신을 했던 신도 황사영이 로마 교황에게 조선의 박해 사실을 알리며 도와달라는 내용을 비단에 적어 청나라로 가는 사신에게 부탁했던 일이 있었다. 그런데 부탁을 받은 사람이 체포되면서 백서(帛書)는 압수되었지만, 사본은 로마 교황청에 전해졌다. 그러면서 조선의 포교 실정이 교황청에 소상하게 알려졌고, 동양 전교를 담당하는 파리 외방전교회 소속의 피에르 신부는 조선에 대해서 비교적 소상한 지식을 가지게 된 것이다.

"해변을 거닐고 오는 길인가."

피에르 신부가 웃으며 안지경을 맞았다. 안지경은 책상을 사이에 두고 피에르 신부와 마주 앉았다.

“어제는 어디까지 했더라?”

“삼부회 소집까지 얘기했습니다.”

그동안 부지런히 프랑스 말과 글을 익혔던 안지경은 이제 그런대로 피에르 신부와 의사를 소통하고, 책을 읽을 수 있게 되었다.

1789년의 프랑스는 전쟁과 방만한 국가경영으로 국고가 텅텅 비어 있었다. 세금을 거두려면 시민들의 동의를 얻어야 하기에 국왕 루이 16세는 제1신분인 성직자와 제2신분인 귀족, 그리고 제3신분인 시민으로 구성된 삼부회를 소집해서 합의를 이끌어 내기로 했다는 것까지 얘기했었다.

“그런데 기득권을 내려놓지 않으려는 귀족들이 머릿수대로 표결하는 걸 거부하고 신분별로 1표씩 행사하자고 주장하면서 평화적인 해결책은 무산되었고, 혁명의 불길이 오르게 되었지.”

그렇게 삼부회 구성이 제3신분에게 불리하게 정해지자 시민들이 크게 반발했고, 무장봉기로 감옥을 폭파하면서 혁명의 불길이 댕겨졌음을 피에르 신부는 간략하게, 그렇지만 요점을 빠뜨리지 않고서 설파했다. 프랑스대혁명을 이끈 주체는 제3신분이고 그들은 모든 시민들이 동등한 자격으로 통치에 참가를 하는 나라를 만들려고 했다는 것이 피에르 신부 말의 요체였다.

제3신분이라. 그들은 프랑스의 평민들 같으며 구체적으로 조선의 백성들과 어떻게 다를까. 아직 확실한 개념이 정립되지 않았지만, 아무튼 혁명을 추진할 힘과 조직을 지니고 있었을 것이다. 백성이 스스로 통치하는 나라라는 말이 안지경의 가슴에 깊이 각인되었다.

"신부님은 왜 혁명에 동조를 했습니까?"

피에르 신부는 50대 초반의 가톨릭 사제인데 조선과 청, 일본에서 승려는 천한 신분이지만 서양의 성직자는 왕족 못지않은 고귀한 신분으로 제1신분이라고 했다. 그런데 피에르 신부는 혁명에 찬동하고 있었다.

"성직자 중에 여러 분이 제3신분의 편에 섰지. 신학교에서 나를 가르치셨던 시에예스 신부님도 그분들 중에 한 사람이었네. 틈나는 대로 이 책을 읽어보게."

피에스 신부가 대답 대신에 책 한 권을 꺼내 들었다. 제목을 살펴보니 Ou'est-ce que le tiers etat?(제3신분이란 무엇인가?)라고 쓰여 있었다.

안지경은 호기심을 가지고 책을 집어 들었다. 피에르 신부는 책을 건네주기 위해 들렀던 모양으로 몸을 일으켰다. 저자 에마뉘엘 조제프 시에예스는 신학교 은사였는데 피에르 신부는 책을 읽고 나면 프랑스 혁명을 이해하는 데 큰 도움이 될 거란 말도 덧붙였다.

기실 안지경은 피에르 신부를 상대로 대화를 나누면서 이해가 가질 않는 부분이 많았다. 유럽의 왕실과 신분제도는 조선의 그것과 사뭇 다른 것 같았다. 귀족과 평민이 양반과 상민과 어떻게 다른지는 알세스트 호를 타고 항해하는 동안에 어느 정도 깨닫고 있었지만 그래도 여전히 이해가 가질 않는 부분이 많았다. 고만고만한 유럽의 여러 나라들이 국경을 접하고서 티격태격하고 있는 현실도 나머지 나라들이 청나라를 떠받들고 있는 동양과 달랐다. 프랑스대혁명을 제대로 이해하려면 더 많은 공부를 해야 할 것 같았다. 그래서 조선과 프랑스는 무엇이 같고, 무엇이 다른가를 파악해야 한다. 피에르 신부는 그런 의미로 이 책을 읽어보기를 권했을 것이다.

프랑스대혁명을 이끌었다는 제3신분이란 무엇일까. 안지경은 호기심을 가지고 책장을 넘겼다.

* * *

해변을 거닐고 있는데 절벽 쪽에서 총성이 울렸다. 또 무슨 일이……? 안지경이 놀라서 달려가 보니 나폴레옹이 바다를 향해 피스톨을 쏘고 있었고 황제의 측근과 시종들은 지켜보고 있었다. 무료함을 달래러 나온 길에 사격 연습을 하고 있는 것 같았다. 안지경을 알아본 나폴레옹이 손짓으로 다가올 것을 일렀다.

"폐하를 뵙습니다."

안지경이 나폴레옹에게 예를 올렸다.

"너희 나라에서 무관이었다고 들었다. 쏘아볼 테냐?"

나폴레옹이 웃음을 띤 얼굴로 뜻밖의 제안을 했다. 안지경이 머뭇거리자 수석 보좌관 베르트랑 백작이 총을 건넸다. 그는 수년 전에 세상을 떠난 네이 원수(元帥)와 더불어 황제를 최측근에서 보필하던 사람이다.

총열과 손잡이가 금으로 치장된 고급품이었다. 그런데 탄환, 화약, 부싯돌, 그리고 포편(布片)과 꽂을대가 없었다. 어떻게 쏘아야 할지를 몰라 피스톨을 이리저리 살피자 글루고 장군이 앞으로 나서며 최신식 4연발 스토플리우스 리볼버의 사격 요령을 알려주었다.

"화약은 탄환에 내장되어 있네. 그리고 공이에 부싯돌이 달려 있어 방아쇠를 당기기만 하면 화약에 점화되면서 탄환이 발사되네."

하면 후장(後裝) 피스톨이란 말인가. 안지경은 금장 피스톨을 천천히 들어 올렸다. 그리고 바다를 향해 방아쇠를 당겼다. 총성이 일고 총연이 일면서 반동력으로 피스톨이 위로 치켜졌다.

"여기를 돌리게. 연속해서 4발을 발사할 수 있으니."

글루고 장군이 피스톨 상단부에 달린 수레바퀴 같이 생긴 것을 가리켰다. 말로만 들었던 후장식 사혈포(四穴砲)였다. 안지경은 글루고 장군이 일러준 대로 탄환이 장전되어 있는 수레바퀴 탄알집을 차례로 돌리며 연속해서 방아쇠를 당겼다. 정말로 4발의 탄환이 연속해서 발사되었다. 안지경은 감탄을 금치 못했다.

물론 총을 쏴본 게 처음은 아니다. 훈련도감 무관 시절에 여러 차례 사격을 해보았기에 총의 위력을 잘 알고 있었지만, 활을 대신하지는 못할 것이라 생각하고 있었다. 전장식 화승총을 쏘려면 우선 탄환을 천 조각으로 싸서, 총구에 넣고 꽂을대로 끝까지 밀어 넣은 후에 약통에 화약을 쟁여 넣고 부싯돌을 쳐서 불을 댕겨야 한다. 그런데 신형 전장식 피스톨은 방아쇠를 당기는 것 하나로 끝이니 참으로 놀라운 일이 아닐 수 없었다. 하물며 4발을 연속해서 발사할 수 있다. 이런 총이 있다면 조선의 총수(銃手) 10여 명을 혼자서 상대할 수 있을 것이다.

"마음에 드는가?"

나폴레옹이 미소를 지으며 다가왔다. 그리고 안지경이 채 대답하기 전에 말을 이었다.

"내 목숨을 구해준 대가로 네게 선물하겠다."

"하지만……"

안지경이 선뜻 받지 못하자 나폴레옹은 사양하지 말라는 듯 손을 내저으며 천천히 걸음을 옮겼다. 안지경은 말없이 나폴레옹의 뒤를 따랐고, 측근과 시종들이 거리를 두고 뒤쫓아왔다.

"피에르 신부에게서 네가 네 나라에서 혁명을 일으켰다가 쫓기는 신세가 되었다고 들었다."

나폴레옹이 친근감 가득한 눈길로 안지경을 쳐다봤다.

"그렇습니다."

안지경도 거리감을 두지 않고 나폴레옹을 대했다. 피에르 신부로부터 그의 파란만장한 삶에 대해서 소상하게 들었던 터였다. 프랑스에서 혁명이 일어나자 인접국의 국왕들이 자기들에게도 불똥이 튈 것을 염려해서 군대를 보내서 프랑스를 침공했다. 그들을 차례로 물리치고 프랑스대혁명을 반석 위에 올려놓은 사람이 나폴레옹이다.

"네 나이가 어떻게 되느냐?"

돌연 나폴레옹이 나이를 물었다.

"스물여덟입니다."

"하면 내가 툴롱에서 포병여단을 지휘했을 때 나이군. 육지에서는 왕당파들이 쳐들어오고 바다에서는 영국 해군 군함들이 몰려들던, 자칫 혁명의 불꽃이 수포로 돌아갈 뻔한 다급했던 상황이었지."

나폴레옹이 그때를 회상하는 듯 눈을 지그시 감았다. 툴롱 전투에서 승리를 하면서 나폴레옹이 출세의 가도를 달리게 되었다는 사실은 피에르 신부로부터 들었다.

"고국에서 멀리 떨어져서, 언제 돌아간다는 기약도 없이 지내려니 많이 갑갑하겠지만 서두르지도 말고 피하지도 않으면서 참고 지내다 보면 언젠간 기회가 찾아올 것이다. 기회는 아무런 예고 없이 불쑥 찾아오니 절대로 놓치지 말거라."

나폴레옹이 안지경에게 격려의 말을 건네고 머물고 있는 성으로 발걸음을 돌렸다. 안지경은 그가 시야에서 사라질 때까지 꼼짝 않고 지켜보았다.

숙소로 돌아오니 피에르 신부가 기다리고 있었다.

"황제로부터 받은 것인가?"

피에르 신부가 피스톨을 가리키며 물었다.

"그렇습니다."

"그렇다면 소중하게 간직해야겠군."

피에르 신부의 말대로 소중한 선물을 얻었다. 그보다 서두르지도 말고 피하지도 말면서 때를 기다리면 반드시 기회가 올 것이라는 나폴레옹의 충고는 점점 초조감에 빠져들고 있는 안지경에게 또 다른 의미에서의 선물이었다.

"좋은 소식이 있네."

피에르 신부가 환한 얼굴로 입을 열었다. 좋은 소식이라니? 안지경은 언뜻 떠오르는 게 없었다.

"파리 외방전교회에서 조선에 교구를 설치하기로 결정했네. 백서 사본이 로마 교황청에 전달된 후로 교구 설치가 본격적으로 논의되고 있었거든."

피에르 신부가 지긋한 눈길로 안지경을 쳐다보며 말을 이었다.

"그와 관련해서 외방전교회에서 현지에 사람을 보내려 하네. 나는 당신을 추천할 생각이네."

하면 조선으로 돌아갈 수 있단 말인가. 외방전교회 선교사 수행원 신분이면 청나라에 합법적으로 입국할 수 있을 것이다. 안지경은 날듯 기뻤다. 기회는 바람처럼 불쑥 찾아온다더니 이런 기쁜 소식이.

"확실한 소식입니까?"

"교구 설치는 확실한데 언제 출발할지는 아직 정해지지 않은 모양이야. 하지만 교황청의 승인을 얻으려면 길게 잡아 6개월 걸릴 수도 있네."

"감사합니다."

안지경이 큰 소리로 대답했다. 마침내 조선으로 돌아갈 길이 열린 것이다. 이보다 더 기쁜 소식이 어디에 있단 말인가. 피에르 신부가 추천한다면 어렵지 않게 선교사 수행원이 될 것이다.

"당신 신분은 외방선교회에서 처리해 줄 것이네."

더 바랄 나위 없었다. 그런데 6개월이라. 그때까지 하루하루를 일각이 여삼추의 심정으로 지내야 할 것이다. 하지만 아직 배워야 할 게 많고, 읽어야 할 책이 있었기에 지루하지 않을 것이다.

* * *

"하면 신부님은 공포정치가 필연이었다고 생각하십니까?"

안지경이 진지한 표정으로 물었다. 피에르 신부와의 학습은 계속되었다. 안지경은 피에르 신부를 상대로 프랑스대혁명에 대해서 의문이 생기는 것을 물었고, 피에르 신부는 성의껏 답변해 주었다. 오늘 두 사람은 1790년대 초중반 프랑스 전역을 공포로 몰아넣은 로베스피에르의 공포정치를 놓고 얘기를 나누고 있었다.

"필연적이라기 보다는 불가피한 면이 있었다고 보네. '칼레파 타 칼라(Kalepa ta Kala)'라는 고대 그리스 격언이 있네. '좋은 일은 이루어지기 힘들다'라는 뜻인데 동양 격언에도 하나를 얻으면 하나를 잃는 게 세상 이치라는 말이 있지 않나."

진작부터 동양 전교에 뜻이 있었던 피에르 신부는 동양고전에 대해서 상당한 지식을 가지고 있었다. 두 사람은 서로 적절한 상대를 만난 셈이다.

프랑스대혁명은 유럽의 여러 나라로부터 강한 반발을 불러왔다. 유럽은 왕실끼리 혼인을 통해서 깊이 연관이 되어 있다. 그리고 신분은 나라에 우선했다. 프랑스 귀족은 프랑스 평민과 영국 귀족 중에서 당연히 영국 귀족에게 더 동질성을 느끼고 있었다. 프랑스에서 평민들이 혁명을 일으켜서 국왕을 처형하자 유럽 각국은 일치해서 프랑스 부르봉 왕가 구원에 나섰다.

혼란기에는 강경파가 득세하기 마련이다. 혁명 이후에 급진파가 정권을 주도했고, 공포정치를 시행하면서 많은 사람들이 반혁명분자와 왕당파로 몰려서 체포와 구금, 처형을 당했다. 안지경이 세인트 헬레나에 도착했을 무렵의 프랑스는 혁명 이후의 혼란을 거듭하고 있었다.

혁명은 앙샹 레짐(ancien regime 구제도)을 극복하고서 그 이상을 실현해 나가는 것이다. 그런데 이상과 현실은 어떤 괴리가 있으며 여하히 극복해 나갈 것인가. 프랑스대혁명을 직접 경험했던 피에르 신부와 서둘러 봉기를 했다가 실패를 경험했던 안지경은 서로의 생각과 경험을 교환하면서 열띤 토론을 이어갔다.

피에르 신부는 프랑스대혁명을 이끈 동력은 제3신분인데 이들은 구체적으로 경제적으로는 부르주아(Bourgeois 유산계급)를, 정치적으로는 레종(Les Gens 인민)을 의미한다고 했다. 이어서 진정한 평등은 경제적 평등이며 시민이 주인이 되는 공화정은 인권을 바탕으로 해야 한다는 말을 덧붙였다. 부르주아와 레종이라는 말이 안지경의 가슴에 깊이 각인되었다.

"인권은 하늘로부터 받은 것으로 빼앗길 수도 없고, 넘겨줄 수도 없는 불가침(不可侵), 불가양(不可讓)의 것이라네."

피에르 신부의 얼굴에 자부심이 가득했다.

"그렇다면 공포정치는 혁명의 취지에서 벗어난 것 아닙니까?"

안지경이 조심스럽게 물었다. 공포정치는 인권과는 거리가 있는 것 같았다.

"새 세상을 열려면 혼란과 무질서가 따르게 마련이네. 혁명은 끝이 아니고 시작이니까. 처지와 입장이 다른 집단들이 하나가 되어 혁명을 달성했지만 뜻을 이룬 후에는 각자의 이해득실에 따라 이합집산을 하면서 싸움을 벌였고. 그 결과 제정으로 복귀하기도 하고 공포정치를 경험하기도 했네. 한때는 현실 도피적인 몽상적 이상주의가 사람들의 마음을 끌기도 했지."

피에르 신부가 프랑스대혁명의 어두운 면을 얘기했다. 그의 말대로 혁명은 끝이 아니고 시작인 것 같았다.

"하지만 자유와 평등, 박애의 프랑스대혁명의 불꽃은 결코 꺼지지 않을 것이고, 인류의 역사 발전에 큰 전환점이 될 거라 확신하고 있네."

피에르 신부가 다시 밝은 표정으로 자신 있게 말했다.

"혁명과 민란은 다른 것이네. 민란은 억압에 일시적으로 항거하는 것이지만 혁명은 낡은 체제를 무너뜨리고 새로운 세상을 여는 것이니까."

안지경은 당혹스러웠다. 하면 홍경래의 난은 폭동에 불과했단 말인가. 문득 차한상으로부터 비슷한 말을 들었던 기억이 떠올랐다.

"일전에 인류는 긴 역사를 통해서 왕정과 과두정, 그리고 공화정 등 여러 종류의 통치형태를 경험했지만 늘 지배층과 피지배층으로 나뉘어 존속했다고 하셨습니다. 하면 부르주아도 결국은 지배계층이 되어 피지배민들을 탄압할 게 아닙니까?"

안지경이 정색을 하고 물었다. 경전은 백성을 위한 나라를 치자의 덕목으로 꼽고 있지만, 백성들이 스스로 다스리는 나라는 다루지 않고 있었다. 그런데 위민이 아니고 여민(與民)이라니.

"그럴 수도 있겠지. 많은 혁명이 구제도보다도 못한 신악(新惡)을 낳으면서 실패로 돌아갔지. 하지만 프랑스대혁명은 다르네. 새로운 세상을 열었으니까."

피에르 신부의 얼굴에 자부심이 가득했다.

"부르주아와 레종은 이름입니까?"

안지경이 진지한 표정으로 물었다. '제3신분이란 무엇인가'의 저자 시에예스는 제3신분을 '여태까지는 전무(全無)했으며 앞으로는 전부(全部)가 될 것'이라고 정의했는데 피에르 신부는 혁명이 항구적으로 성공하려면 경제적으로는 부르주아, 정치적으로는 레종이 자리를 잡아야 한다고 얘기하고 있었다.

"역사와 관습, 체제가 다른 나라의 일을 한꺼번에 이해하려면 혼란이 일 걸세."

피에르 신부가 잔잔한 눈빛으로 안지경을 쳐다보았다.

새로운 자산계급인 부르주아는 조선의 사상도고와 통하는 면이 있을 것이다. 하면 레종은 백성? 아니면 사대부? 선뜻 마땅한 답이 떠오르지 않았다.

"서두르지 말게. 세상일은 속단할 게 아니니까."

오늘은 여기까지라는 듯 피에르 신부가 몸을 일으켰다. 혼자 남은 안지경은 여전히 혼란스러웠다. 프랑스의 부르주아와 조선의 사상도고는 어떻게 같고, 어떻게 다른가. 그리고 조선의 레종은 어디서 찾을 것인가. 그것을 알아내는 것이 세인트 헬레나를 떠나기 전에 해야 할 일이고, 피에르 신부가 안긴 숙제인 것 같았다.

안지경은 숙소를 나섰다. 머릿속이 복잡할 때나 망향의 정이 밀려올 때는 늘 넓은 바다를 보며 마음을 추슬렀다. 뭔가 잡힐 듯 말 듯한 생각이 머릿속을 맴돌았다. 떠나기 전에 책을 더 보고, 피에르 신부를 상대로 토론을 계속할 필요가 있었다.

지구를 반 바퀴 돌아서 여기까지 왔다. 그런데 언제 돌아갈 수 있는 걸까. 하루하루 날이 갈수록 점점 더 초조해졌다.

항구를 보니 범선이 큰 돛을 활짝 펼친 채 먼 바다로 나가고 있었다. 안지경의 마음도 그 범선을 따라 멀리 조선으로 향하고 있었다.

* * *

계를 찬찬히 살피던 노성집은 고개를 끄덕이고는 종사관 이격에게 물었다.

"덧붙일 말은?"

"청 상단을 통해서 들어오는 물목들 중에는 멀리 서양에서 건너온 것들이 늘어나고 있지만 수입이 금지된 것들은 없습니다."

"주요 거래 물목들은?"

"한양의 부호들이 많이 찾고 있는 남양산 과일과 유리, 금 세공품들, 그리고 서양 노리개들이 늘어나고 있습니다."

"서적이나 총포류는?"

"꾸준히 늘어나고 있는데 철저하게 감시하고 있습니다."

이격이 절도 있게 대답했다. 교역 규모가 커지면서 양화나루와 서강나루, 송파나루 등지에 돈이 몰리고 있었다. 돈이 몰리는 곳에 범죄가 따르게 마련이다. 포도대장이 신경을 쓰는 게 당연했다.

"행여 앵속(罌粟 양귀비)을 들여오는 일은 없겠지? 서양에서 앵속이 흘러들어오면서 청나라 조정이 골머리를 앓고 있다고 들었다."

인도에서 재배된 아편이 영국 상인들을 통해 청나라로 들어오면서 청나라 사람들은 아편에 중독이 되었고, 엄청난 대금이 빠져나가면서 청나라 재정은 큰 타격을 입고 있었다. 그래서 총포류와 화약, 서학 서적 외에 새로 앵속이 단속대상에 추가되었다.

"아편이 대량으로 청나라로 흘러 들어가고 있다는 말은 들었습니다. 아직 아편이 거래된 정황은 없지만, 철저히 감시하고 있습니다."

"관의 눈을 피해 청과 밀거래를 하는 자들이 있을지 모른다. 행여 아편이 조선에 들어오는 일이 없게 철저히 감시하도록."

"진작에 저들의 계보를 파악해 놓고 있습니다. 수상한 움직임이 포착되면 즉시 포박해서 문초하겠습니다."

이격이 자신 있게 답변했다. 해상교역이 늘어나면서 산동은 물론 멀리 남양의 복건이나 광동의 상단들도 조선에 활발하게 배를 띄우고 있었다. 한성부와 내수사, 포청 등에서 통제를 하고 있지만 일부는 관의 눈을 피해 밀무역을 하고 있었다.

"오늘은 서강 쪽으로 기찰을 나갈 예정입니다."

"그리하게. 필요한 게 있으면 서슴지 말고 고하고."

노성집은 이격이 마음에 들었다. 기실 정주성 공략의 공에 비하면 종사관 이상의 관직을 바랄 수도 있는데 이격은 불평 없이 성실하게 포청 업무를 수행하고 있었다. 노성집은 총융사로 옮기게 되면 이격을 데리고 가서 종4품 파총에 앉힐 생각을 하고 있었다.

"그리하겠습니다. 그리고 저……"

물러가려던 이격이 조심스럽게 노성집의 표정을 살폈다.

"뭔가?"

"아닙니다."

노성집이 묻자 이격은 잠시 망설이더니 그대로 발걸음을 돌렸다. 차홍련 모친의 일을 부탁하려 했던 것인데 당분간은 그냥 지내는 게 좋을 것 같았다.

포도청을 나선 이격은 잰걸음으로 서강나루로 향했다. 우포도청 종사관이 환도를 번쩍이며 걸음을 재촉하자 길을 가던 사람들이 두려운 듯 슬금슬금 피했다.

걸음을 재촉하던 이격은 무슨 생각이 들었는지 숭교방으로 발길을 돌렸다. 차홍련에게 들르겠다고 기별을 했던 게 생각이 났던 것이다. 이격이 기방으로 들어서자 행수기녀가 생글거리며 다가왔다.

"기별을 받고 별채에 주안상을 마련해 놓았습니다."

이격은 주위를 둘러보고는 행수기녀의 뒤를 따랐다. 상업이 발달하고 경제 규모가 커지면서 돈 많은 상인들이 기방에서 고관대작에 뒤지지 않는 대우를 받으며 거들먹거렸지만, 포도청 종사관이 나타나자 슬금슬금 자리를 피했다.

이격은 틈나는 대로 기녀가 된 차홍련을 찾았다. 포도청 종사관이 뒤를 봐주고 있다는 소문이 돌면서 차홍련은 큰 어려움 없이 지내게 되었고 기방 터줏대감 별감과 주객들도 차홍련을 함부로 대하지 못했다.

"어서 오십시오."

별채로 들어서자 차홍련이 이격을 맞았다. 이격은 성큼 상좌를 차지했고 차홍련은 조심스럽게 옆에 자리를 했다.

"가까이 오시오."

이격은 연민의 정이 가득한 눈길로 차홍련을 대했다. 그리고 하대하지도 않았다. 행수기녀와 기방별감을 상대할 때의 엄격함과는 크게 달랐다. 정주성에서 빠져나온 게 벌써 8년 전의 일이다. 해가 바뀌어 경진년(庚辰年 1820)이 되었고, 차홍련은 어느덧 25세가 되었지만 그린 듯 고운 얼굴과 청초한 자태는 여전했다.

주안상이 마련되어 있었다. 이격이 자리에 앉자 차홍련이 술잔 가득히 노홍주를 따랐다. 술이 목구멍을 타고 내려가면서 긴장이 풀린 이격은 손을 뻗어 차홍련의 손을 잡았다. 움찔했지만 차홍련은 뿌리치지 않았다.

"진작부터 그대에게 하려던 말이 있소."

이격이 정색을 하고 말을 꺼냈다. 차홍련은 아무 말 없이 듣고만 있었다. 충분히 짐작이 갔고, 대답은 이미 정해 두었다.

"그대를 기적에 빼서…… 별당을 마련해 주겠소."

소실로 삼겠다는 말을 이격은 에둘러 표현했다.

"종사관 나리로부터 큰 은혜를 입고 있습니다. 이 몸을 그리도 생각해주시니 감읍할 따름입니다."

차홍련이 차분한, 그러나 분명한 어조로 입을 열었다. 언젠가 한 번은 마주칠 일이었다.

"하지만 제게는 정혼을 한 사람이 있습니다. 그 사람이 데리러 올 때까지 기다리라고 했습니다."

"그 친구 생각을 하면 나도 가슴이 아프오. 내게는 친형제나 다름이 없는 사람이었는데."

이격이 단숨에 술잔을 비웠다.

"당신이 그 친구를 여전히 마음에 품고 있다는 사실은 나도 잘 알고 있소. 일부러 말하지 않고 있었는데…… 당신도 사실을 아는 게 좋을 것 같소. 그 친구가 정주성을 빠져나갔다는 사실은 알고 있을 것이오. 관에서는 끈질기게 추적을 했고, 마침내 바다로 빠져나가 백령도에서 숨어지내고 있는 걸 알아냈소. 그래서 추포대가 백령도로 향했소."

이격이 안지경의 소식을 전하자 차홍련은 가슴이 벌렁벌렁 뛰었다. 하면 관에 추포되었단 말인가.

"그 친구는 다시 바다로 도주를 했소. 기찰선이 따라갔는데 그만……"

노성집이 올린 계에는 안지경은 배를 타고 도주하던 도중에 서해로 빠져 죽은 것으로 되어 있었다.

"그게 4년 전의 일이오."

그 사람이 바다에 빠져 죽었단 말인가. 차홍련은 하늘이 무너져 내리는 기분이었다. 막연하지만 데리러 올 거라는 희망을 버린 적이 없었다. 그런데 이제는 뭘 믿고 살아야 하나. 너무도 막막했기 때문일까. 이상하게 눈물이 나오지 않았다.

아무것도 보이지 않고 아무것도 들리지 않는다는 멍한 표정을 짓고 있는 차홍련을 한참 바라보던 이격이 뜻밖의 말을 꺼냈다.

"당신의 모친을 찾았소. 충주감영의 관노로 있더군."

어머니가 생존해 계신단 말에 차홍련은 정신이 번쩍 들었다. 반가(班家)의 안주인이었는데 노비로 지내려니 고초가 이만저만이 아니겠지만 그래도 살아계신다는 소식이 반가웠다.

"내 힘으로는 어쩔 수 없지만, 포도청대장이라면 장예원(掌隷院)에서 노비적을 빼낼 수 있을 것이오. 때를 봐서 내가 대장 영감에게 간청해 보겠소. 속전(贖錢)이 필요하다면 내가 따로 마련해 보겠소."

이격이 근심 가득한 차홍련의 손을 꼭 잡으며 위로의 말을 건넸다.

"당신을 기적에서 빼내는 것은 내 힘으로도 할 수 있소. 별당에서 모친과 함께 지내게 해주겠소."

이격이 잔잔한 미소를 지으며 정이 듬뿍 담긴 눈으로 차홍련을 쳐다보았다. 차홍련도 이격이 오래전부터 자신에게 마음을 두고 있었음을 잘 알고 있었다. 그렇지만 그때는 남녀의 정이 무엇인지 제대로 모르고 있었고, 안지경을 만나고서 비로소 연정을 품게 되었던 것이다. 그런데 그 사람은 4년 전에 죽었고, 이격은 틈나는 대로 자신을 찾아오고 있었다.

"당신이 믿는 천주학에서는 사람은 누구나 다 평등하며 신분과 남녀, 적서(嫡庶)의 차별이 없다고 가르친다고 들었소. 소실 소리를 듣는 건 어쩔 수 없겠지만 나는 당신을 본부인과 똑같이 대하겠소. 그리고 당신의 믿음에 대해서도 간여하지 않겠소."

이렇게까지 나를 생각해준단 말인가. 차홍련은 거부할 수 없는 힘이 자신을 밀어내고 있는 느낌이 들었다.

"서강에 들릴 일이 있소. 대답을 재촉하지 않을 테니 언제든지 마음을 정하거든 일러 주시오."

이격은 그 말을 남기고 몸을 일으켰다. 그리고 주위를 살핀 후에 별채를 빠져나갔다. 차홍련도 포도청 종사관이 기방에 드나드는 게 사람들 눈에 띄면 좋지 않을 거란 사실을 알고 있었다. 언제까지 기방을 드나들며 사람들 눈을 피해 만날 수는 없다. 그렇다면 대답을 마냥 미룰 수는 없다.

그럼 이제 그 사람을 마음에서 지워야 하나. 차홍련의 입에서 가냘픈 한숨이 새어 나왔다.

세인트
헬레나에서 온
남자

나폴레옹이 머물고 있는 까닭에 영국 당국은 세인트 헬레나 섬을 드나드는 사람들을 철저하게 통제하고 있었지만 안지경은 나폴레옹이 힘써 준 덕분에 무사히 섬을 떠날 수 있었다. 출도 절차를 마친 안지경은 배에 오르기 전에 피에르 신부를 끌어안으며 작별인사를 했다.

"신부님 덕분에 많은 것을 배웠습니다. 건강히 지내십시오."

"잘 가시오. 앞날에 주님의 가호가 함께하기를 빌겠소."

안지경은 피에르 신부의 손을 꼭 쥔 후에 판테온 호에 승선했다. 영국 포츠머스에서 출항한 판테온 호는 아프리카를 돌고 인도양을 지나서, 인도 고아에 들렀다가 말라카 해협을 통과하고서 오문(澳門 마카오)과 향항(香港 홍콩)까지 항해할 예정이다. 안지경은 파리 외방전교회에서 북경 교구로 파견한 두 명의 성직자를 수행하는 자격으로 판테온 호에 승선하게 되었다. 나폴레옹과 피에르 신부가 힘을 써준 덕분이었다.

판테온 호는 돛을 한껏 부풀린 채 제임스타운 항을 떠났다. 안지경은 점점 멀어지는 세인트 헬레나 섬을 보며 감회에 젖어 들었다. 그리 긴 시간을 보내지는 않았지만 참으로 많은 것을 배우고, 느끼게 해 준 섬이다. 저 섬에서 당대의 영웅 나폴레옹 황제를 만났고, 프랑스대혁명에 대해서 상세히 배웠다. 이제 조선으로 돌아가서 못다 이루었던 꿈을 실현할 것이다.

어느새 섬의 봉우리만 시야에 들어왔다. 어쩌면 나폴레옹 황제가 저 꼭대기에서 멀어지는 판테온 호를 쳐다보고 있을지도 모른다. 안지경은 어제 나폴레옹에게 들러서 출발 인사를 드렸다.

"코리아로 돌아가기로 했는가?"

나폴레옹이 물었다.

"그렇습니다."

벽에 걸린 그림처럼 백마를 타고 알프스를 넘던 그의 위풍당당했던 기세가 많이 사라진 것 같아 안지경은 마음이 아팠다. 외딴 섬에서의 외로운 생활이 당대의 영웅을 이렇게 만든 것이다. 무엇보다도 견디기 힘든 것은 언제 돌아갈 수 있다는 기약이 없다는 사실일 것이다. 그런 면에서 나폴레옹은 돌아갈 곳이 있고, 이룰 목표가 있는 안지경이 부러울지도 모른다.

"큰 뜻을 품고 있다고 들었다. 부디 뜻을 이루기를 바란다."

나폴레옹이 손을 내밀었다. 안지경은 조금은 야윈 황제의 손을 힘껏 잡았다.

"이별의 정표로 마련한 것이니 잘 지니고 있다가 필요할 때 쓰도록 하거라."

나폴레옹이 손짓을 하자 하인 둘이서 큼지막한 상자를 들고 왔다. 조심스레 열어보니 금괴가 가득 들어 있었다.

"폐하 이건……"

안지경이 깜짝 놀라며 물었다.

"목숨을 구해준 데 따른 정표니 요긴하게 쓰거라. 이 좁은 섬에서는 쓸 일이 없을 것이기에 떠날 때 주려고 보관해 놓은 것이다. 큰일을 하려면 재물도 많이 필요할 것이다."

그렇게까지 생각해주는데 더 할 말이 없었다. 안지경은 감읍하며 나폴레옹의 배려에 감사를 표했다. 안지경은 수평선 너머로 모습을 감추는 세인트 헬레나 섬을 향해 손을 흔들었다.

＊＊＊

희망봉을 지나 인도양에 진입한 판테온 호는 동쪽을 향해 순항했다. 그동안 두어 차례 풍랑을 만났지만, 바다는 곧 잔잔해졌다. 이미 거친 바다를 여러 차례 경험했던 안지경은 크게 놀라지 않았지만 먼 항해가 처음인 두 성직자는 사색이 되어 어쩔 줄을 몰라 했다. 어쨌거나 저들을 광동까지 수행해야 한다. 안지경은 바다 생활에 익숙지 못한 두 성직자를 성심으로 도왔다.

마카오에서 하선하면 두 성직자는 육로를 이용하여 경사(京師 북경)로 출발할 것이다. 로마 교황청은 30여 년 전에 북경 교구를 설치했는데 두 성직자는 그곳에서 선교를 담당할 예정이다. 안지경은 일단 마카오에 남아서 사정을 염탐한 후에 조선행을 하기로 했다. 조선 땅을 밟으려면 신분을 위장할 필요가 있다.

고아에 기착해서 짐을 내리고 실은 판테온 호는 보급품 선적이 끝나자 다시 동쪽을 향해 돛을 높이 올렸다. 안지경은 갑판으로 나왔다. 이제는 소금기를 실은 해풍이 정겹게 느껴지기도 했다. 철썩이며 뱃전을 가르는 파도를 바라보면서 안지경은 피에르 신부와 나누었던 말들을 되새겨 보았다. 그는 프랑스대혁명을 몸으로 겪었고, 격동의 세월을 보내면서 영광과 오욕을 온몸으로 경험했던 사람이다. 그리고 나는 항차 조선대혁명을 이끌려 하고 있다. 타산지석이라고 했다. 안지경은 피에르 신부에게 배웠던 프랑스대혁명의 성패, 빛과 그늘을 가슴에 깊이 새겼다.

오랜 항해 끝에 판테온 호는 목적지 마카오에 입항했다. 배에서 내린 안지경은 두 성직자와 작별했다.

"북경까지 먼 길이 남아 있습니다. 탈 없이 도착해서 주님의 사업을 차질 없이 진행하시길 빌겠습니다."

"고맙소. 클레멘스 형제가 없었으면 먼 길을 무사히 오지 못했을 것이오. 클레멘스 형제도 하고자 하는 일이 잘 되길 주님께 기도 드리겠소."

두 성직자는 안지경과 굳은 악수를 나누고 마카오 선교의 거점인 세인트 폴 성당으로 향했다. 청나라는 천주교를 금지하지 않았지만 그래도 낯설고 풍습도 상이한 이역만리에서 선교를 하는 게 쉽지 않을 것이다. 마차가 멀어지자 안지경은 목표로 정한 금풍무(金豊武)를 향해 발걸음을 돌렸다.

광동성 주해(珠海) 하구의 한적한 어촌이었던 마카오는 200여 년 전에 포르투갈을 위시한 서양제국의 배들이 드나들기 시작하면서 해상교역의 중계지로 번성을 누리고 있었다. 항구에는 유럽에서 실려 온 서양 물자들이 쌓여 있었고, 한편에는 유럽으로 실려 갈 차와 도자기, 비단, 약재 등이 잔뜩 쌓여 있었다. 서양무역이 성행하면서 나라에서 관장하는 공행(公行)은 물론 광동 상인들이 운영하는 양행(洋行)들이 큰 자본을 축적하고서 교역의 규모를 키우고 있었다. 거리에는 포르투갈과 영국, 네덜란드 등 유럽 여러 나라에서 온 사람들을 심심치 않게 볼 수 있었다.

말라카 해협을 지날 무렵에는 서양교역을 행하는 광동상인과 복건상인들 여럿이 판테온 호에 승선을 했다. 안지경은 그들로부터 들은 정보를 바탕으로 협업할 상대를 선택해 두었던 것이다. 뒤에는 부두에서 고용한 일꾼이 수레를 끌며 안지경의 뒤를 따랐다.

금풍무 상단은 바다가 내려다보이는 고지대에 자리하고 있는데 광동상단을 대표하는 양행답게 입구부터 크고 호화로웠고, 궁궐 수문장을 연상케 하는 당당한 체구의 위사가 문을 지키고 있었다. 위압적인 자태로 다가오던 위사는 안지경이 영어로 단주를 찾아왔다고 하자 놀란 표정으로 안지경을 위아래로 훑어보더니 안에 통기를 했다.

조금 있더니 상단 서기인 듯한 자가 거드름을 피우며 걸어 나왔다.

"무슨 일로 단주님을 보자는 거요?"

서기는 서투르게나마 영어를 할 줄 알았다.

"귀 상단에 투자할 생각으로 면담을 신청한 것이오. 나는 세인트 헬레나라는 섬에서 왔소."

안지경이 옆으로 비켜서자 일꾼이 수레에서 상자를 내렸다. 뭐야 하는 표정으로 조심스럽게 상자를 열어본 서기의 얼굴이 일변했다. 금괴가 가득 실려 있었던 것이다. 이만한 양의 금괴를 보유한 상단은 광동에서 흔치 않다.

"따라오시지요. 단주님께 안내해 드리겠습니다."

서기가 굽신거리며 안지경을 안으로 모셨다. 안으로 들어서니 별천지가 전개되었다. 강남(江南) 정취가 깃든 정원에는 처음 보는 남국의 꽃들이 만발해 있었고 키 큰 나무들이 심겨 있었다. 널찍한 정원에는 형형색색의 물고기들이 한가롭게 헤엄치고 있었다.

"기다리고 계시면 단주님을 모시고 오겠습니다."

서기는 안지경을 넓지막한 객실로 안내하고서 휑하니 안으로 들어갔다. 안지경은 주위를 둘러보고서 자리에 앉았다. 굵직한 고객을 접대하는 방 같은데 벽은 고풍의 산수화와 일필휘지의 족자들이 걸려 있었고 서양식으로 탁자와 의자가 마련되어 있었다. 안지경은 자신의 차림을 살펴보았다. 알세스트 호에 구조된 후로 줄곧 서양인처럼 머리를 짧게 잘랐고, 서양 옷을 입고 지냈다.

금풍무 상단의 주인은 어떤 사람일까. 뜻이 통하는 사람이면 좋겠는데. 돈밖에 모르는 장사꾼이라면 다른 상단을 또 알아봐야 할 것이다. 어쨌거나 먼 길을 지나 여기 마카오까지 왔다. 서해만 건너면 조선인데 여태까지 여정에 비하면 서해는 아무것도 아니다. 조선이 멀지 않은 곳에 있다는 생각에 안지경은 가슴이 뛰었다.

인기척이 들리더니 곧 조금은 마른 편이지만 빈틈없는 자태를 지닌 남자가 들어섰다. 일견해서 쉰 살 정도로 보였는데 날카로운 눈매에 굳게 닫은 입술에서 차가움이 전해졌으며 호락호락한 상대가 아니라는 인상을 풍겼다.

"내가 금풍무 단주 풍순모(豊淳牟)요. 그리고 이 사람은 나를 대신해서 상단을 총괄하는 총계리고. 우리 상단과 거래를 하고 싶어 한다고 들었소."

풍순모가 안지경에게 영어로 앉을 것을 권했다.

"우리 말을 못한다고 하던데 하면 일본인이시오?"

풍순모가 탐색하는 눈길로 안지경을 살폈다.

"조선인이오."

기에서 밀리지 않으려는 듯 안지경은 풍순모의 눈길을 피하지 않으면서 당당하게 대답했다.

"호! 조선인이 무슨 까닭으로 서양배를 타고 여기까지 오게 되었소? 세인트 헬레나라는 섬에서 왔다고 들었소만."

풍순모와 총계리가 얼굴을 마주 보며 놀라움을 감추지 못했다. 광동에서 상단을 꾸려가면서 별의별 사람들을 다 만났다. 백인, 흑인, 아라비아 사람들 등등 많은 사람들을 겪어봤지만, 조선인이 서양에서 올 줄이야.

"세인트 헬레나 섬은 서양의 교역선들이 원항 중에 잠시 들르는 곳이라고 들었소만 그곳에 조선인이 있었을 줄이야. 사정을 물어봐도 되겠소?"

풍순모가 긴가민가한 표정으로 안지경을 살펴보았다. 안지경은 심호흡을 한 후에 다시 한번 풍순모의 면모를 살폈다. 해상들로부터 들었던 평과 직접 대면하고 받은 인상을 고려해볼 때 풍순모는 의리를 지킬 사람 같았다. 하긴 신용이 없었다면 이만큼 크지 못했을 것이다. 호랑이를 잡으려면 호랑이 굴로 들어가라고 했다. 안지경은 풍순모를 믿기로 하고 저간의 사정을 솔직하게 털어놓았다.

이제 어떻게 할 것인가. 관헌에 통기하면 북경으로 연행되고, 조선으로 압송될 수도 있다. 그러나 안지경을 지극한 눈길로 바라보고 있는 풍순모는 그럴 의향이 없는 것 같았다.

접객실에 잠시 침묵이 흐른 후에 풍순모가 천천히 입을 열었다.

"참으로 놀라운 일이로군요. 서양배를 타고 온 동양인이 찾아왔다는 말에 범상치 않은 상대라고 예감했지만 그런 사연을 지녔을 줄이야. 몇 해 전에 조선에서 커다란 난리가 났다는 소문은 들었소. 그리고 서양에는 나파륜이라는 영걸이 있다는 말도 들었소. 그런데 그를 만나고 돌아온 조선사람이 있다니."

풍순모의 얼굴에 감동의 빛이 역력했다. 안지경의 말을 신뢰한 것이다.

"우리 상단에 투자를 하고 싶다고 했다던데 구체적으로 원하는 것이 무엇이오?"

풍순모의 표정을 살핀 총계리가 대신해서 안지경에게 물었다.

"조선으로 돌아가려고 합니다. 귀 상단은 조선의 상단들과도 거래한다고 들었습니다. 내게 금풍무 상단의 조선 거래를 맡겨 주십시오. 대신에 투자금은 내가 전액 마련하고 이익은 반분하는 걸로 하겠습니다."

안지경은 생각해 두었던 것을 밝혔다. 광동상단의 현지 행수(行首)로 신분을 위장하기로 한 것이다.

총계리의 얼굴에 곤혹스러운 빛이 스치고 지나갔다. 손해 볼 게 전혀 없는 거래다. 더구나 조선과의 교역량은 날로 늘어가고 있었다. 하지만 상대는 조선의 국법을 어기고 쫓기고 있는 대역죄인이다. 당연히 위험이 따를 것이다. 어떻게 할 것인가. 오로지 단주만이 결정을 할 수 있는 사안이다.

"그대의 제안을 받아들이겠소."

잠시 고심을 하던 풍순모가 천천히, 그러나 분명한 어조로 제안을 수락했다.

"고맙습니다."

이것으로 조선으로 돌아갈 수 있게 되었다. 또 한 고비를 넘긴 것이다.

"구체적인 것은 여기 총계리와 상의하시오."

풍순모가 몸을 일으켰다. 안지경은 따라서 일어서며 예를 표하고 금풍무를 떠났다.

"너무 성급하게 결정하신 것 아닙니까? 위험할 수도 있습니다."

총계리가 염려를 했다.

"절박하지만 결코 비굴하지 않은 눈빛에서 신뢰가 느껴졌다. 그리고…… 거래를 떠나서 왠지 돕고 싶은 생각이 들어."

접객실은 나선 풍순모가 하늘을 올려다보며 혼잣말 비슷하게 중얼거렸다. 문득 고조부의 위패를 남모르는 곳에 은밀히 모시고 있던 부친 생각이 났다. 고조부는 남명(南明)의 홍광제(弘光帝)를 옹립하고서 청에 대항해서 민병을 일으켰던 광동의 토호(土豪)였다. 그로 인해 멸문지화를 겪었지만 모진 고생 끝에 부친 대에 일어서기 시작해서 지금은 광동의 대상단으로 자리를 잡고 있었다. 동병상련의 정이 일었던 것이다.

* * *

마카오를 떠난 배는 서해를 무사히 지나고 강화섬을 돌아 한강을 거슬러 올라갔다. 배에는 비단과 화약, 종이와 술, 도자기 외에도 서양에서 들어온 유리와 금 세공품, 향료 등이 실려 있었다. 상단은 이들을 조선에 팔고 인삼과 조청, 각종 한약재, 가죽과 황모필, 침향 등을 싣고 돌아갈 예정이다.

안지경은 뱃머리에 서서 감회 가득한 눈길로 한강변을 바라보았다. 실로 8년 만에 조선에 돌아온 것이다. 병인년 박해 때 집안이 몰락하면서 평안도로 옮겼으니 한양은 18년 만이다. 그 사이에 나이도 어언 스물하고도 아홉이 되었다. 안지경의 입에서 짧은 한숨이 새어 나왔다. 과연 뜻을 이룰 수 있을까. 홍련을 찾을 수 있을까. 그동안은 오로지 조선으로 돌아갈 생각 뿐이었는데 막상 돌아오게 되자 뭘 어떻게 해야 할 지 막막했다.

"대인, 서강나루입니다."

도사공이 강변을 가리키며 말했다. 안지경은 금풍무 상단의 조선 행수로 행세하고 있었다.

은둔의 나라 조선에도 변화의 바람이 불어오면서 크고 작은 배들이 부지런히 서강나루를 드나들면서 짐을 부리고 또 싣고 있었다. 나루터에는 사람들이 분주히 오갔고 상인들은 목청을 높여 호객을 하고 있었다. 서강나루에 들러 한 차례 짐을 내린 배는 다시 한강을 거슬러 올라가서 송파나루에 배를 대었다.

"행수 어른을 뵙습니다. 변가 치환이라고 합니다."

건장한 남자가 배에서 내리는 안지경을 보고 달려오더니 청나라 말로 인사를 올렸다. 한양에서 금풍무 상단의 일을 맡아서 처리하고 있는 현지 차인(差人)이었다.

"조선말로 하게."

"하면 행수 어른은 조선사람입니까? 체두변발을 하지 않고 계시길래 의아하게 생각했습니다만."

변치환이 반색을 했다. 총계리로부터 변 차인은 믿을만한 자이니, 상단 거래는 그에게 일임해도 좋을 거라 했다. 교역에 문외한인 안지경으로서는 적지 않은 짐을 던 셈이다.

"물목표네. 대조해 보고 빠뜨림 없이 창고에 넣어두게."

"염려 마십시오. 입고를 전부 끝낸 후에 보고를 올리겠습니다. 그보다도 객가로 드시지요. 바닷길에 심신이 많이 피곤하실 텐데."

변치환이 앞장을 섰다. 송파나루는 서강나루보다 더 번잡하고 풍요로웠다. 안지경은 8년 만에 돌아온 조선의 모습을 눈에 새기며 변치환의 뒤를 따랐다.

"광동과 복건, 산동의 대상단 행수들이 주로 머무는 곳입니다."

청풍루에 이르자 안지경에게 먼저 들어가라는 듯 변치환이 옆으로 비켜섰다. 중원풍의 이층 누각으로 지은 객관인데 서양 상인들이 묵는 마카오의 대빈관에 못지않게 넓고 화려했다.

"송파를 드나드는 청나라 상인들과 한양의 사상도고들이 거래를 하는 곳입니다. 도성이 조금 멀기는 하지만 지내시는 데 불편함이 없을 겁니다."

두 사람이 안으로 들어서자 행수 기녀인 듯한 여인이 곱게 치장한 얼굴에 화사한 웃음을 머금고 다가왔다.

"새로 오신 금풍무 상단의 행수 어른이다. 얘기해 둔 방을 깨끗이 치웠겠지?"

"물론입니다. 따라오시지요."

일층 객실을 지나자 후원이 나왔는데 작은 정원에 수목을 심고서 제법 운치 있게 꾸며 놓았다. 호화 객관인 청풍루에서도 제일 윗길 객실 같았다.

"귀한 손님만 모시는 별채입니다. 오르시지요."

행수 기녀가 안지경에게 안으로 들 것을 권했다. 주위를 둘러본 안지경은 성큼 당 위로 올라섰다. 상단 행수 노릇이 어색했지만 죽을 고비를 여러 차례 넘긴 마당에 이 정도는 일도 아니었다.

"월향이라고 합니다. 필요한 게 있으면 언제든지 불러주세요."

행수 기녀가 예를 올리고 물러갔다.

"치부책과 전궤(錢櫃)는 여기로 옮겨놓겠습니다. 창고는 나중에 직접 점고하십시오."

변치환은 나이가 조금 아래 같은데 붙임성이 있는 자 같았다. 안지경은 편하게 상대하기로 했다.

"그러지. 자네는 어디에서 머무는가?"

"창고 부근에 따로 머물 곳을 마련해 놓고 있습니다."

"차차 일을 파악하는 대로 도성을 둘러보고, 한양의 상단들도 상대하겠네."

* * *

숭례문 성벽에서 떼어온 괘서(掛書)를 살피던 포도대장 노성집의 표정이 심하게 일그러졌다. 도성에 벽보가 벌써 세 번째 나붙은 것이다. 괘서는 이조(李朝)의 국운이 쇠미했으며 머지않아 진인(眞人)

이 나타나서 새로운 세상이 열릴 거란, 불충하기 이를 데 없는 내용을 담고 있었다.

"여태 아무런 단서도 잡지 못했단 말이냐!"

노성집이 언성을 높이자 종사관들이 사색이 되어 고개를 숙였다.

"무얼 꾸물거리고 있어! 당장 범인을 잡아 오란 말이다!"

노성집이 질타를 하자 종사관들이 우르르 몰려나갔다.

"이 종사관은 남게."

노성집이 환도를 챙겨 드는 이격을 불러 세웠다.

"자네는 어떻게 생각하는가? 혹시 홍적 잔당의 소행이 아닐까?"

노성집이 의혹 가득한 눈길로 물었다. 기실 괘서는 한양에만 나붙은 게 아니다. 지방 대처에도 비슷한 괘서들이 나돌면서 민심이 흉흉해지고 있었다. 혹시 용케 목숨을 부지했던 홍경래의 잔당이 고개를 쳐들기 시작한 게 아닐까. 그런 생각이 들 때마다 떠오르는 인물이 있었다. 목숨을 부지하기 힘든 상황이었지만 이양선 때문에 확실하게 확인을 하지 못했던 터였다.

"영감께서 너무 과민하신 것 같습니다. 무엇 때문에 그러시는지 짐작이 갑니다만 그리 신경 쓰실 일이 아닌 듯합니다. 살아 있을 리 없습니다. 그리고 10년이면 강산도 변한다고 했습니다."

이격이 의견을 개진했다. 초기에는 출신 때문에 어려움이 있었지만 어려운 사건들을 잘 처리하면서 이제는 누구도 능력을 의심치 않는 유능한 종사관으로 자리하고 있었다.

"하면 대체 누가 불온한 짓을 꾸미고 있다고 보는가?"

"두 부류로 나눠서 생각해볼 수 있습니다. 하나는 정권에서 물러난 벽파들이 조정을 흔들 요량으로 꾸민 수작이고, 또 하나는 세간에 떠돌고 있는 정감록(鄭鑑錄)이라는 감결서를 신봉하는 무리들의 준동일 것으로 사료됩니다."

벽파와 정감록이라…… 노성집이 생각에 잠겼다. 김조순 대감을 필두로 하는 안동 김문이 정권을 잡으면서 오랫동안 권세를 누렸던 벽파들이 뒷전으로 물러났다. 그들이 반격을 꾀하느라고 괘서를……? 그럴 가능성은 희박하다. 공자 왈 맹자 왈이나 찾는 책상물림들은 입으로 싸우는 당쟁이라면 모를까 나라를 뒤엎을 배짱은 없는 위인들이다.

정감록을 믿는 자들이라? 노성집은 생각에 잠겼다. 이씨의 운세가 다하면 정도령이 나타나 백성들을 이상향으로 이끌 거라는 허황된 비결서인 정감록은 근자에 들어 빠른 속도로 백성들의 마음을 파고들고 있었다.

하지만 정감록을 따르는 무리들의 소행이라면 큰 문제는 아닐 것이다. 무지한 백성들이 벌이는 일에는 한계가 있다. 원성이 높은 것과 혁명은 다른 것이다. 정감록 무리들은 선대왕(정조)과 영묘(英廟 영조) 연간에도 비슷한 일을 꾸미다 처형을 당했던 적이 있었다.

내가 너무 예민하게 반응하는 것일까. 일단 그 문제는 접어두기로 했다.

"검계(劍契)들이 다시 고개를 들고 있다고 하던데 여태 수괴를 알아내지 못했단 말이냐."

노성집의 힐문에 이격은 입맛이 썼다. 근자에 들어 무뢰배들이 검계니 살주계(殺主契)니 하며 패를 지어서 도성의 밤을 어지럽히고 있었다. 대부분 도주한 노비, 터전을 잃고 유랑하는 자들인데 이들이 작당해서 관아를 습격하고, 반가와 상단을 털고 있었다.

"꼬리가 길면 밟히게 마련이라고 곧 일망타진하겠습니다."

이격이 비장한 결의를 보였다. 그래 봤자 도적의 무리일 뿐 역모를 꾀하는 무리는 아니다. 너무 닦달하는 것도 좋지 않을 것이다. 노성집은 이쯤에서 화제를 바꾸기로 했다.

"뇌록(磊綠)을 빼돌리려던 자들을 추포했다고 했는데 어찌 처리했는가?"

녹색 염료의 재료인 뇌록은 궁궐 단청일에 대비해서 관에서 반출을 통제하고 있었다. 그런데 청나라에서 비싼 값에 팔리기에 종종 뒤로 빼돌리는 자들이 있었다. 이격에게 그 일을 맡겼던 터였다.

"반출하려던 자들을 전원 추포하고 전량 회수했습니다."

"하면 청나라 밀매꾼들은 추포하지 못했단 말이군. 아무튼 수고했네."

노성집이 그만하면 됐다는 표정으로 치하의 말을 건넸다.

"그런데 문초를 해보니 이들은 대금으로 앵속을 받기로 했다고 합니다."

앵속이라는 말에 노성집은 긴장이 되었다. 청나라는 아편 때문에 골머리를 앓고 있다고 들었다.

"대청 교역량이 늘면서 통제가 많이 느슨해진 것 같다. 송파와 양화, 서강 등에 기찰을 늘리도록."

아편이 조선에 들어오는 일은 없어야 한다. 어느새 바다를 통한 교역이 압록강과 두만강을 통한 교역보다 커졌다.

"그리하겠습니다. 그런데 영감께서는 여전히 그자를 염두에 두고 계시는 듯합니다."

이격이 물었다. 그자가 누구를 가리키는 지는 두 사람 모두 잘 알고 있었다.

"만사 불여튼튼이라고 했다."

노성집이 근엄한 표정으로 대답했다.

예를 올리고 우포청을 나선 이격은 숭교방으로 걸음을 옮겼다. 만나기로 한 자가 그곳에서 기다리고 있을 것이다.

이격이 기방에 들어서자 문을 지키고 있던 별감이 얼른 달려오더니 후원 별채로 안내했다. 당돌 위에 제법 값이 나가 보이는 태사혜(太史鞋)가 놓여 있었다. 돈만 있으면 개나 소나 양반 행세를 하는 세상이 된 것이다.

이격이 당 위로 올라서자 먼저 와서 기다리고 있던 장학면이 얼른 일어서며 예를 올렸다.

"이제 퇴청하셨습니까. 종사관 나리."

제법 큰 규모의 물상객주로 자리를 잡은 장학면은 웬만한 양반은 우습게 보지만 이격에게만은 깍듯하게 예를 차리고 있었다. 이만한 자리를 차지하기까지 이격이 많이 도와주었던 것이다. 대신에 이격은 장학면으로부터 필요한 시정 정보를 얻고 있었다.

이격이 자리를 잡자 떡 벌어지게 차려진 주안상이 들어왔고 행수기녀가 생글거리며 이격의 옆에 앉았다.

"왜 이리 오랜만에 들리시는지요. 설류옥에게 푹 빠지셨나 봅니다. 이제는 종사관 나리 작은 마님이라고 불러야 하나."

행수기녀가 농지거리를 하며 이격에게 술을 권했다. 설류옥(雪柳玉)은 얼마 전까지 여기 기녀였던 홍련의 기명이었다.

"장사는 잘 되는가? 그래 요즘은 무슨 물건을 주로 취급하는가?"

행수기녀가 장학면의 잔에 술을 가득 따르고 자리에서 일어서자 이격이 장학면에게 물었다.

"한동안 은제(銀蹄)로 재미를 봤습니다만 반입량이 줄면서 새 품목을 찾고 있는 중입니다."

장학면이 앓는 소리를 했지만, 표정은 별로 힘든 것 같지 않았다. 영국을 위시한 서양 제국들은 청나라에서 비단과 도자기, 향료를 사가면서 대금으로 멕시코산 은을 지불했다. 청나라 상인들은 그 은으로 만든 말굽 모양의 은제를 조선과의 교역에서 결제 수단을 쓰고 있었다. 은제 유통량이 늘면서 상거래가 크게 활성화되었고, 큰돈을 번 사상도고들이 나오고 있었다.

그런데 서양제국이 대외무역의 결제 수단으로 멕시코산 은에서 인도산 아편으로 대체하면서 조선으로의 은제 반입이 크게 줄어들고 있었다.

"엄살 부리지 말게. 그동안에 재물을 많이 모았다는 소문이 파다하던데."

이격이 정보가 들어오는 창구는 당신만이 아니라는 표정으로 핀잔을 주었다.

"꼭 은 때문만은 아닙니다. 상단이 늘어나면서 날로 경쟁이 심해지고 있습니다. 당연히 이문이 점점 박해지고 있지요."

장학면이 너스레를 떨었다. 그렇지 않아도 조만간 광동에서 새로 왔다는 금풍무 상단 행수를 만날 예정이다. 바다 건너온 물건이라고 다 팔리던 시절은 지났다. 웬만한 상질이 아니면 돈 많은 양반, 부호들은 거들떠보지도 않는 세상이 된 것이다.

"혹시 정감록 무리들에 대해 들은 게 있는가?"

이격이 화제를 바꿨다.

"세상이 불만이 있는 자들이야 항용 있는 일 아닙니까. 그러고 보니 조금 걸리는 얘기를 들었습니다만."

장학면이 고개를 갸우뚱하더니 생각났다는 듯이 입을 열었다.

"무리를 이끄는 자 중에 대원수를 자처하는 자가 있다고 합니다."

대원수라는 말에 이격은 본능적으로 손이 환도로 갔다. 비록 혹세무민하려는 수작일지라도 홍경래를 자처하는 자라면 살려두지 않을 생각이다.

"상세한 정보를 수집하게."

"그러지요. 그런데 팔판동 유택(遊宅)은 마음에 드시는 지요."

"내 어찌 당신의 후의를 잊겠는가."

장학면은 이격에게 팔판동에 작지만 제법 호화롭게 꾸민 별채를 내주었고, 이격은 차홍련을 기적에서 빼내어 그곳으로 옮기게 하고서 자주 들르고 있었다. 차홍련은 소실이지만 당당하게 별당의 안채를 차지하고 있었다.

"그럼."

장학면이 몸을 일으켰다. 내상 행수와 약조를 한 시간이 된 것이다.

* * *

오랜만에 도포 차림이지만 별로 어색하지 않았다. 이제는 부상(富商)은 물론 상민, 소상들도 도포에 대갓을 쓰고 활보하는 세상이다. 안지경은 나폴레옹 황제로부터 선물로 받은 수레바퀴식 4연발 단총을 챙겨 들었다. 금장총신에 보나파르트 나폴레옹을 상징하는 N.B 자가 새겨져 있었다. 안지경은 금장단총을 세인트 헬레나 섬을 떠날 때부터 늘 몸에 지니고 다녔다. 쓸 일은 없겠지만 습관적으로 몸에 지니고 있었기에 챙겨 가기로 한 것이다.

"세마(貰馬)를 부를까요?"

밖에서 변치환이 말을 빌릴 것인지를 물었다.

"필요 없다."

안지경이 문을 열고 나섰다. 변치환을 대동하고 도성으로 가서 경상들을 상대로 거래할 예정이다. 실무는 변치환에게 맡겼지만 그래도 상단이 어떻게 돌아가는지는 파악하고 있어야 한다. 지금 출발하면 정오쯤에 성문을 들어설 수 있을 것이다.

조선에 돌아온 지 달포가 지났다. 상단 일은 변치환이 알아서 처리하고 있으니 문제가 없는데 나머지 일은 어디서부터 시작해야 할지 막막하기만 했다. 부딪혀보면 무슨 수가 나겠지. 안지경은 그리 생각하고 도성 운종가와 애오개, 그리고 서강나루를 차례로 살펴보기로 한 것이다.

10년이면 강산도 변한다고 했는데 아직 2년이 모자라기 때문인지 안지경의 눈에는 별로 달라진 게 없어 보였다. 안지경은 낯익은 정경에 눈길을 주며 부지런히 걸음을 재촉했다.

성문에 이르자 안으로 들어가려는 사람들이 긴 줄을 이루고 있었다. 사람들은 호패를 제시하고 차례로 성문을 통과했다. 안지경이 차례가 되어 광동성 공행에서 받은 매판장(買辦狀)을 내밀자 수졸이 주춤하더니 수문장을 데리고 왔다.

"청나라 사람이오?"

"광동 금풍무 상단 조선 행수입니다. 송파나루에 머물고 있는데 경상들과 거래가 있어 도성에 온 것입니다."

변치환이 나서며 대신 대답했다. 수문장은 광동성 순무(巡撫) 직인이 새겨진 매판장을 살피더니 돌려주었다.

도성에 들어서자 안지경은 조금 신경이 쓰였다. 행여 자신을 알아보는 사람은 없을까. 그럴 일은 없겠지만 그래도 긴장을 늦출 수 없었다. 지방은 기근과 가렴주구로 마을이 텅 비었지만, 운종가와 애오개 저자는 물자가 넘쳐났고 사람들도 부지런히 오가고 있었다. 유심히 살펴보니 저자를 지나는 사람들의 얼굴에는 몸에 밴 체념에 왠지 모를 불안이 뒤섞여 있는 듯 보였다. 저들을 데리고 새로운 세상을 세울 수 있을까. 안지경은 저도 모르게 짧은 한숨을 내쉬었다. 평생을 억압받으면서 가난에 찌든 삶을 살아온 저들이 과연 부르주아가 되고 레종으로 탈바꿈해서 제3신분이 될 수 있을까. 피에르 신부는 혁명은 긴 안목으로 봐야 한다고 했다.

"약조한 시각이 되어갑니다. 소격방으로 가시지요."

도성을 한 바퀴 둘러보니 어느덧 해가 뉘엿뉘엿 서쪽으로 기울고 있었다. 다리도 아픈 참이었다. 안지경은 말없이 변치환의 뒤를 따랐다.

소격방의 기방은 짐작했던 것보다 훨씬 크고 호화로웠다. 마치

다른 세상에 들어선 기분이었다. 조정의 고관대작들이나 드나들 것 같았는데 변치환은 거리낌 없이 들어섰다. 중노미가 얼른 달려오더니 두 사람을 맞았다. 안지경은 재물의 위력이 관의 세도에 뒤지지 않음을 실감하며 걸음을 옮겼다.

"안으로 드시지요. 경상의 정순창 단주와 조정룡 단주가 기다리고 있을 겁니다. 비단을 사려고 안달이 나 있는 자들입니다."

변치환이 안지경의 뒤를 따르며 상대에 대해서 간략하게 설명했다. 어차피 거래를 변치환에게 일임한 마당이다. 안지경은 고개를 끄덕이고 당 위로 올라섰다.

"어서 오십시오. 금풍무 행수께서 여기까지 행차하시니 몸 둘 바를 모르겠습니다."

두 경상이 과장을 섞어가며 안지경에게 예를 차렸다. 금풍무 상단은 경상들이 탐을 내는 상질의 비단을 많이 확보하고 있었다.

"앉읍시다. 거래는 하던 대로 여기 변 차인을 상대하면 될 것이오."

안지경이 점잖게 상석에 좌정했다.

"조선말을 잘하시는군요."

"오래전 관서 대기근 때 10세 부친은 조부의 손을 잡고 압록강을 건너셨소. 요동 일대를 돌고, 중원을 유랑하며 고생하신 끝에 재물을 조금씩 모으셨지요. 그래서 멀리 남쪽 광동 땅까지 이르셨고, 지금은 그런대로 일가를 이루고 있소."

안지경은 이럴 때를 대비해서 마련해 놓은 구실을 밝혔다.

"그래서 조선의 의관정제(衣冠整齊)가 전혀 어색하지 않군요."

두 단주가 반색하며 맞장구를 쳤다. 거래는 능(綾)과 금(錦), 단(緞)

과 라(羅) 등 각종 비단이 대상인데 파는 쪽이 우위에 있는 거래인지라 두 단주는 몸이 달았고, 변치환은 느긋한 자태로 상대를 했다.

흥정하던 변치환이 안지경에게 시선을 돌리자 안지경은 그만하면 됐다는 듯 고개를 끄덕였다. 사전에 정해놓은 값이었다.

"감사합니다. 귀한 물건을 넘겨주셔서."

두 단주가 고개를 숙이며 안지경에게 예를 표했다. 거래가 마무리되자 주안상이 들어왔다.

"행수 어른께 인사드립니다. 매향이라고 합니다."

기녀가 들어오더니 날아갈 듯 인사를 올렸다. 보아하니 기방의 행수기녀 같았다. 고관대작을 상대하는 행수기녀를 들인 것은 두 단주가 그만큼 공들여 접대한다는 뜻이다.

익숙지 않은 자리지만 상단 행수를 자처한 마당이니 그에 어울리게 행동해야 할 것이다. 안지경은 짐짓 느긋한 자태로 술잔을 받았다. 산해진미에 금준미주였다. 촌민들은 초근목피로 연명을 하는 마당에 여기는 정녕 별천지였다.

"이 년이! 내 그간 내놓은 금침값이 얼마인데 이제 와서 못하겠다는 것이냐!"

술이 몇 순배 돌면서 거나한 기분이 들 무렵에 갑자기 밖에서 사내의 고함 소리가 나더니 여인의 비명 소리가 뒤따랐다. 매향이 놀라 화들짝 장지문을 여니 맞은편 방에서 웬 사내가 잔뜩 화가 나서 씩씩거리고 있었고 아직은 앳돼 보이는 기녀가 바들바들 떨고 있었다. 술상은 엎어져서 방안은 엉망이 되어 있었다.

"저 아이가 아직 어려서 기방 법도를 잘 모르고서 초야례를 거부한 것 같습니다. 잠시 가서 타이르고 오겠습니다."

흔히 머리를 얹는다는 초야례는 돈을 치르고서 동기(童妓)와 첫날밤을 보내는 것이다. 돈에 팔려서 어쩔 수 없이 기방에 오게 되었을 앳된 기녀는 낯선 남자와 한 이불을 덮는 게 무서웠던 모양이었다.

"저자가 지불한 금침값의 두 배를 낼 테니 저 아이의 초야례를 내가 치르겠네."

바들바들 떨고 있는 어린 기녀가 너무 애처로웠던 것일까. 자기도 모르게 안지경의 입에서 불쑥 그 말이 나왔다.

"나리, 기방에도 법도가 있습니다. 그럴 수는……"

몸을 일으키려던 매향이 변치수의 눈치를 살피며 조심스럽게 입을 열었다. 놀라기는 변치수도 마찬가지였다. 그렇지만 안지경의 뜻이 분명한 마당에 받드는 수밖에 없었다.

"행수 나리의 뜻을 따르게."

변치수가 엄한 얼굴로 이르자 매향은 맞은편 방으로 향했고, 잡아먹을 듯 노려보는 사내에게 뭐라 말을 건넸다. 그러자 사내는 '네가 뭔데 감히'하는 표정으로 안지경을 노려보더니 잡아먹을 듯 다가왔다. 저 얼굴은……? 안지경은 씩씩거리며 다가오는 사내를 어디선 본 것 같다는 생각이 들었다.

"무슨 되지도 않을 수작이야! 저 아이는 내가 먼저야!"

"금풍무 상단 행수시오! 무례를 삼가시오!"

변치수가 앞으로 나서며 사내를 나무랐다. 사내는 점잖게 대갓에 도포 차림이었지만 보아하니 양반은 아니고 돈깨나 모은 상인 같았다. 그렇다면 금풍무 상단을 알 것이다.

금풍무 상단 행수라는 말에 사내는 주춤하더니 안지경을 위아래로 훑어보고는 벌레를 씹은 표정으로 걸음을 돌렸다. 분명히 안면이 있는 자인데, 사내는 안지경을 기억하지 못하는 것 같았다.

"저 아이를 데리고 오게."

안지경이 앉자 매향이 기녀를 데리고 왔다.

"적선아(謫仙兒)라고 합니다."

어린 기녀가 바들바들 떨면서 절을 올렸다. 살펴보니 살결이 희고 이목구비가 또렷해서 뭇 기녀들 속에서 눈에 띌만했다.

"관례에 따라 행수 나리께서 이 아이의 머리를 얹어주셔야 합니다."

변치수가 눈짓을 하자 매향이 중노미를 불렀다. 곧 다담상이 나갔고 금침이 마련되었다. 한양에서 자고 갈 예정이었지만 이런 일을 겪게 될 줄이야. 그렇지 않으면 기녀가 기방에서 쫓겨난다니 마다할 수도 없었다.

"이리 가까이 오너라."

안지경이 도포를 벗으며 조심스럽게 금침을 깔고 있는 적선아를 불렀다. 안지경이 소반 위의 잔을 집어 들자 적선아가 얼른 술을 따랐다. 두려움이 가시지 않았는지 여전히 떨고 있었다. 여태 사내의 품 안에 안겨본 적이 없는 아이 같았다. 너울거리던 황초를 끄자 방안은 어둠에 잠겼고 사방은 조용했다.

"하룻밤 유하고 갈 것이니 너는 한편에 있다가 날이 밝거든 방을 나가거라."

적선아는 아무 말 없이 고개를 숙이고 있었다.

"네 나이 몇이냐?"

"열일곱입니다."

적선아가 기어들어 가는 목소리로 대답했다.

"어쩌다 기방에 오게 되었느냐? 양친은 계시느냐?"

"정축년(1818) 호서(湖西) 대기근 때 가족이 뿔뿔이 흩어졌고, 지금도 생사를 모릅니다. 소녀는 광주(廣州) 친척 집에 맡겨졌다가 기방으로 오게 되었습니다."

더 듣지 않아도 충분히 짐작이 갔다. 딱한 사정이 어찌 이 아이뿐이겠는가. 기근과 혹정으로 터전을 잃고 유랑하는 촌민들이 넘쳐나는 세상이다. 지금 조선은 가쁜 숨을 몰아쉬고 있었다. 속히 새로운 세상을 열어야 할 것이다.

도포를 벗고 금침에 몸을 뉘었지만, 이 생각 저 생각에 잠이 오질 않았다. 달빛이 영창을 통해 교교하게 스며들었다. 적선아는 꼼짝하지 않고 한편에 쪼그리고 앉아 있었다. 적선아의 단아한 자태에서 안지경은 문득 차홍련이 생각났다. 나이가 어언 스물다섯 살이 되었을 것이다. 차홍련은 지금 어디에 있을까. 살아는 있을까. 살아 있다면 찾을 수 있을까. 그런데 시각은 얼마나 되었을까. 아마 삼경(三更)은 족히 되었을 것이다.

"……!"

억지로 잠을 청하려던 안지경은 인기척을 감지하고 눈을 번쩍 떴다. 희미하나마 누군가 이리로 접근하고 있는 게 느껴졌던 것이다. 보폭이 일정하고 발걸음이 경쾌한 걸로 봐서 제법 무예를 익힌 자 같았다. 은근히 살기도 전해졌다. 좀도둑이 아니라면 나를 노리고 있단 말인가. 누가 왜 나를?

안지경이 긴장해서 소리에 귀를 기울이고 있는데 살그머니 장지문이 열리더니 복면을 한 자가 안으로 들어와 화들짝 놀라는 적선아에게 조용히 하라는 신호를 보냈다.

"웬 놈이야!"

안지경이 벌떡 몸을 일으키며 호통을 쳤다. 복면은 흠칫하더니 안지경을 향해 팔을 쭉 뻗었다. 손에 짧은 칼이 들려 있었다. 예상하고 있었던 안지경은 얼른 옆으로 피하면서 발을 쭉 뻗어 복면의 복부를 향해 일격을 날렸다. 나가떨어질 줄 알았는데 복면도 수박희를 익혔는지 신속하게 몸을 틀어 발길질을 피했다.

안지경이 쉬운 상대가 아니라고 판단했는지 복면은 칼을 겨눈 채 적선아에게 접근했다. 하면 나를 노린 게 아니고 적선아를 빼돌리려고 온 자란 말인가. 그렇다고 내버려 둘 수는 없었다.

"앗!"

안지경이 적선아의 앞을 막아서자 복면은 얼른 방향을 틀더니 머리 쪽에 꺼내놓았던 금장단총을 집어 들고 제지할 틈도 없이 몸을 날렸다. 시간을 끌면 불리하다고 판단한 것 같았다. 낭패다. 나폴레옹 황제로부터 받은 금장단총을 잃어버리다니.

"무슨 일입니까?"

소리를 들은 변치수가 달려왔다.

"도적이 들었다."

"하면 다치신 데라도?"

변치수의 눈이 휘둥그레졌다. 이어서 매향이 중노미들을 데리고 달려왔다. 손에 횃불이 들려 있었다.

"그렇지는 않다. 저 아이가 많이 놀란 것 같은데 데리고 가서 마음을 가라앉히도록 하거라."

안지경이 매향에게 적선아를 데리고 갈 것을 일렀다.

"하면 그자가 미련을 버리지 못해서 기녀를 빼내려고 사람을 보낸 것입니까?"

변치수는 그리 추리했다. 하지만 안지경은 생각을 달리하고 있었다. 뭔가 마음에 걸리는 게 있었던 것이다.

"아까 기녀에게 초혼례를 올리려던 자가 누군지 아느냐?"

"혹시나 해서 물어봤더니 한양의 물상객주 장학면이라는 자라고 합니다. 시작한 지는 오래되지 않았지만 근자에 들어 엄청나게 취급 물량을 늘려가고 있다고 합니다."

장학면이라. 기억이 나지 않는 이름이다. 안지경이 고개를 갸우뚱하는데 변치수가 알아낸 것을 덧붙였다.

"본시는 만상 차인이었다고 합니다. 의주 사람이 별 연고도 없는 한양에서 저리 빨리 재물을 모은 걸로 봐서 누가 뒤에서 봐주고 있다는 소문이 있다고 합니다. 임신년(1812) 난리 때 공을 세운 데 따른 보상이라는 소문도 은밀히 떠돌고 있다고 합니다."

안지경의 귀가 번쩍 띄었다. 임신년 난리라면 정주성 함락을 말함이다. 하면 그자가…… 그제야 장학면이 비로소 누군지 생각이 났다. 정주성과 의주를 오가며 홍경래 대원수와 만상 임상옥 단주를 연결해주던 자로 정주성에서 몇 차례 봤던 적이 있었다.

용케 목숨을 부지한 모양인데 한양으로 옮겨서 자리를 잡은 걸 보면 소문대로 뒤에서 봐주는 자가 있는 모양이다. 그런데 공을 세웠다니. 안지경은 숨이 막힐 듯한 충격에 휩싸였다. 마음 한구석을 차지하고 있는 의혹의 실타래를 풀어갈 단초를 잡은 느낌이었다.

"관에 발고할까요? 칼을 지녔다면 자객을 보낸 것으로 몰고 갈 수도 있습니다."

"아니, 그럴 필요 없다."

안지경이 고개를 가로저으며 흥분하려는 변치수를 만류했다.

"날이 밝는 대로 송파로 돌아가겠다. 그리고 조만간 송파에서 거래상들을 초청해서 잔치를 베풀 것이다. 행수기녀에게 적선아를 꼭 보내라고 이르거라."

"예? 그 아이를 말입니까?"

뜻밖에 말에 변치수가 깜짝 놀라며 안지경을 쳐다봤다. 이 사람이 정말 적선아의 머리를 얹어줄 생각인가.

"소리패와 놀이패도 부를 것이다. 근자에 부근에서 판을 벌였던 놀이패가 있는지 알아보거라."

안지경이 거듭 이해하지 못할 지시를 내리자 변치수는 멀뚱하게 안지경을 쳐다봤다.

***

질책을 당하는 처지건만 만출은 아직 술이 덜 깬 얼굴로 눈을 게슴츠레 뜨고 최성태를 마주 보고 있었다. 최성태는 혀를 끌끌 찼다. 대체 언제까지 저놈을 곁에 두고 있어야 한단 말인가. 고양군 현감이면 어엿한 고을 원님이다. 그런데 만출은 아전 주제에 원님을 전혀 두려워하지 않았다.

"꼴 좋다, 이놈아. 그래 양반 멱살을 잡아보니 속이 좀 풀리더냐?"

"제 놈이 양반이랍시고 사사건건 날 깔보는데 내가 왜 참아야 합니까?"

만출이 눈을 동그랗게 뜨고 항변했다. 만출이 겁도 없이 향청 좌수에게 대들었고, 멱살잡이까지 하다 불려온 마당이다. 좌수면 어엿한 양반이다. 감히 아전 따위가 양반의 멱살을 잡다니. 예전 같으면 당장 물고를 낼 일이지만 돈으로 족보를 사는 세상이고 몰락한 양반들이 호구지책으로 장사로 나서는 세상이다.

사사건건 대드는 만출을 보며 최성태는 한숨이 나왔다. 하지만 어쩌랴. 제 놈도 공신입네 껍적대며 현감을 우습게 보고 있었다.

최성태는 정주성 함락의 공을 인정받아 고양군 현감 자리를 꿰차게 되었다. 하마터면 목이 달아났을 판에 종6품 현감이 된 것이다. 최성태는 저도 공신이라고 나대는 만출에게 형방을 맡겼다. 시정 왈짜패를 아전에 앉힌 것이다. 무슨 대단한 벼슬이라도 얻은 듯 만출은 거들먹거렸고, 죄 없는 백성들을 괴롭혔다. 원성이 하늘을 찌르는 것은 당연했다. 그 때문에 최성태는 골치가 아팠지만 그래도 잘하는 게 하나 있었다. 만출이 나서서 백성들을 쥐어짜고, 닦달해 대는 통에 최성태는 공물(貢物) 걱정을 하지 않고 지낼 수 있었다.

"그래, 여태 잡아들이지 못했단 말이냐!"

최성태가 언성을 높였다. 얼마 전에 도적패들이 관아 창고를 습격해서 공물을 탈취해간 일이 발생했다. 그런데 여태 도적패들을 잡아들이지 못하고 있었다. 도적을 잡는 일은 형방인 만출의 소관이다.

"그게…… 신출귀몰하는 재주를 지녔는지 도무지 꼬리를 잡을 수 없어서……"

기고만장해서 설치던 만출이 고개를 푹 숙였다.

"하지만 염려 마시오. 기일 전에 공물을 전부 채워놓을 테니."

만출이 큰소리쳤다. 촌민들을 쥐어짜는 일이라면 자신이 있었다.

"이놈아! 그게 문제가 아니다! 공물이 털렸다는 소문이 벌써 한양까지 퍼져서 우포청에서 기찰을 나온다고 한다."

최성태가 버럭 소리를 질렀다. 포청에서 기찰을 나온다는 말에 어지간한 만출도 하얗게 질렸다. 가렴주구를 일삼는 벼슬아치와 구실아치들은 약자에게는 호랑이지만 강자에게는 고양이 앞의 쥐 같은 존재다. 최성태와 만출이 대책을 고심하고 있는데 통인이 우포청 종사관이 왔음을 알렸다.

"어서 오시오!"

잔뜩 긴장해 있던 최성태는 동헌으로 들어서는 이격을 보고 한숨을 돌렸다. 다행히 안면이 있는 자가 기찰관으로 내려온 것이다. 이격은 덩달아 알은체하는 만출을 힐끗 쳐다보고 성큼 당 위로 올라섰다.

"공연한 일로 번거롭게 했소이다. 공물은 차질 없이 올릴 것이니 심려하실 것 없소."

최성태가 만면의 미소를 지으며 이격에게 앉을 것을 권했다. 현감과 종사관은 같은 종6품이지만 기찰관과 기찰을 받는 입장이다.

"파총으로 승차하실 거라 소문이 들리던데……"

최성태는 은근히 불만이었다. 저나 나나 공히 3등 공신 목록에 이름을 올리면서 종6품에 제수되었는데 이격은 포도대장 노성집의 신임을 받으며 승승장구하고 있는 반면에 자신은 향직의 말직을 전전하고 있었다. 어쩌면 다음 임기 때는 한양에서 멀리 떨어진 곳으로 옮겨가게 될지 모른다.

최성태는 3등 공신 세 사람 중에서 자신의 공이 제일 크다고 자부하고 있었다. 이격은 정주성 진공시 앞장을 섰고, 장학면은 홍경래의 탈출로를 알려주었다고 하지만 탈출하는 홍경래를 기습해서 죽음에 이르게 한 것은 자신이다. 그가 살아 있었다면 또 무슨 일을 꾸몄을지 모른다. 그런데 이게 뭐란 말인가. 이격은 출세가도를 달리고 있고, 장학면은 관의 비호로 물상객주로 자리를 잡고 큰 재물을 모으고 있었다.

"옛정을 생각해서 포도대장 영감에게 잘 말해주시오. 우리는 목숨을 나눈 동지 아니오."

최성태가 얼른 표정을 바꾸며 이격에게 매달렸다.

"지금 그런 한가한 소리를 할 때가 아니오. 몸이 열 개라도 모자랄 포도청 종사관이 무엇 때문에 여기 고양 관아까지 왔다고 생각하시오?"

이격이 엄한 얼굴로 꾸짖자 최성태가 당황했다.

"작금 한양에 홍경래를 자처하는 자가 나타나서 공물을 탈취하고, 양반들의 재물을 털어가고 있소."

홍경래라는 말에 최성태는 물론 당 아래 시립해 있던 만출도 낯빛이 변했다.

"오래전부터 홍적이 살아 있다는 소문이 떠돌았지만…… 헛소문에 불과하지 않았습니까."

"나도 헛소문이라고 믿고 있지만 소문이 수그러들지 않자 영감께서 철저히 조사하라고 하명하셨소."

"하면 이번 일도 그들의 소행이라고 생각하십니까?"

"철저히 살펴서 다시는 헛소문이 퍼지지 않게 해야 할 것이오. 현장으로 안내하라."

이격이 당 아래로 내려서며 만출에게 앞장설 것을 일렀다.

쌀과 잡곡, 면포와 지역 특산물로 가득했을 창고가 텅 비어 있었다. 고양은 넉넉한 고을이라고 하지만 이만한 창고를 가득 채우려면 사정없이 백성들을 쥐어짰을 것이다.

"곧 다시 채워놓을 것이니 심려하지 마십시오."

만출이 연신 굽신거렸다.

"고지기는 세우지 않았느냐?"

"따로 세우지는 않았지만, 포졸이 술시부터 묘시까지 매시간 순라를 돕니다. 솔직히 감히 관아 창고를 털 거라 생각 못했습니다."

만출이 기어들어 가는 목소리로 대답했다. 이만한 양의 창고를 짧은 시간에 털어갔다면 적어도 5명은 동원되었을 것이다. 망보는 자, 운반하는 자까지 합치면 무리는 10여 명에 달할 것이다. 그렇다면 수탈에 항거한 촌민들의 우발적인 소행이 아닐 것이다. 일전에는 마포나루의 세곡선 경창이 털렸을 때도 비슷한 규모의 인원이 동원되었다.

"저 협문은 어디로 통하는가?"

"쭉 가면 산길로 이어지고, 산을 넘으면 양주 땅입니다."

창고 밖까지 살펴본 이격은 동헌으로 발길을 돌렸다.

"근자에 들어 관아에서 대대적으로 송사를 벌일 적이 있었소?"

"송사야 항용 있는 일이지만 특별히 문제될 것은 없었소."

최성태가 다 알면서 뭘 묻느냐는 듯 멀뚱한 표정으로 대답했다. 가렴주구에는 혹독한 징벌이 따르게 마련이다. 그리고 백성들은 억누르면 복종하게 마련이고 쥐어짜면 나오게 되어 있다.

"하면 잔치를 벌인 적은?"

"잔치라면…… 그러고 보니 근자에 모친의 회갑연을 연 적이 있었소만."

"하면 회갑연에 놀이패들을 부른 적이 있소?"

이격이 집요하게 물고 늘어졌다. 최성태가 도대체 왜 그러냐는 표정으로 고개를 끄덕였다.

"여기서 양주가 멀지 않은데 혹시 그때 부른 놀이패들이 양주 산대놀이패들 아니오?"

"그렇습니다. 가까운 데다 걸판지게 논다는 소문이 있길래 불렀습니다. 놀이채도 두둑이 주었습지요."

만출이 대신 대답했다. 이격은 고개를 끄덕이고 몸을 일으켰다. 그만하면 살필 걸 다 살핀 셈이다.

"공물이랑 걱정 마시오. 내 따로 대장 영감과 종사관 몫도 챙길 테니 대장 영감에게 말씀 잘 해주시오."

최성태는 문까지 따라 나오며 통사정을 했지만, 이격은 들은 체도 않고 도성을 향해 걸음을 재촉했다.

* * *

유천이 자리를 잡자 앞에 휘장이 쳐졌다. 탁자에는 줄부채와 나무자가 놓여 있었다. 뜰에 모여앉은 관중들은 호기심 가득한 눈길로 휘장 뒤에서 유천이 뭘 할지 지켜보았다.

'탁'하고 나무자로 탁상을 내려치는 소리가 휘장 너머로 들렸다. 유천의 구기(口技 성대모사극)가 시작된 것이다.

저 멀리에서 닭 우는 소리가 들렸다. 새날이 밝은 것이다. 일하러 나갈 채비를 하는지 여기저기서 사람들이 부스럭거리는 소리가 들렸다. 이어서 집집마다 아침밥을 짓는지 '타닥타닥'하며 장작불이 피어오르는 소리도 들렸다. 간간이 어린애가 보채는 소리, 삽살개가 짖는 소리도 섞여 들렸다.

휘장 앞에 쭈그리고 앉은 청중들의 입에서 감탄사가 잇달았다. 유천은 오로지 입과 줄부채, 나무자만을 가지고 촌의 바쁜 아침소리를 재현해 내고 있었다.

유천의 구기가 계속되었다. 그런데 서두르다 솥을 엎었는지 불이 났고, 불씨가 초가에 옮겨붙었는지 푸드덕하면서 짚이 타는 소리에 이어서 사람들이 아우성을 치며 물동이를 나르는 소리가 들렸다. 어떻게 입 하나를 가지고 저 많은 소리를 저리도 실감 나게 낼 수 있을까. 사람들의 얼굴에서 경탄의 빛이 가시질 않았다.

그런데 불길이 쉬 잡히지 않는 것 같았다. 마을 사람들이 허둥대는 소리, 물동이가 철퍽거리는 소리, 불길이 사납게 피어오르는 소리가 점점 커지면서 청중들의 표정이 변하기 시작했다. 구기인 줄 알았는데 정말 불이 난 것이다.

"뭐야!"

청중이 놀라서 당 위로 뛰어 올라가서 휘장을 젖혔다.

"……!"

당황해서 당 위로 뛰어 올라갔던 청중들은 놀란 입을 다물지 못했다. 불길은 간데없고 유천이 혼자서 빙그레 웃고 있었다. 알면서 속아 넘어갈 만큼 뛰어난 구기였다. 동전이 쏟아졌다.

"수고했어."

양주 산대놀이패 꼭두쇠 장유동이 미소를 지으며 무대를 내려오는 유천을 맞았다. 다음은 어름사니 감동 차례다. 감동은 몸을 날려 외줄 위로 올라서니 아슬아슬한 재주를 부렸다. 물 찬 제비처럼 날랜 몸놀림에 박수가 쏟아졌다.

"송파 상단에서 놀이판을 벌이겠다고 알려왔습니다."

놀이패 살림을 맡고 있는 천수가 장유동에게 알렸다. 송파나 마포, 칠패나 아현 등 큰 저자가 서는 곳은 사람들을 모으기 위해서 종종 상단에서 광대를 동원해서 놀이판을 벌이곤 한다.

"뭐 하는 상단인데?"

"광동에서 물건을 들여오는 상단인데 거래 규모가 제법 되는 곳이라고 합니다."

그렇다면 놀이채가 만만치 않을 것이다.

"송파에도 놀이패들이 많은데 왜 우리를?"

"걸판지게 논다는 소문이 송파까지 퍼진 모양이지요."

"언제라고 하더냐?"

"사흘 후라고 합니다."

마다할 이유가 없다. 장유동이 고개를 끄덕이고 패거리에게 서두를 것을 지시했다. 스무 명이 한꺼번에 움직이려면 지금부터 준비해야 한다.

"창고의 공물은 어찌할까요?"

놀이를 마친 감동이 소리를 죽이며 장유동에게 물었다. 이들 장유동 놀이패는 낮에는 일대를 떠돌며 놀이패로 지내다가 밤이 되면 검계로 돌변해서 관아를 털고, 부호의 재물을 빼앗아 가난한 사람들에게 나누어주고 있었다. 놀이패는 얼마 전에 고양 관아를 기습해서 공물을 탈취한 적이 있었다.

"포도청 종사관이 다녀갔다고 합니다."

감동이 그동안 살핀 바를 전했다. 그렇다면 서둘러야 한다.

"먹을 것은 유민들에게 나누어 주고, 사치품목은 따로 챙겼다 보상들에게 넘기도록."

"그리하겠습니다."

"그리고."

장유동이 돌아서려는 감동을 불러세웠다.

"일전에 정례를 데리러 간다던 일은 어찌 되었느냐?"

"함께 있던 자가 뜻밖에 무예에 능한 자여서 그만……"

감동이 고개를 숙였다.

"네가 정례를 각별하게 생각하고 있는 것은 잘 알고 있지만, 행여 그 일로 패거리를 위험에 빠뜨리는 일이 생기면 안 된다. 다시 또 그런 일이 있으면 용서치 않을 것이야."

장유동이 엄한 얼굴로 꾸짖었다.

"송파에서 놀이판을 크게 벌이는데 소격방 기녀와 악공들도 부를 거라고 한다. 우리도 준비를 단단히 해야 할 거야."

감동의 귀가 번쩍 띄었다. 소격방 기녀를 부른다면 혹시 정례도 송파로? 감동은 가슴이 뛰었다. 어릴 적에 이웃에 살던 3살 아래

정례는 부친이 환곡을 제때 갚지 못하고 끌려가면서 가족이 뿔뿔이 흩어지게 되었고, 친척 집을 거쳐 기방에 팔려 가고 말았다. 몸놀림이 날래서 놀이패가 된 감동은 수소문 끝에 정례가 적선아라는 기명으로 소격방의 기방에 있다는 사실을 알아내고 데리러 갔다 그만 실패하고 돌아왔던 것이다.

'이번에는 꼭 데리고 오겠다.'

바깥 행사라면 더 쉬울 것이다. 그런데 그자가 정례를 소실로 들여앉힐 생각인가. 도대체 뭐 하는 자일까. 상단 행수라고 했는데 몸놀림이 예사롭지 않았다. 하마터면 잡힐 뻔했던 것이다.

자기 방으로 돌아온 감동은 갑(匣)을 열고 그날 그자로부터 탈취해온 물건을 조심스레 꺼내 들었다. 단총이 분명한데 예사 단총이 아니었다. 손잡이가 금으로 치장된 데다 방아쇠도 화승총과 다른 형태를 지니고 있었다. 그리고 총열에는 서양 글로 보이는 부호가 새겨져 있었다.

괜히 복잡한 일에 말려드는 게 아닐까. 도적으로 꾸미기 위해서 들고나온 것인데 이럴 줄 알았으면 손대지 말 걸 그랬다는 후회가 일었다.

＊＊＊

"전량 차질 없이 선혜청 창고에 들였습니다."

이격이 노성집에게 보고했다.

"수고했다. 하면 검계가 출몰했다는 소문은 헛된 것이었느냐?"

"무뢰배들이 관아에 몰려와서 잠시 소동을 벌였지만, 모조리 잡아다 물고를 냈다고 합니다."

이격은 고양 관아에서 올린 계를 그대로 옮겼다. 어쩌면 포도대장은 실상을 눈치채고 있을지 모른다. 하지만 공물을 차질 없이 바친 마당에 공연히 문제를 일으키지는 않을 것이다.

"검계를 자처하는 무뢰배들이 날뛰면서 도성의 민심이 흉흉해지고 있다. 국법을 어기는 자는 누구를 막론하고 철저히 잡아들여서 국법의 지엄함을 보여주어야 할 것이다."

"그리하겠습니다."

이격이 포도대장실을 나오자 밖에서 기다리고 있는 박 포교와 추 포교가 다가왔다. 둘 다 수사에 일가견이 있는 민완 포교들이다.

"어찌 되었느냐?"

"산대놀이패 창고를 뒤졌습니다만 별다른 걸 찾지 못했습니다."

박 포교가 대답했다. 이격이 고개를 끄덕였다. 벌써 다른 데로 빼돌렸을 것이다. 인근 지리와 고양 관청 사정을 잘 아는 자 소행이다. 도주 방향과 그 많은 공물을 감춘 것으로 봐서 이격은 산대놀이패를 범인으로 지목했고, 두 심복 포교에게 은밀하게 감시할 것을 지시했다.

"놀이패가 이틀 후에 송파에서 큰 판을 벌인다고 합니다."

추 포교가 보고했다. 송파라. 그렇다면 이번에는 놓치지 않겠다. 정황으로 봐서 어쩌면 산대놀이패는 그동안 도성을 시끄럽게 했던 검계일지 모른다. 공을 세우면 승차할 수도 있을 것이다.

"포졸들을 대기시켜라. 송파로 출동한다!"

* * *

벌써부터 송파 일대가 떠들썩했다. 금풍무 상단에서 경상들을 초치해서 연회를 벌인 것이다. 거리에는 차일이 쳐졌고, 커다란 솥이 걸려서 저자를 오가는 사람들에게 국밥과 술을 제공했고, 요란한 깃발을 내세운 놀이패들이 풍악 소리를 울리며 사람들의 눈길을 끌었다.

"초청한 경상들이 전부 자리를 했습니다."

변치수가 안지경에게 보고했다. 금풍무 상단은 광동에서도 손꼽히는 거상으로 양질의 견직물을 많이 확보한 데다 천리경이나 자명종 등 서양에서 건너온 진기한 물건들도 취급하고 있기에 내로라하는 경상들이 전부 초청에 응한 것이다.

한양에 발을 들여놓은 이래 그동안 조용히 정세를 살피던 안지경은 본격적으로 움직이기로 했다. 위험이 따를 수 있지만 숨어서 하는 일에는 한계가 있다. 본시 목표는 대원수의 유지를 받드는 것과 홍련의 행방을 찾는 것이었는데 하나가 더 늘었다. 배신자를 찾아서 응징하는 일이 추가된 것이다.

"이것이 필요하실 것 같습니다만."

안지경이 몸을 일으키려는데 돌연 변치수가 제법 길쭉한 죽장을 내밀었다.

"필요 없네."

사양하려던 안지경은 문득 생각나는 게 있어서 죽장을 받아들었다. 짐작대로 묵직했다. 손잡이를 잡아당기자 스르렁하며 시퍼렇게 날이 선 칼이 딸려 나왔다.

"웬 죽장도(竹杖刀)인가?"

"지난번에 변을 당하실 뻔하시지 않았습니까. 이게 있었으면 그깟 도적쯤은 쉽게 제압하셨으리라 생각합니다."

그 일 때문이란 말인가. 안지경이 죽장도를 찬찬히 살피는데 변치수가 잔뜩 굳은 얼굴로 말을 이었다.

"눈치로 버텨온 세월입니다. 그리고 상단 일이라면 소인도 알 만큼 압니다. 금풍무 상단에 조선인 행수가 있다는 말은 들어본 적이 없습니다. 그리고 무예를 익힌 듯한 몸놀림에 서북 지방 사투리가 섞여 있는 걸로 봐서 행수께서는 신미년 난리 때 정주성을 빠져나오신 분 같습니다만."

변치수가 돌연 감추고 있는 신분을 거론하고 나섰다. 안지경은 긴장이 되었다. 지켜본바, 신뢰가 갔지만 그렇다고 섣불리 정체를 밝히는 것은 경계해야 할 것이다.

"나를 믿어준 사람을 절대로 배신하지 않습니다. 소인을 믿지 못하겠거든 내치십시오. 아니 이 자리에서 베어도 좋습니다."

변치수가 결연한 어조로 말했다. 눈빛에서 신뢰가 느껴졌다. 안지경은 그를 신뢰하기로 했다.

"네 짐작이 틀리지 않았다. 홍경래 대원수를 가까이서 모시고 있었다. 요행히 정주성을 빠져나와서 서양배를 얻어타고 멀리 갔다가 8년 만에 조선 땅을 다시 밟게 된 것이다."

안지경은 세인트 헬레나까지 가게 된 일, 금풍무 상단의 행수가 된 경위를 간략하게 설명했다.

"놀랍군요. 그런 일을 겪으셨을 줄이야."

변치수가 감탄을 금치 못했다.

"해서 앞으로는 어쩌실 요량입니까?"

"온 힘을 다해 대원수의 유지를 받들 것이다. 그리고 찾아야 할 사람이 있다."

"그렇군요. 미력하나마 행수님을 돕겠습니다."

"고맙다. 그런데 일전에 알아보라고 한 일은 어찌 되었느냐?"

"소문으로는 포도청 종사관이 장학면의 뒤를 봐주고 있다고 합니다."

포도청 종사관이? 안지경이 고개를 갸우뚱했다.

"소상한 것을 더 알아보겠습니다. 그런데 소격방 기녀는 어찌하시렵니까? 돌려보내지 말까요?"

변치수가 안지경의 눈치를 살폈다. 마음에 있으면 기적에서 빼낼 수도 있다는 뜻을 전한 것이다.

"그럴 것은 없다. 미끼로 부른 셈이니까?"

"미끼라고 하셨습니까?"

미끼라는 말에 변치수의 눈이 휘둥그레졌다. 그날 복면 괴한은 재물을 노리고 침입한 게 아니었다. 단총을 들고 나간 것은 행여 적선아가 추궁을 당할 것을 염려해서 도적으로 가장하려 했기 때문일 것이다. 짧은 순간이지만 안지경은 적선아를 바라보는 복면 괴한의 눈에서 연모의 정을 똑똑히 읽었다. 적선아도 괴한의 정체를 눈치채고 있는 것 같았다. 몸놀림이 날랬고 수박희를 익혔지만 그래도 무인은 아닌 것 같았다. 그렇다면 날랜 몸놀림에 수박희를 익힌 자가 또 있단 말인가. 얼핏 재인패가 떠올랐다. 고양 인근의 양주는 여기 송파와 더불어 산대놀이패로 유명한 곳이다. 그런데 얼마 전에 양주 산대놀이패가 기방 부근에서 판을 벌였다고 했다.

그렇다면 양주 산대놀이패의 어름사니? 그자가 적선아를 데리고 가려고 나타났던 것일까. 추리가 맞다면 이번에도 나타날 것이다. 그래서 안지경은 적선아를 부르고, 산대놀이패에게 연락을 했던 것이다.

"모두 기다리고 있습니다."

안지경이 재촉하는 변치수의 뒤를 따라 방을 나섰다. 여각 일층 넓은 사랑에는 내로라하는 경상들이 모두 자리하고 있었다.

"이렇게 찾아주셔서 무어라 감사의 말을 전해야 할지 모르겠습니다."

안지경이 만면에 미소를 지으며 경강상인들에게 인사의 말을 건넸다.

"금풍무 상단에 행수가 새로 부임했다는 말은 들었는데 이렇게 조선말에 능한 젊은 분일 줄이야."

"우리 상단은 금풍무 상단과 오랫동안 거래를 해왔지요. 앞으로도 좋은 거래 상대가 되었으면 좋겠습니다."

상인들이 앞다투어 알은체를 했다. 안지경은 앞으로도 잘 부탁한다며 차례로 인사를 나누었다.

"장학면이라고 합니다. 진작에 행수님을 알아뵀어야 하는 건데. 그만 실례를 범하고 말았습니다. 너그러이 용서해주십시오. 여러 나루를 다니면서 거래를 알선하고 또 필요하면 자금도 융통하고 있습니다."

장학면이 고개를 조아리며 그날 일을 사죄했다. 안지경은 고개를 끄덕이며 더 문제 삼지 않을 뜻을 비쳤다. 궁금한 것은 이 자의 뒤를 봐주고 있다는 포도청 종사관이었다. 누굴까. 어떤 연유로 배신자로 분류될 수 있는 이자와 손이 닿았을까.

수인사가 끝나자 여각 중노미들이 푸짐한 주안상을 날랐고, 불려온 기녀들이 술을 따르고 풍악을 울리며 여흥을 돋구었다. 여각 밖에서는 나루터 마당에서 놀이패들이 재주를 부리고 가면극을 추면서 사람들을 불러모으고 있었다.

안지경이 상석에 자리를 잡자 적선아가 사뿐히 다가오더니 그날 고마웠다는 눈빛으로 절을 올렸다. 오뚝한 콧날에 그린 듯 고운 눈썹, 맑은 눈. 안지경은 홍련이 떠올랐다. 요행히 목숨을 보전했더라도 고초가 심할 것이다.

"무슨 고심거리라도 있으신지요?"

안지경이 한숨을 내쉬자 적선아가 흠칫 놀라며 물었다.

안지경이 경상들을 상대하며 술잔을 기울이고 있을 때 이격과 두 명의 포교는 변복을 하고 구경꾼들 틈에 섞여서 산대놀이패를 지켜보고 있었다. 어름사니의 줄타기에 이어서 가면을 쓴 놀이패들이 나와서 덩실덩실 깨끼춤을 추기 시작했다.

"송파나루에 무슨 일이 있느냐?"

사람들이 모이는 곳에는 늘상 놀이패가 찾아오지만, 오늘을 평시보다 떠들썩하게 판을 벌이고 있는 것 같았다.

"광동상단에서 연회를 베풀면서 따로 놀이패를 불렀다고 합니다."

추 포교가 대답했다. 요즘 송파와 마포에는 멀리 광동, 복건에서 띄운 배들이 자주 들어온다고 하던데 제법 규모가 큰 상단 같았다.

"저자가 꼭두쇠 같은데 잡아다 족치면 어떻겠습니까?"

박 포교가 장유동을 지목했다. 이격이 고개를 가로저었다. 이미 공물은 다 치웠을 것이다. 그리고 공물을 새로 마련해서 선혜청에 보낸 마당에 공연히 소란을 떨다가 실상이 밝혀지면 더 곤란할 수도 있다. 오늘 출동은 불온한 괘서를 붙이고 다니는 검계를 추포하는 것이지 공물털이를 잡는 게 아니다. 지켜보면서 결정적일 때 덮쳐서 일망타진해야 한다.

이격은 천천히 걸음을 옮겼다. 놀이패의 전모를 살필 필요가 있었다. 추리대로라면 건장한 남자 10명에 관아 담을 훌쩍 뛰어넘을 만큼 날랜 자가 있어야 할 것이다. 이격은 줄 위에서 온갖 재주를 부리던 어름사니를 철저히 감시하기로 했다.

경상들이 불쾌해진 얼굴로 안지경에게 차례로 인사를 건네며 여각을 나섰다. 혁명의 불씨를 댕기기 전에 저들을 동지로 끌어들여야 할 것이다.

"대접 잘 받고 돌아갑니다. 미구(未久)에 우리 상단에서 한번 모시겠습니다."

"자리해 주셔서 영광입니다."

안지경이 손들을 배웅하러 여각 밖으로 나서려는데 변치수가 슬그머니 만류했다.

"포교로 보이는 자들이 변복을 하고서 나루터를 어슬렁거리고 있습니다. 나가지 않는 게 좋겠습니다."

안지경은 변치수의 조언을 따르기로 하고 걸음을 돌렸다. 창기와 악공들은 떠났는데 적선아는 꼼짝도 하지 않고 자리에 앉아 있었다. 행수기녀로부터 하룻밤 잘 모시라는 지시를 들었던 터였다.

"안으로 들 거라."

안지경이 앞장을 서자 적선아가 말없이 뒤를 따랐다.

방으로 돌아오니 유시(酉時 5~7시)가 지나고 있는 것 같았다. 그렇다면 잠시 눈을 붙여도 괜찮을 것이다. 일대 지리는 이미 파악해 둔 터였다.

"누워있을 테니 너는 날이 밝거든 기방으로 돌아가거라. 차인이 나귀를 마련해줄 것이다."

적선아가 일어서더니 금침을 깔았다. 그리고 한쪽 구석에 얌전히 앉았다. 몸을 뉘자 피로가 몰려왔다. 하루 종일 사람들을 상대한 데다 술도 제법 마셨던 터였다. 안지경은 머리맡의 죽장도를 확인하고 눈을 감았다.

얼마나 눈을 붙였을까. 인기척이 희미하게 느껴졌다. 살그머니 눈을 뜨고 살피니 가물가물한 호롱불 아래 적선아가 고개를 숙인 채 꼼짝하지 않고 있었다. 이경이 지나 삼경은 된 것 같았다. 안지경이 몸을 일으키려는데 문이 스르르 열리며 복면을 한 괴한이 얼굴을 들이밀더니 적선아의 손을 잡아끌었다. 조는 줄 알았던 적선아는 기다렸다는 듯 고개를 번쩍 들더니 복면을 따라 방을 나섰다. 예상대로였다.

상대는 칼을 가지고 있다. 좁은 방에서 격투가 벌어지면 누가 다쳐도 다칠 것이다. 안지경은 일단 내버려 두었다가 뒤를 쫓기로 했다.

마침 보름달이 환하게 비치는 밤이었다. 복면은 헐떡거리는 적선아를 재촉하며 부지런히 나루 쪽으로 걸음을 재촉했다. 아마도 패거리가 그쪽에 머물고 있는 것 같았다. 소란을 떨 일이 아니다. 황제의 단총만 돌려받으면 된다. 안지경은 죽장도를 움켜쥔 채 발소리를 죽이며 두 사람의 뒤를 따랐다.

마침 한적한 골목에 이르렀을 무렵에 달이 구름 속으로 들어갔다. 이쯤에서 복면을 잡는 게 좋을 것 같았다. 안지경이 그리 판단하고 몸을 날릴 기회를 가늠했다.

"……!"

그때 웬 건장한 남자 둘이 갑자기 앞에서 나타나더니 숨을 헐떡이며 걸음을 옮기고 있는 복면과 적선아의 앞을 가로막았다.

"누구냐?"

복면이 단검을 꺼내 들며 경계를 취했다.

"우포청 포교다. 순순히 오라를 받아라."

포교 둘이 환도를 뽑아 들고 좌우에서 복면에게 다가왔다. 왜 포교가 저자를 추포하려는지 몰라도 포교에게 끌려가면 단총을 돌려받기 힘들다. 안지경은 일단 복면을 돕기로 하고 앞으로 나섰다. 손에는 죽장도가 들려 있었다.

갑작스러운 안지경의 출현에 두 포교는 흠칫하며 뒤로 물러섰다. 시간을 끌 일이 아니다. 안지경은 틈을 주지 않고 선제공격을 했고, 전광석화 같은 발도(拔刀)에 이은 찌르기에 놀란 포교는 뒤로 물러서다 중심을 잃고 주저앉았다. 안지경은 재빨리 방향을 틀어 또 한 명의 포교를 향해 칼을 휘둘렀다. 매서운 검풍을 일으키며 죽장도가 달려들자 포교는 겁을 먹고 뒤로 물러섰다.

"속히 여기를 뜨거라."

어리둥절해서 지켜보고 있던 복면은 그제야 적선아의 손을 잡고 골목길을 내달렸다. 안지경이 앞을 가로막고 서자 두 포교는 멍하니 쳐다보기만 했다. 일격에 전의를 상실한 것이다.

"……!"

잠시 시간을 벌다가 복면의 뒤를 따라가려던 안지경은 살기를 느끼고 본능적으로 지검대적세(持劍對敵勢)를 취했다.

골목 저편에서 건장한 체격의 남자가 천천히 걸어왔다. 포교들의 우두머리가 따로 있었던 모양이다. 자세가 빈틈이 없었다.

"쉿!"

거리를 좁혀오던 남자가 선제공세를 취했다. 순식간에 찌르기와 베기가 이어졌는데 안자세(雁字勢)와 발초심사세(拔草尋蛇歲)로 물 흐르듯 이어졌다. 모처럼 검의 달인을 만난 것이다. 옆구리를 노리고 들어오는 환도와 막아서는 죽장도가 부딪히며 날카로운 금속성을 토해냈다. 엄청난 충격이 몰려오면서 안지경은 두 걸음 물러섰고, 얼른 방어세를 취했다. 섣불리 반격하지 않기로 한 것이다.

상대도 놀랐는지 성급하게 공세를 이어가지 않고 맹호은림세(猛虎隱林歲)를 취하면서 신중하게 대치에 들어갔다. 그런데 저 자세는…… 안지경이 왠지 낯설지 않다는 생각을 하는 순간, 달이 구름 속에서 모습을 드러내며 환한 빛을 뿌렸다.

"……!"

"……!"

달은 곧 구름 속으로 들어갔고 사방은 다시 어둠에 잠겼지만 안지경은 상대의 얼굴을 똑똑히 보았다. 내가 순간 뭘 잘못 본 게 아닐까. 이격이 왜 여기에. 그는 오래전에 사송야 싸움에서 죽었다.

엄청난 충격으로 이격은 숨이 멎을 것만 같았다. 극히 짧은 시간이었지만 죽장도를 들고 대적세를 취하고 있는 상대는…… 포도대장은 요행히 이양선에 구조되었다고 해도 다시는 조선 땅을 밟지 못할 거라고 했다. 그런데 어떻게 저자가 이 자리에.

이만하면 복면은 제법 멀리 달아났을 것이다. 시간을 더 끌어서 좋을 게 없다. 안지경은 등을 돌리고 내달렸다.

"쫓지 마라!"

이격이 추격하려는 두 포교를 만류했다. 지금 내가 헛것을 본 게 아니라면 도적 한두 명을 잡는 게 문제가 아니다. 뭘 어디서부터 손대야 할까. 안지경은 놀이패들과 동패는 아닌 것 같은데 왜 불쑥 나타난 것일까. 어쨌든 그도 나를 알아봤을 것이다. 퍼뜩 차홍련이 떠올랐다. 차홍련은 오랜 번뇌 끝에 이격의 청을 받아들이기로 했다. 그런데 안지경이 살아 있다는 사실을 알면 어떤 반응을 보일까. 이격은 그녀가 마음 속으로 안지경을 완전히 지우지 못하고 있다는 사실을 잘 알고 있었다. 아무렴 어떤가? 어차피 죽은 사람인데. 그렇게 치부하던 차에 살아서 돌아온 것이다.

"여기입니다!"

안지경이 골목길을 내달리고 있는데 한쪽 구석에 몸을 숨기고 있던 복면이 손짓을 했다. 다행히 포교는 쫓아오지 않는 것 같았다.

"큰 신세를 졌습니다. 뭐라 감사의 말을……, 엇! 당신은?"

복면을 벗고 사의를 표하던 감동이 깜짝 놀랐다. 안지경을 알아본 것이다.

"내 물건을 돌려받으러 왔다."

예상대로 복면은 놀이패 어름사니였다. 안지경은 경계의 눈초리를 거두지 않고 있는 감동에게 다가갔다. 감동 뒤에서 적선아가 오들오들 떨고 있었다.

"그렇지 않아도 어떻게 돌려드리나 고심하던 차였소."

감동이 순순히 돌려줄 뜻을 비쳤다.

"그런데 어쩌다 포교에게 쫓기게 되었느냐?"

안지경이 궁금한 것을 물었다. 포교들은 중죄인 다루듯 달려들었던 것이다.

"그게……"

"내가 설명해 드리지요. 행수 어른."

감동이 머뭇거리는데 뒤에서 놀이패 꼭두쇠가 모습을 드러냈다. 놀이패 여럿이 뒤를 따르고 있었다.

"얘기가 긴 데 여기서는 그렇고 자리를 옮기시지요."

놀이패가 안지경을 에워쌌지만 살기는 느껴지지 않았다. 안지경은 꼭두쇠 얘기를 들어보기로 하고 그들의 뒤를 따랐다.

"우리는 양주에 근거지를 두고 여기저기를 돌아다니며 놀이판을 벌이는 산대놀이패입니다."

장막 안으로 들어서자 꼭두쇠가 안지경에게 상석에 앉을 것을 권했다. 안지경은 잠자코 그들의 말을 듣기로 했다.

"감동이를 구해주신 것에 다시 한번 감사를 드리겠습니다. 그런데 저 아이가 행수 나리 물건에 손을 댄 모양이군요."

안지경이 말없이 고개를 끄덕였다. 단순히 저잣거리에서 놀이판을 벌이는 패거리들이 아님은 분명했다.

"해서 행수 나리는 저 감동이를 유인해내려고 우리 패거리와 정례를 이리로 부른 것입니까?"

복면과 적선아의 본래 이름이 감동과 정례란 말인가. 마침 감동이 단총을 가지고 왔다.

"예사롭지 않은 물건에, 출중한 무예, 그리고 정확한 상황 판단. 아무래도 여느 상단 행수 같지 않습니다."

꼭두쇠가 지긋한 눈길로 안지경을 살폈다.

"아까 저 아이에게 왜 포교에게 쫓기는 몸이 되었는지 물었지만 내 물건을 돌려받았으니 대답은 따로 듣지 않겠다."

안지경이 단총을 살펴보고는 일어섰다. 뇌리에서 이격의 놀란 표정이 지워지지 않고 있었다. 그가 살아 있었단 말인가. 그리고 포도청 군관이 되었단 말인가.

"혹시 검계라고 들어보셨는지요?"

꼭두쇠의 입에서 검계라는 말이 나오자 안지경은 도로 자리를 잡았다.

"하면 그대들이 관아를 기습하고 공물을 떨어가는 검계란 말인가?"

안지경은 긴장이 되었다. 사실이라면 중차대한 범죄에 연루될 수 있다.

"그렇습니다. 일전에 고양 관아를 털었던 적이 있었는데 눈썰미가 날카로운 포도청 종사관에게 꼬리를 잡힌 것 같습니다."

장유동이 심각한 표정으로 상황이 다급함을 전했다.

"그 포도청 종사관 이름이 혹 이격이 아닌가?"

"그렇습니다. 행수 나리께서도 알고 계시는군요."

절대로 잘못 본 게 아니었다. 안지경의 입에서 짧은 한숨이 새어 나왔다. 범상치 않은 곡절이 있을 텐데 어쩌면 정주성 함락이나 대원수의 죽음과 연관이 있을지도 모른다는 예감이 스치고 지나갔다. 포도청 종사관에게 꼬리를 잡혔다면, 그리고 이격이 내가 양주 패거리들과 한패라고 생각하고 있다면 절대로 유야무야 넘어가지 않을 것이다.

"검계의 소문은 나도 들었지만 성급한 짓을 했군. 공물을 털다니."

"우리도 무리가 따른다는 것은 알았지만 고양 현감 최성태라는 자가 워낙 백성들의 원성을 사고 있는지라."

꼭두쇠의 입에서 뜻밖의 이름이 나왔다.

"방금 최성태라고 했나? 혹시 관서 출신이라고 하지 않던가?"

"본인은 내색하지 않지만, 그쪽 출신으로 정주성 함락 때 공을 세우고 3등 공신이 되었다는 소문도 있습니다. 아시는 자입니까?"

장학면과 최성태, 그리고 이격. 난리 중에 죽었거나 요행히 살아남았더라도 목이 잘렸을 사람들이다. 그런데 관직을 얻고, 물상객주가 되어 재물을 모으고 있다니. 공신 대접을 받는다고 했다. 동지를 배신한 게 틀림없었다.

하지만 당장 시급한 일은 양주 패거리를 안전한 곳으로 피신시키는 일이다. 날이 밝는 대로 포졸들이 들이닥칠지 모른다.

"패거리가 전부 몇 명인가?"

"놀이패는 열 명이지만 식솔까지 치면 스무 명쯤 됩니다."

"서신을 적어줄 테니 당장 짐을 꾸리고 밤을 새워 용인 석성산으로 가서 그곳 부상단 접장에게 몸을 의탁도록 하게. 일단 머물 곳을 마련한 후에 그다음을 생각해보는 게 좋을 듯하니."

안지경은 급한 대로 거래처 부상단 중에서 믿을 만한 자에게 검계 일행을 맡기기로 했다. 용인은 도성에서 과히 멀지 않은 곳이며, 석성산은 나름 산세가 험해서 사람들의 눈을 피할 수 있을 것이다.

"그리만 해주신다면 더 바랄 게 없습니다. 길 떠나는 것은 늘상 해오던 일입니다. 즉시 짐을 꾸리고 출발하면 내일 해가 퍼지기 전에 용인 땅에 도착할 겁니다."

꺽두쇠가 환해진 얼굴로 대답했다.

"이제부터 우리 검계는 행수님을 따르겠습니다."

꺽두쇠가 앞으로 나서며 큰절을 올리자 일행이 일제히 따라서 절을 올렸다. 이렇게 된 마당에 달리 도리가 없다. 안지경은 양주 놀이패를 수하로 거두기로 했다.

"따로 숭교방 기방에 속전(贖錢)을 보내 기적에서 빼줄 것이니 너도 저들과 함께 떠나도록 해라."

적선아와 감동은 이미 정을 통하고 있는 사이 같았다. 기방으로 돌려보냈다가는 포청에 끌려가서 고초를 겪을 것이다.

"행수 나리의 은혜가 하해와 같습니다. 목숨을 바쳐 행수 나리를 따르겠습니다."

감동이 크게 감읍하며 충성을 맹세했다. 다람쥐처럼 날랜 데다 영특함도 엿보였다. 그렇다면 좋은 수하를 얻은 셈이다.

"너는 남아서 송파와 용인을 오가며 연락을 하도록 해라."

"알겠습니다. 신명을 바쳐 소임을 다 하겠습니다."

감동이 환한 얼굴로 적선아의 손을 꼭 잡았다.

응징

장학면이 거드름을 피우며 숭교방 기방으로 들어섰다. 이리 이른 시각에 종사관이 먼저 보자고 연통을 한 것을 보니 지난번에 부탁했던 일이 잘 풀린 모양이다. 그렇다면 이제부터는 남의 물건을 중개하는 일은 그만두고 당당하게 내 물건을 팔 것이다. 생각만으로도 흐뭇했다. 하긴 그동안에 들인 공이 얼마던가. 별서도 마련해 주었고, 오매불망하던 기녀도 기적에서 빼주었다. 그리고 충주 관아 노비인 기녀의 모친도 한양으로 불러올렸다.

"웬일입니까. 종사관께서 먼저 연락을 주시고."

장학면은 벌써부터 거상 흉내를 내며 점잖게 당 위로 올라섰다. 그런데 무슨 일이라. 이격의 표정이 잔뜩 굳어져 있었다.

"왜 그러시오? 무슨 일이라도?"

장학면은 불길한 예감이 스치고 지나갔다.

"그자가 나타났다."

"예? 그자라니요?"

장학면은 어리둥절해서 이격을 쳐다봤다.

"안 호군이 나타났다."

"안 호군이라면…… 무슨 소리입니까? 그자는 살아서 돌아올 수 없다고 하지 않았습니까?"

장학면이 따지듯 물었다.

"나도 그리 알고 있었는데…… 하지만 내 눈으로 똑똑히 보았다. 많이 달라졌지만, 틀림없이 그자였다. 그런데 어찌 된 영문인지 모르겠지만 지금 송파에서 광동상단 행수 노릇을 하고 있다."

"하면 당장 잡아들여야 하지 않겠습니까? 역도의 수괴였던 자입니다."

장학면이 흥분했다. 자신의 과거를 알고 있는 자가 한양에서 활개를 치고 다니게 할 수는 없었다.

"혹시 잘못 보신 게 아닙니까? 광동상단을 잘못 들쑤셨다가는 후환이 만만치 않을 겁니다."

기실 이격도 그것을 염려하고 있었다. 하지만 어찌 안지경을 못 알아본단 말인가. 짧은 시간의 조우였지만 상대는 틀림없는 안지경이었다. 그리고 광동상단 행수로 있다는 사실도 확인한 터였다.

"그자도 나를 알아보고는 흠칫 놀라더군."

이격은 입맛이 썼다. 안지경은 자신이 사송야에서 죽은 줄 알고 있을 것이다. 그런데 살아서 포도청 종사관이 되었다면…… 무슨 일이 벌어졌는지 충분히 짐작했을 것이다.

"그렇다면 지체할 일이 아닙니다. 배를 타고 조선을 빠져나가기 전에 추포해야 합니다."

장학면이 이격을 닦달했다. 그의 말이 맞다. 다소 무리가 따르더라도 신속하게 추포해야 할 것이다. 행여 차홍련이 안지경이 살아 있다는 걸 알게 될까 염려가 되었지만, 지금은 그걸 따질 계제가 아니다. 몸을 일으킨 이격은 날듯 우포청으로 내달렸다. 우선 노성집에게 보고를 올린 후에 군사를 인솔해서 송파로 달려갈 요량이었다.

"부르려던 참이네."

이격이 대장 집무실로 들어서자 노성집이 가까이 오라고 손짓을 했다. 벌써 다른 데서 보고가 올라간 걸까. 그러나 노성집의 입에서 엉뚱한 말이 나왔다.

"다음 달 초에 청나라 사신이 한양에 당도한다고 한다. 그런데 정사가 광동 사람인지 진연(進宴)에 광동요리를 내라고 예조에 일렀다고 한다."

정사가 까다로운 자인 모양인데 그렇다고 그게 포도청과 무슨 관련이 있단 말인가. 이격이 의아해하는데 노성집이 말을 이었다.

"사옹원(司饔院)에서 광동요리 재료를 송파 금풍무 상단에서 조달해야 한다고 하니 사신이 한양에 머무는 동안에 금풍무 상단에 별일이 없도록 잘 지키도록."

이건 또 무슨 소리인가. 금풍무 상단 행수를 추포하려는 참에 그를 보호하라니. 이격은 어이가 없었다. 사실대로 얘기할 것인가. 아니면 일단 함구하고 있다가 사신이 청나라로 돌아간 다음에 추포에 나설 것인가. 사실대로 고하면 노성집이 거짓 계를 올린 게 된다. 노성집은 총융사로 자리를 옮길 예정인데 그리되면 영전은커녕 기군(欺君)의 죄를 쓰고 파직될 판이다.

그자가 무슨 수로 청나라 상단 행수가 되었는지, 그리고 왜 하필 이때 사신이 광동요리를 찾는지 몰라도 내 손으로 처리한 후에 포도대장에게 사실대로 고하는 게 상책일 것이다.

"그리하겠습니다."

그리 판단한 이격은 군례를 올리고 물러 나왔다. 당장은 지켜보고 있어야만 하지만 절대로 놓치지 않을 것이다. 이격은 박 포교와 추 포교를 호출했다.

"송파로 가서 금풍무 상단을 은밀히 감시하고 있거라."

"알겠습니다. 그날 우리를 기습한 자가 금풍무 상단 행수입니까?"

"그런 것 같다. 그날 겪어봐서 알겠지만, 무예에 능한 자이니 한 치도 긴장을 늦추면 안 된다. 나는 하던 일을 마무리 지은 후에 합류하겠다."

"알겠습니다."

두 포교가 절도 있게 군례를 올렸다. 이격은 하늘을 한 번 올려다본 후에 휑하니 포도청을 나섰다. 그럴 일은 없겠지만 혹시 안지경이 차홍련을 찾아왔을지 모른다는 불안감이 몰려왔던 것이다.

"이 시각에 어인 일이십니까?"

차홍련이 놀라며 이격을 맞았다.

"짬을 내서 잠시 들렀소. 청나라 사신이 온다고 하니 당분간 시간을 내지 못할 것 같소."

당 위로 올라선 이격은 혹시 인기척이 있을까 신경을 곤두세우고 주변을 살폈지만, 평소와 다른 게 없었다. 이격은 과민할 필요가 없다고 스스로에게 타이르며 자리에 앉았다.

"모친은 자주 뵙고 있소?"

"관에 매인 몸인지라…… 하지만 가까운 곳에서 몸 성히 지내고 있다는 사실만으로도 마음이 한결 편합니다."

"때가 되면 노비적에서 빼서 이리로 모시고 오겠소."

"나리의 은혜를 어찌 갚아야 할지 난감할 따름입니다."

차홍련이 이격의 품에 안겼다. 이격은 미소를 지으며 가늘게 떨고 있는 차홍련의 어깨를 가볍게 두드렸다. 차홍련이 비로소 진정으로 자신을 받아들였다는 게 생생하게 전해졌다. 행여 내가 자리를 비운 사이에 그자가 차홍련에게 접근하는 일은 없을까. 이격은 밀려오는 잡념을 떨쳐버리며 품에 안긴 차홍련을 꼭 껴안았다.

* * *

"동래에서 온 이희집이라 하오."

변치수가 나이가 제법 지긋한 동래상단 단주를 데리고 들어왔다. 웬만한 거래는 변치수가 알아서 처리하고 이렇게 행수에게까지 데리고 오는 경우는 드물다.

"우리 상단과 무슨 거래를 하시려오?"

안지경이 이희집을 살피며 물었다. 제법 지긋한 나이에 점잖은 자태, 도포 차림이 잘 어울리는 걸로 봐서 몰락한 양반 출신으로 장사에 뛰어들어 나름 성공을 거둔 사람 같았다.

"상거래는 여기 변 차인을 상대하면 되고, 행수를 만나고자 한 이유는 세상일을 함께 나누고 싶어서지요."

이희집이 단도직입적으로 다른 볼일이 있음을 밝히자 안지경은 일순 경계심이 일었다.

"풍 단주께서 소개장을 써주셨습니다."

변치수가 안지경의 속내를 눈치채고 끼어들었다. 풍 단주가? 그렇다면 경계하지 않아도 좋을 것이다.

"풍 단주를 알고 계시오?"

"장기(長崎 나가사키)와 복건, 광동 등지에 배를 띄우고 있소. 그러다 보니 현지상들과 교분을 나누게 되었지요."

배를 가진 해상이라면 상단 규모가 작지 않을 것이다. 그리고 넓은 세상을 경험했을 것이다.

"풍 단주에게는 여러 차례 신세를 졌소. 지난달에 대모갑(玳瑁甲 거북이 껍데기)을 구하러 광동에 들렀는데 그때 풍 단주로부터 안 행수 얘기를 들었소."

"단주께서 무슨 말씀을 하시던가요?"

안지경이 풍 단주의 근엄한 얼굴을 떠올리며 물었다.

"큰 뜻을 품고 있는 사람이라고 하셨소."

"그리 말씀하셨소? 또 무슨 말을 하던가요?"

이희집은 대답 대신에 관상을 보듯이 안지경을 뚫어져라 쳐다봤다. 안지경도 눈길을 피하지 않았다. 일전에 풍 단주로부터 식견이 깊고 이재에도 밝은 조선 상인과 조선 개혁에 대해서 담소를 나누었던 적이 있다는 말을 들었는데 아마도 이희집 같았다.

벼슬길이 끊어진 남인들 중에는 산림에 은거하면서 실용 학문을 추구하는 학자들이 여럿 있었다. 정약용과 그의 형 정약전, 홍대용 등이 그러한 인사들인데 이희집은 세상과 거리를 두며 저술에 몰두하고 있는 그들과는 달리 적극적으로 세상에 뛰어들어서 새로운 삶을 추구하고 있는 사람 같았다.

"행수는 서양을 다녀왔고, 불랑찰의 혁명에 대해서 많은 것을 알고 있다고 들었소."

이희집은 차분한 어조로 말을 이었다. 풍 단주가 그런 말까지 했단 말인가. 하면 홍경래 내원수를 측근에서 모셨던 사실도 알고 있을 것이다. 안지경은 묵묵히 이희집의 말을 더 들어보기로 했다.

"불랑찰은 백성들이 봉기해서 왕을 내쫓고 백성들의 대표가 나라를 이끄는 공화정을 수립했다고 들었소."

"그렇소. 하지만 이후에도 많은 혼란을 겪었지요."

안지경은 적당히 거리를 두며 상대했다. 호감이 갔지만 그래도 신중해야 할 것이다.

"하면 행수는 조선 땅에도 공화정이 가능하다고 보시오?"

이희집이 정곡을 찌르고 들어왔다.

"백성이 주인이 되어 스스로 다스리는 나라를 겪어본 적이 없으니 내 어찌 장담하겠소만 공화정은 서양의 여러 나라들이 시행하고 있소."

안지경이 주관을 담지 않고 대답했다. 문득 차한상이 떠올랐다. 유학자인 그는 늘 백성을 위한 나라를 내세웠을 뿐, 백성의 나라를 거론했던 적은 없었다. 이어서 찰스턴 경과 피에르 신부의 얼굴이 차례로 스치고 지나갔다. 두 사람은 안지경에게 백성의 나라를 일깨워준 사람들이다.

"국초 이래 조선은 세 차례의 반정, 여러 번의 정변과 민란을 겪었지만 여전히 양반들은 호의호식하고 백성들은 도탄에 신음하고 있소."

이희집의 말대로였다. 세조와 중종, 인조 연간에 반정으로 임금이 바뀌었고, 선조 연간의 기축옥사와 영조 연간의 이인좌의 난 그리고 홍경래의 난을 겪었지만 크게 달라진 게 없었다.

"이 나라를 구하는 길은 백성이 주인인 공화정을 세우는 것뿐이오."

이희집이 안지경을 똑바로 쳐다보며 무릎걸음으로 다가왔다.

"행수께서 조선에 돌아온 이유가 미완의 혁명을 완수하기 위해서라면 이 몸도 함께하고 싶소."

이희집은 안지경의 손을 덥석 잡았다. 뜨거운 열기가 손끝에서 전해졌다.

"바로 보셨소. 홍경래 대원수와 동지들의 뜻을 이어가는데 이 한 몸을 바칠 각오로 돌아왔소."

더 감추고 떠볼 필요가 없었다. 안지경도 이희집의 손을 힘껏 잡았다. 비로소 찾던 사람을 만난 것이다. 문득 기회는 불쑥 찾아온다던 나폴레옹의 말이 떠올랐다.

"신미년의 봉기가 실패로 돌아간 데는 봉기의 대강이 분명치 않은 데다 방략(方略)도 제대로 마련하지 못한 채 서둘렀기 때문이오."

이희집이 신미년 봉기의 실패 요인을 날카롭게 지적하고 나섰다. 강력한 눈빛에는 실패를 되풀이해서는 안 된다는 경고의 빛이 서려 있었다.

"동감이오. 하면 마음에 두고 있는 대강과 방략이 있소?"

안지경의 물음에 이희집은 눈을 감고 잠시 생각하더니 차분한 어조로 입을 열었다.

“백성의 나라는 신분의 차별이 없는 평등한 세상을 기반으로 하는바, 진정한 의미의 평등은 경제적 평등이지요. 없는 자는 가진 자에게 고개를 숙이게 마련이니까요.”

맞는 말이다. 안지경은 고개를 끄덕이며 동감임을 표했다.

“조선 경제의 근간은 토지니까 백성들에게 땅을 골고루 나눠주어야 합니다. 강제로 빼앗긴 토지, 유식양반(游食兩班 놀고 먹는 양반)들의 토지를 몰수해서 경자유전에 따라 농민들에게 나눠주어 공동으로 경작하게 하되 수확물은 각자의 노력에 따라 차등 분배해야 합니다.”

이희집은 경자유전에 따라 토지는 공유하되 노력에 따른 차등 분배에 경제적 평등이 기반함을 밝히고서 안지경의 반응을 살폈다.

“정약용의 여전제(閭田制)에 기반하자는 말이로군요”

“잘 아시는군요. 여전제는 군사 조직으로도 활용할 수도 있지요.”

안지경이 긍정적인 반응을 보이자 이희집의 표정이 밝아졌다. 여전제는 30가구를 단위로 하는 여를 기반으로 토지를 공유하며 그 위로 차례로 이와 방, 읍을 두어 민의를 상달하는 제도다. 공동농장을 지향하는 여전제는 이와 방, 읍 각각의 책임자를 초관과 파총, 천총으로 삼아서 이른 시간에 군사 조직으로 편성할 수 있는 이점도 있다. 그런 이유로 차한상은 때가 되면 홍경래 대원수에게 여전제를 실시할 것을 진언하겠다는 뜻을 여러 차례 비쳤던 적이 있었다.

“예전에 스승으로 모시던 분도 공동 소유, 차등 분배를 주장하고 계셨소. 하지만 차등 분배를 반대하는 사람들도 있을 것이오."

안지경이 진지한 표정으로 물었다. 차등 분배는 일견 모두가 평등한 세상과는 배치되는 면도 있다.

"혹시 을사년(정조 9년, 1785)의 역모를 알고 계시오?"

이희집은 대답 대신에 화제를 바꾸었다. 갑자기 왜 그 얘기를. 안지경은 고개를 끄덕였다. 오래전에 문인방과 이경래 등이 주동이 되어 역모를 꾀했던 적이 있었다. 짐작건대 이희집은 그들과 한패였던 모양이다.

"벌써 35년 전의 일인데 그때 나는 큰 선생(문인방)을 지근에서 보필하고 있었소. 세상 무서운 것 없었던 약관의 나이였고, 출세의 길이 막힌 남인의 자손이었지요."

옛일을 회상하는 이희집의 얼굴에 고뇌가 서렸다.

"큰 선생은 학식이 깊고 결단력도 강한 분이었소. 그렇지만 나는 스스로 큰 선생 곁을 떠났소."

"왜 떠났습니까"

"큰 선생은 운이 다한 이씨 왕조를 대신해서 새로운 세상이 올 것이니 백성들은 정감록에서 정한 십승지(十乘地)로 옮겨가서 때를 기다리라고 했소."

이상향을 뜻하는 십승지는 각각 공주의 유구와 영월의 영월, 무주의 무풍, 부안의 변산, 합천의 가야, 예천의 용문, 남원의 운봉, 보은의 속리산, 봉화의 춘양, 그리고 영주의 풍기를 가리킨다. 정감록에서 십승지는 전란이 피해가고 물자가 풍부하고 자손이 번성하는 땅이라고 했다.

"큰 선생은 십승지에서는 모두가 평등하게 가지며 똑같이 일하고, 똑같이 나누어 가질 것이라고 했지요.”

이희집이 한숨을 내쉬며 말을 이었다.

“땀 흘려 일한 사람이나 빈둥거린 자나 똑같이 나누어 가지는 것은 또 다른 불평등에 불과할 따름이지요. 진정한 경제적 평등은 각자 노력한 만큼 몫을 가져가는 것입니다. 무조건 골고루 나누어 주면 사람들은 점점 나태해지고, 종국에 옥토는 자갈밭으로 변하고 말테니까요. 큰 선생은 몽상가에 지나지 않는다는 사실을 깨닫고 그의 곁을 떠났지요. 혁명은 이상을 실현하는 것이지만 몽상에 빠지면 안 됩니다.”

이희집이 단호한 어조로 신념을 밝혔다. 피에르 신부도 진정한 평등은 경제적 평등이며 프랑스대혁명의 근본이념인 자유와 평등, 박애는 신성한 노동을 바탕으로 하고 있다고 했다.

“내 생각도 같소. 땀 흘려 일한 자가 제대로 보답을 받는 세상이 되어야 할 것이오. 평등한 분배에 기대서 소임을 다 하지 않는 자는 유식 양반과 다를 바 없을 것이오.”

안지경이 전적으로 동감을 표했다. 혁명군의 조직은 보부상단의 접과 반을 기반으로 하고 여기에 여전제를 접목시켜서 조직하면 뿌리를 든든히 할 수 있다. 필요한 자금은 사상도고들을 설득해서 얻어낼 생각이다. 능력에 비해서 제대로 대접받지 못하고 있는 그들을 혁명의 대열에 끌어들이는 것은 크게 어렵지 않을 것이다.

이것으로 조선대혁명의 대강과 방략은 마련한 셈이다. 아직 갈 길이 멀고 해야 할 일도 많지만 큰 가닥은 잡았으니 큰 걸음을 내디딘 것이다. 안지경이 환한 얼굴로 이희집의 손을 힘껏 잡았다.

"군사(軍師)를 맡아주십시오. 앞으로 갈 길이 바쁩니다."

큰일을 도모하려면 모사(謀士)가 필요하다. 안지경은 생각이 통하고 혜안을 지닌 이희집에게 군사를 맡기기로 했다.

"대원수를 모시게 돼서 더없는 영광입니다. 미력하나마 혼신의 노력을 기울이겠습니다."

이희집은 몸을 일으키더니 안지경을 대원수라 부르면서 큰 절을 올렸다.

"명이대방록(明夷待訪錄)을 탐독하며 나를 알아줄 세상을, 사람을 기다리고 있었습니다. 그런데 오늘에야 내가 찾고 있던 사람을 만난 것 같습니다."

이희집이 감격 가득한 얼굴로 말했다. 명나라 말기의 사상가 황종희의 저서 '명이대방록'은 어진 군주가 나타날 때를 기다리며 충직한 신하로서 할 도리를 기술한 책이다.

"저……"

자리를 피했던 변치환이 고할 게 있는지 밖에서 인기척을 냈다.

"들어오게."

이희집이 향후책을 설계하는 군사라면 변치환은 제반 뒤처리를 감당하는 도총인 셈이다. 안지경은 최측근에서 자신을 보필할 두 사람을 좌우에 나란히 앉혔다.

"청나라 사신을 접대할 광동요리 재료를 우리 상단에게 맡기겠으니 차질없이 준비하라고 사옹원에서 기별을 보냈습니다."

"그리하게."

변치수가 알아서 잘 처리할 것이다.

"그게…… 조금 뜻밖이어서 사옹원에 알아보니 청나라 사신이 우리 상단을 지목했다고 합니다. 아무래도 풍 단주께서 힘을 쓰신 것 같습니다."

변치수의 짐작이 틀리지 않을 것이다. 이격에게 정체를 들켰으니 빨리 대책을 마련해야 할 판에 뜻밖의 원군을 얻은 셈이다.

"사신은 얼마나 머문다고 하던가?"

"한 달 가량 한성에 머물 거라 합니다."

그렇다면 그때까지 상단을 건드리지 못할 것이다. 안지경은 풍 단주의 원려에 절로 고개가 숙여졌다.

"어쩌면 우포청에서 벌써 우리 상단을 감시하고 있을 것입니다. 당장은 사신 때문에 어찌 못하겠지만 속히 대책을 마련하지 못하면 저들이 들이닥칠 것입니다."

변치수가 걱정을 했다.

"하긴, 어차피 대사를 치르려면 장소를 옮겨야 할 터, 군사는 마음에 두고 있는 곳이 있습니까?"

안지경이 이희집에게 고개를 돌렸다.

"이달 말께 계룡산에서 부상단 팔도 접장들 회동이 있습니다. 마침 전국의 사상도고들도 계룡산에 모이기로 했으니 그들을 만나 방략을 설파하고 합류를 이끌 생각입니다."

"잘 됐군요. 나는 용인 석성산으로 가서 검계들과 차후책을 논하겠습니다. 세부책이 마련되거든 합류하기로 하지요."

"그리하십시오. 전국 팔도에서 일제히 봉기의 횃불이 올라가면 저들도 어쩌지 못할 것입니다."

"군사는 기일이 얼마나 필요하다고 보십니까?"

"동의를 이끌어 내고, 조직을 다지려면 아무리 짧아도 여섯 달은 걸리겠지만 제대로 된 조직을 이끌려면 솔직히 1년은 걸릴 거로 보고 있습니다."

이희집이 잠깐 생각하더니 의견을 전했다. 1년이라. 어쩌면 그것도 최소로 잡은 것일 것이다.

"군사 조련은?"

안지경은 정주성에서 어제까지 농사를 짓던 농부들을 데리고 관병을 막아내던 때가 생각났다.

"대원수께서 무엇을 염려하고 계신지 잘 알고 있습니다. 지난 일이 마음에 걸리겠지만 향병은 큰 문제가 되지 못할 겁니다. 그들도 어제까지 농사를 짓던 자들이니까요. 그리고 팔도에서 일시에 일어서면 경군도 섣불리 도성을 비우지 못할 겁니다."

일리가 있는 말이다. 안지경은 고개를 끄덕였다.

"문제는 수어청이나 총융청 같은 도성의 정예 오위군병들을 상대할, 제대로 조련된 군병들을 여하히 확보하느냐는 것인데…… 누군가 불씨를 댕겨주어야 합니다."

이희집은 섶은 자기가 마련할 테니 불씨는 안지경보고 댕겨줄 것을 요청했다.

"알겠소. 도성의 일은 내가 알아서 처리하겠소."

당장은 막연하지만 그렇게 대답하는 수밖에 없었다.

"상단 일은 변 차인이 알아서 처리하게."

"심려 마십시오. 사신을 접대하는 일은 빈틈없이 처리하겠습니다. 행여 포도청에서 행수님을 찾거든 급한 일로 광동으로 돌아가셨다고 하겠습니다. 아무튼 보중하십시오."

변치수가 조심할 것을 당부했다.

* * *

칠흑같이 어두운 밤에 복면을 한 두 사람이 새가 날듯 날랜 몸놀림으로 고양 관아의 담을 뛰어넘었다. 삽시간에 동헌 뜰을 가로지른 두 복면은 발자국 소리도 내지 않고 내아(內衙) 당 위로 올라섰다. 잠시 주위를 둘러본 키 큰 복면은 스르르 문을 열고 안으로 들어섰고 작은 복면은 남아서 밖을 감시했다.

방으로 들어서자 현감 최성태가 술에 곯아떨어져서 자고 있었다. 옆에는 수청을 드는 기녀가 쪼그린 채 눈을 붙이고 있었다. 키 큰 복면이 호롱에 불을 밝히고 최성태를 발길로 걷어찼다.

"뭐냐! 헉!"

짜증을 내며 눈을 뜨던 최성태는 복면의 죽장도가 목을 겨누고 있자 질겁을 했다.

"누구냐? 여기가 어디라고 감히! 목민관에게 칼을 겨누고 네 놈이 살아남을 성싶으냐!"

칼이 목을 겨누고 있는데도 최성태는 제법 호통을 쳤다. 본시 배짱 하나는 있는 자였다. 소동에 잠에서 깬 기녀가 이불로 몸을 가린 채로 구석에서 오들오들 떨었다.

"나를 몰라보겠느냐?"

안지경이 복면을 벗었다. 최성태가 멀뚱한 표정으로 안지경을 올려다보았다.

"정주성에서 대원수를 모시고 있던 몸이다."

안지경이 자신은 홍경래의 호군이었음을 밝히자 최성태가 대경실색을 했다.

"그러고 보니…… 용케 목숨을 부지한 모양인데 여기가 어디라고 감히. 흑!"

몸을 일으키려던 최성태는 죽장도가 목을 파고들자 그대로 주저앉았다. 비로소 사태를 파악했는지 얼굴에 공포의 빛이 가득했다.

"그때 네 놈의 수하가 성을 빠져나가던 대원수를 급습했다. 무슨 수로 나도 모르고 있던 암문을 알고 있었느냐?"

안지경이 날카롭게 추궁했다.

"그…… 그 건 장학면이 알려주었기 때문이오."

최성태가 와들와들 떨며 대답했다. 그러고 보니 수시로 성을 드나들며 의주의 임상옥과 연통을 담당했던 장학면이라면 관군의 눈에 띄지 않는 암문을 알고 있을 수도 있다.

"하면 의주에서 양곡이 도착하지 않은 것도 그자의 짓이냐?"

"그렇소. 대세가 기울었다며 임상옥 단주에게 곡물을 보내지 말고, 홍경래 대원수와도 거리를 두라고 전했다고 내게 말했소. 살려주시오. 살아남으려면 어쩔 수 없었소."

최성태가 통사정을 했다. 그런데 만출이 이놈은 뭘 하고 있는 거야. 형방을 맡겼으면 관아를 제대로 지켜야지. 아무튼 시간을 끌면 포졸들이 달려올 것이다. 최성태는 목숨이 경각에 달린 와중에서도 힐끔힐끔 바깥 동정을 살폈다.

"장학면이라는 자는 물상도고 행세를 하던데 뒤에서 봐주는 자가 있다고 들었다."

안지경이 거듭 추궁을 했다.

"그렇소. 당신도 잘 아는 사람이오. 대원수 호군을 지낸 이격이라는 자가 장학면의 뒤를 봐주고 있소."

"이격은 사송야 싸움에서 죽은 걸로 알고 있다."

안지경이 짐짓 모르는 체를 했다.

"그자는 사송야 싸움에서 관군에게 포로가 된 후에 대원수를 배신했소. 관군이 정주성 북문 쪽에 굴을 파고 화약을 설치해서 성벽을 무너뜨린 것도 그자의 머리에서 나온 계책이오."

이것으로 배신의 전모가 밝혀진 셈이다. 오로지 목전의 이익을 좇아 동지를 배신한 최성태와 장학면은 그렇다 해도 이격까지 대원수를 배신할 줄이야. 안지경은 분기가 탱천했다.

"그자는 정주성 함락의 공을 인정받아 우포청 종사관이 되었소. 머지않아 우포청대장을 따라 총융청으로 옮겨갈 거란 소문도 있소."

최성태는 이격을 배신의 주범으로 몰더니 안지경이 선뜻 믿는 눈치가 아니자 부연을 했다.

"물상객주는 돈을 대주고, 종사관은 뒤를 봐주면서 서로 야합하고 있소. 물상객주는 종사관에게 팔판동에 호화 별서도 마련해 주었소."

하면 이격이 재물에 눈이 어두워 대원수를 배신했단 말인가. 안지경은 고개를 갸우뚱했다.

"물상객주는 절세의 기녀를 기적에서 빼서 종사관의 소실로 들여 넣기도 했지요. 들은 바로는 기녀는 정주성 함락 때 붙잡힌 여인으로 종사관이 소싯적부터 마음에 담고 있었던 정인이었다고 합니다."

어떻게 해서든 시간을 끌어볼 요량으로 최성태는 아는 거 모르는 거 죄다 불어댔다. 하면 이격이 여인 때문에. 안지경은 여전히 의문이었다. 이격이 여인을 가까이하는 걸 본 적이 없었다.

상황이 파악되었으니 이제 응징을 해야 한다. 최성태는 간절한 눈빛으로 안지경을 쳐다봤고, 기녀는 사시나무 떨듯 떨고 있었다.

"속히 나오십시오. 순라꾼이 오고 있습니다."

안지경이 어찌 처리할까 고심을 하는데 밖에서 감동이 서두를 것을 재촉했다.

"여기다!"

안지경이 고개를 돌려 밖을 살피려 하자 최성태가 틈을 놓치지 않고 고함을 지르며 달려들었다.

"악!"

달려들던 최성태가 비명을 지르며 쓰러졌다. 안지경의 죽장도가 단칼에 목을 날린 것이다.

"누구냐!"

비명을 들은 순라꾼들이 횃불을 밝히며 우르르 내아로 몰려왔다.

"저기다! 잡아라!"

순라꾼이 허둥대는 사이에 안지경과 감동은 몸을 날려 담을 넘었고, 어둠 속에 몸을 감추었다. 횃불이 어지럽게 출렁였지만 안지경과 감동은 멀리 달아난 다음이었다.

"석성산으로 가시렵니까?"

감동이 물었다.

"아니, 당분간 한성에 머물겠다. 처리할 일이 남아 있다."

"하면 저도 돕겠습니다."

감동이 함께 있겠다고 했다. 눈치 빠르고 몸 날랜 그가 옆에서 도와주면 일을 처리하기 한결 수월할 것이다. 배신자 3인 중에서 최성태는 처단했으니 이제 이격과 장학면이 남았다. 누구를 먼저 처리할 것인가. 어둠 속을 내달리면서 안지경은 순서를 그려보았다.

***

날이 밝자 고양 현감이 괴한에게 목숨을 잃었다는 소식이 사방으로 퍼져나갔다. 일찍 등청한 노성집은 대로해서 휘하 3인의 종사관들을 소집했다.

"어찌 된 것인지 소상히 고해보거라!"

노성집이 호통을 치자 선임종사관이 기어들어 가는 목소리로 보고를 했다.

"고양 서헌에 칼을 든 괴한이 침입해서 자고 있는 현감을 베었다고 합니다."

"괴한은 어찌 되었느냐?"

"비명을 듣고 군졸들이 달렸는데 이미 어둠 속으로 도주했다고 합니다."

그렇다면 고양 백성들이 들고 일어선 것은 아닌 모양이다. 혹시나 민란이 또 일어났나 경계하던 노성집은 일단 마음이 놓였다.

"일전에 고양 관아에서 공물을 털렸던 적이 있다고 들었다. 그 일과 관련이 있는 것 아니냐?"

노성집이 이격을 추궁했다. 그 일은 이격이 맡아서 처리했던 터였다.

"현장을 살펴보고 상세한 보고를 올리겠습니다."

이격은 분연히 자신이 책임지고 처리하겠음을 고하고 대장실을 물러났다. 홀연히 자취를 감춘 산대놀이패와 돌연히 등장한 안지경을 쫓느라 고양을 잠시 등한시한 터였다. 일순 안지경이 살아있다는 사실을 노성집에게 고할까 하는 충동이 일었지만, 이격은 함구하기로 했다.

"고양으로 출동한다!"

이격은 밖에서 대기하고 있던 포교와 포졸을 인솔하고 고양을 향해 말을 몰았다.

그렇지 않아도 분위기가 흉흉하던 터에 한성에서 포도청 종사관이 들이닥치자 고양 관아 아전과 군졸들은 사색이 되었다. 수령이 괴한에게 목숨을 잃었으니 호된 벌이 내려질 것이다.

"어찌 된 것이냐!"

이격이 형방을 닦달하자 만출이 하얗게 질린 얼굴로 고했다. 옆에는 수청을 들던 기녀가 사시나무 떨듯 부들부들 떨고 있었다.

"인시(寅時 오전 3~5시) 무렵에 복면을 한 괴한 둘이 서헌에 침입해서 현감을 찌르고 달아났습니다. 비명을 듣고 군졸들이 달려갔지만…… 날래기가 다람쥐 같은 자들이었습니다."

"괴한이 현감에게 무슨 말을 했느냐?"

이격이 기녀를 닦달했다.

"너무 무서워서 한쪽 구석에서 얼굴을 파묻고 있었는데…… 얼핏 대원수니, 곡물이니 하는 말을 들었던 기억이 납니다."

기녀는 당장이라도 숨이 넘어갈 듯 겁을 먹고 있었다. 짐작대로 그자의 소행이었다. 이격은 입맛이 썼다. 선제기습을 당한 것이다. 상황이 그렇다면 그자는 자신과 장학면도 배신에 가담했다는 사실을 알아냈을 것이다. 하면 여기서 끝나지 않을 것이다. 장학면이 위험하다. 이격은 만출에게 위에는 공출에 불만을 품은 촌민의 소행이라고 보고할 것이니 고을민 입단속을 철저히 시킬 것을 이른 후에 말 위에 올랐다.

이격은 심정이 복잡했다. 새삼 배신에 따른 죄책감과 혹시 차홍련이 그자가 돌아왔다는 사실을 알게 될까 하는 두려움, 그리고 뒤통수를 제대로 맞은 데 따른 열패감이 뒤엉킨 것이다.

“대장 영감께 고해야 하지 않겠습니까?”

박 포교가 물었다.

“놈의 다음 목표가 누구인지 알고 있다. 덫을 놓고 있다가 포박한 연후에 보고를 올려도 늦지 않다.”

이격은 안지경이 장학면을 노릴 것으로 예측했다. 그렇다면 매복하고 있다 덮치면 될 것이다. 이격은 안지경을 살려서 끌고 갈 생각이 추호도 없었다.

“놈은 무예에 능한 자다. 그리고 일행은 산대놀이패로 추정된다.”

“혹시…… 일전에 송파에서 맞닥쳤던 자를 마음에 두고 계십니까?”

박 포교가 물었지만, 이격은 답 대신에 따로 지시를 내렸다.

“나는 박 포교하고 안국방을 갈 테니 장 포교는 포청에 들러서 군졸들은 인솔해서 그리로 출동하게. 대장 영감에게는 내가 따로 보고를 올릴 거라 말씀드리고.”

장 포교에게 지원 임무를 맡긴 이격은 말머리를 장학면이 머물고 있는 안국방 여각으로 돌렸다. 안국방은 운종가와 이현, 칠패, 서강과 가까워서 장학면도 다른 물상객주들처럼 그곳에 머물며 거래를 주선하고 있었다.

주점을 겸하고 있는 안국방 여각은 방이 여러 개 있고, 마방과 널찍한 창고도 두고 있는 제법 큰 규모의 이층 누각 구조다. 장학면을 따라서 여러 차례 여각을 드나들었던 적이 있었던 이격은 여각의 구조를 떠올리며 매복 장소를 그려보았다.

시각은 신시를 지나 유시에 이르고 있었다. 고향을 다녀오는 동안에 시간이 그렇게 흐른 것이다. 그렇다면 오래지 않아서 어둠이 내릴 것이다. 군졸들을 요소에 배치하려면 서둘러야 한다.

＊＊＊

술시는 지난 것 같았다. 감동이 바깥 동정을 살피고 돌아오는 대로 움직여야 할 것이다. 안지경은 죽장도를 챙겨 들었다. 늘 그렇듯 품에 금장단총을 지니고 있었다.

"조용합니다."

감동이 밖에 아무도 없음을 고했다. 안지경은 지체하지 않고 몸을 날렸다. 최성태를 응징한 지 사흘이 지났다. 사흘 동안 안지경은 인왕산 산기슭의 움막에 몸을 숨기고 꼼짝도 하지 않고 있었다. 움막은 변치수가 만약의 경우를 대비해서 미리 도성에 마련해 놓은 은신처다.

사흘이 지났으니 경계심도 많이 풀어졌을 것이다. 그렇다면 움직일 때가 된 것이다. 이격은 누구의 소행인지 짐작했을 것이다. 그렇다면 다음에 장학면을 노릴 거라고 예측하고 덫을 파놓고 기다리고 있을 것이다. 안지경은 그들의 긴장이 해이해질 때를 기다려 움직이기로 했다. 그런데 행선지는 장학면이 있는 안국방이 아니고 팔판동이었다. 역으로 이격을 먼저 치기로 한 것이다.

이격은 팔판동에 별서를 마련하고서 틈틈이 들른다고 했다. 그렇다면 지금쯤 잠시 소실에게 들러서 지친 심신을 위로받고 있을 것이다. 팔판동은 안국방에서 그리 멀지 않은 데다 해시나 돼야 본격적으로 경계에 들어갈 것이다. 안지경은 그리 예측하고 팔판동 별서에서 잠시 휴식을 취하고 있을 이격을 치기로 한 것이다. 도대체 어떤 여인이길래 이격이 대원수를 배신했단 말인가. 궁금증을 떨쳐버릴 수 없었다.

이격은 최성태와 다르다. 자신과 무예 솜씨가 막상막하인 상대다. 자칫 방심했다가는 당하는 수가 있다. 안지경은 죽장도를 움켜쥔 채 미리 동정을 살피고 온 감동을 따라 부지런히 걸음을 옮겼다.

"저기입니다."

감동이 좌우로 행랑채가 딸린 솟을대문을 가리켰다. 장학면이 마련해 주었다는 별서였다. 동지들은 모조리 목이 잘려 나갔는데 배신의 무리들은 고대광실에서 호의호식하고 있단 말인가. 안지경은 치미는 분노를 억누르며 복면을 꺼내 들었다. 감히 포도청 종사관 집 담을 넘는 자는 없을 것이기에 번을 서는 군졸은 없었다.

"밖에서 지키고 있거라. 행여 내가 나오지 못하거든 너는 지체하지 말고 변 차인에게 달려가 사정을 고하고, 산대놀이패에 합류하거라."

"꼼짝하지 않고 기다릴 테니 속히 일을 끝내고 나오십시오."

안지경은 감동에게 살짝 웃어 보이고 몸을 날려 훌쩍 담을 넘었다. 짐작대로 호화롭게 꾸며진 별서가 환한 보름달 빛에 모습을 드러냈다. 짐작건대 장학면이 돈이 궁해진 부상을 압박해서 넘겨받았을 것이다.

이격은 어디에 있을까. 깊은 잠에 들지는 않았을 것이다. 안지경은 자고 있는 이격을 급습해서 해칠 생각은 없었다. 당당하게 승부를 결한 후에 엄히 논죄를 하고 대원수를 대신해서 응징할 생각이다. 뜰에서 기다리고 있으면 안국방으로 돌아가려는 이격을 마주할 수 있을 것이다. 안지경은 주변으로 눈을 돌리며 결전의 장소를 살폈다.

그런데 제법 시간이 흘렀는데도 이격은 나오지 않았다. 하면 오늘도 매복하고 있는단 말인가. 안지경이 철수할까 고심하며 뒤를 살피는데 내실 문이 열리고, 누가 당아래로 내려서는 소리가 들렸다.

"서방님이세요?"

여인의 목소리가 들렸다.

반사적으로 죽장도를 뽑아 들고 달려들던 안지경은 주춤했다. 하면 이격의 소실이란 말인가. 놀라서 뒷걸음치는 여인의 모습이 안지경의 눈에 생생하게 들어왔다.

"……!"

내가 뭘 잘못 본 걸까. 안지경은 눈을 의심했다. 화들짝 놀라며 뒷걸음치는 여인은…… 지난 8년간 한시도 잊어본 적이 없었던 차홍련이었다. 긴 세월 떨어져 있었고, 모습도 변했지만 그래도 한눈에 알아볼 수 있었다.

차홍련이 왜 여기에. 그런네 방금 차홍련이 뭐라고 했던가. 서방님이라니? 하면 이격의 소실이 차홍련이었단 말인가. 안지경의 머릿속이 백지장처럼 하얘지면서 숨이 넘어갈 것 같은 충격에 휩싸였다.

"누구세요……?"

차홍련이 잔뜩 겁에 질린 얼굴로 뒷걸음을 쳤다. 이런 상황을 마주치게 될 줄이야. 어떻게 이런 일이. 안지경이 뭘 어찌해야 할지 몰라 멍하니 서 있는데 낮은 휘파람 소리가 들렸다. 감동이 누가 다가오고 있다고 신호를 보낸 것이다. 안지경은 일단 자리를 피하기로 하고 발길을 돌렸다.

사흘째 매복을 하고 있건만 별다른 일은 발생하지 않았다. 무료한 시간이 지나면서 여각 주변 곳곳에 매복시켜 놓은 군졸들도 슬슬 지루해하기 시작했다.

"놈을 잡는데 나를 미끼로 쓰려는 것은 아니겠지요?"

사흘째 잠을 제대로 못 잔 장학면의 눈이 벌겋게 충혈되어 있었다.

"이렇게 고생하는 것을 보고도 그런 소리가 나오나?"

이격이 퉁명스럽게 대답했다. 제대로 못 자기는 이격도 마찬가지였다. 시각이 술시를 지나 해시로 향하면서 주객들도 하나둘씩 자리를 뜨고 일층 주루에게 이격과 장학면 두 사람만 남았다.

"송파 상단을 뒤지기 힘들다면 방을 붙여놓고 대대적으로 수색하는 게 좋지 않겠습니까. 숨어지내는 것도 한계가 있을 텐데."

신경이 곤두설 대로 곤두선 장학면이 신경질적으로 술잔을 기울였다. 이격도 그러고 싶은 생각이 굴뚝이었지만 마침 청나라 칙사가 한성에 오는데 상대는 청나라 거상의 행수다. 그리고 그가 최성태를 죽였다는 확실한 증거도 없다. 행여 그자의 정체가 밝혀지면 포도대장은 중벌을 면키 힘들 것이다. 그 전에 없애버려야 한다.

'반드시 내 손으로 처치하겠다!'

이격은 이를 악물며 환도를 힘껏 끌어안았다.

"혹시 겁을 먹고 피신을 한 게 아닐까요?"

장학면이 바람을 담아 말했다. 하지만 이격은 그가 맥없이 물러설 상대가 아니라는 걸 잘 알고 있었다. 틀림없이 어딘가에 몸을 숨기고 빈틈을 노리고 있을 것이다. 어디서 나타나건 겁낼 이유는 없다. 매복은 완벽했다. 자신은 장학면을 밀착 경호하고 있고 박 포교와 장 포교가 각각 군졸을 이끌고 요소에 배치돼서 매복을 하고 있다. 모습을 드러내면 절대로 놓치지 않을 것이다. 그런데 왜 나타나지 않는 걸까.

"……!"

그 순간 이격은 안지경이 노리는 사람이 장학면 하나뿐이 아니라는 사실을 상기해냈다. 왜 그 생각을 못했을까. 그 자신도 보복의 대상이었다. 그리고 안지경은 암살보다는 당당하게 응징하려 들 것이다.

이격은 환도를 움켜쥐고 벌떡 몸을 일으켰다.

"박 포교! 여기를 맡아라! 나는 급히 다녀올 데가 있다!"

"왜 이러시오?"

이격이 몸을 일으키자 장학면이 놀라며, 따라서 몸을 일으켰다. 일각이 급하다. 이격은 뒤도 돌아보지 않고 팔판동을 향해 내달렸다.

"누구세요? 서방님은 출타 중입니다만."

해칠 의사가 없다고 판단했는지 차홍련이 한 걸음 다가서며 물었다. 어쩌면 복면 속의 눈매가 눈에 익었기 때문일지도 모른다.

어떻게 할까. 꿈속에서조차 이런 경우를 생각해본 적이 없었다. 당장 복면을 벗고 정체를 밝히고 싶지만, 지금은 그럴 계제가 아니었다. 빨리 몸을 피해야 하건만 안지경은 쉬 발길이 떨어지지 않았다.

"저……"

차홍련이 한 발 더 다가서려 하는데 누가 대문을 박차고 들어오는 소리가 들렸다.

"웬 놈이냐!"

뜰을 가로질러 달려오는 이격의 손에서 환도가 번뜩였다. 안지경은 얼른 뒤로 물러서며 대적세를 취했다.

"서방님!"

차홍련은 하얗게 질려서 이격에게 다가갔다.

"뒤로 물러서시오!"

이격이 차홍련을 뒤로 물리며 안지경과의 거리를 좁혀왔다. 언젠가는 부딪혀야 할 상대지만 지금 이런 상황에서 마주하게 될 줄이야. 안지경은 착잡한 심사를 달래며 이격의 움직임에서 눈을 떼지 않았다.

"쉭!"

바람을 가르는 소리와 함께 이격의 환도가 안지경을 노리고 달려들었다. 찌르기에 살기가 실려 있었다. 언젠가 승부를 결해야겠지만 오늘은 아니다. 안지경은 반격을 자제하며 공세를 피했다. 빨리 피해야 한다. 시간을 끌면 불리하다.

"휙!"

그렇게 판단하고 몸을 돌릴 틈을 엿보고 있는데 제법 큼직한 돌이 진전격적세(進前擊賊勢)를 취하며 다가오는 이격을 향해 날아들었다. 숨어서 지켜보고 있던 감동이 상황을 파악하고 돌을 던진 것이다. 이격이 환도로 돌을 쳐냈지만 안지경은 그 짧은 틈을 놓치지 않고 몸을 날렸다.

"서라!"

이격이 호통을 치며 쫓아왔지만 안지경은 이미 담을 넘었다. 이격은 추격하는 대신에 오들오들 떨고 있는 차홍련에게 다가갔다.

"다친 데는 없소?"

차홍련은 말없이 고개를 끄덕였다.

"감히 포도청 종사관 집 담을 넘다니. 배포가 큰 놈이군."

이격은 그리 말하고 앞장서서 내실로 향했다.

왜 이렇게 가슴이 떨리는 걸까. 눈앞에서 칼부림을 목격했기 때문만은 아닐 것이다. 복면은 누구였을까. 자신을 보고 깜짝 놀라던 복면 속의 눈매가 잊혀지지 않았다. 왠지 낯이 익은 느낌을 떨쳐버릴 수 없었던 것이다. 오래전에 곁을 떠난, 그러나 여전히 마음 한구석을 차지하고 있는 정인(情人)의 눈매와 너무 흡사했다.

그 사람은 오래전에 죽었다고 했다. 재물을 노리고 들어온 자는 아닌 것 같았다. 그리고 나를 해칠 생각은 추호도 없는 것 같았다. 그런데 왠지 서방님은 복면이 누군지 아는 것 같았나.

하늘을 올려다보니 별이 총총했다. 차홍련은 문득 안지경과 장래를 약속하던 밤이 생각났다. 그날도 오늘처럼 쏟아질 듯 별이 가득한 밤이었다.

"들어가지 않고 무얼 하고 있소?"

차홍련이 짧은 한숨을 내쉬는데 이격이 다가왔다.

"많이 놀랐겠소. 다시는 이런 일이 없을 것이오."

이격이 차홍련을 감싸 안았다. 언제나처럼 품에서 정이 느껴졌다.

"그만 들어갑시다. 밤바람이 차니."

이격이 앞장을 섰고, 차홍련은 말없이 뒤를 따랐다.

"저 서방님……"

차홍련은 뭘 물어보려다 말았고, 이격도 되묻지 않았다.

* * *

하루종일 아무런 생각도 들지 않고 아무 일도 손에 잡히지 않았다. 차홍련이 어딘가에 살아 있을 거라 생각했지만 이격의 소실이 되었을 줄이야. 처음에는 하늘이 무너져 내리는 기분이었지만 마음을 가라앉히고 생각해보니 전후가 이해되지 않는 것도 아니었다. 이격의 도움이 없었다면 차홍련은 어디 지방 관아의 관노가 되어 개나 소처럼 살면서 간신히 목숨을 연명하고 있었을 것이다.

이제 어떻게 해야 하나. 충격이 컸지만, 언제까지 번뇌로 괴로워할 수는 없었다.

"장학면의 동선을 파악해서 거리에서 노리는 게 어떻겠습니까?"

감동이 대안을 내놓았다. 눈치 빠른 감동은 팔판동 별서에서 무슨 일이 있었는지 짐작하고 있을 것이다. 안지경은 나중에 차홍련을 찾을 때 감동의 도움을 받을 생각으로 그에게 차홍련에 대해서 소상하게 얘기해 준 적이 있었다.

"한성 저자에 포졸들이 쫙 깔렸을 것이다. 섣불리 움직이다 꼬리를 밟힐지 모른다."

안지경이 신중할 것을 일렀다.

"그럴 테지요. 하지만 그들 눈을 따돌리는 것은 일도 아닙니다."

감동이 자신 있게 말했다. 그 이상 뾰족한 수가 없을 것 같았다. 안지경은 감동에게 장학면의 감시를 맡기기로 했다.

"괜한 걱정일지 모르지만…… 행여 팔판동 별서를 다시 찾아가는 일은 없었으면 합니다. 계획에 없는 일을 벌이면 위험이 따를 수 있습니다."

감동은 여기까지 말하고 안지경을 빤히 쳐다봤다. 당돌했지만 틀린 말은 아니었다. 안지경은 무답으로 수긍했다.

"아무래도 순번을 바꿔서 장학면을 먼저 응징하는 게 좋겠습니다. 그렇다고 이제 와서 안국방 객사로 갈 수는 없을 테니 그자가 밖으로 나왔을 때 주살(誅殺)해야 합니다."

감동이 책사 역할을 자처하고 나섰다. 나이에 비해서 영특하고 몸 날랜 감동을 수하로 두게 된 것은 안지경에게 행운이었다.

"이 상황에 제 발로 객사 밖으로 나올 리 없을 테니 적절한 유인책을 써야 합니다."

감동이 계속했다.

"그자를 끌어내는 방법은 두 가지. 하나는 물욕이고 또 하나는 색욕입니다. 이 판에 거래를 제안해봤자 걸려들지 않을테니 나머지 방법을 쓰는 게 좋겠습니다."

하면 색욕이라는 말인데…… 안지경이 뭘 어쩌자는 표정으로 감동을 쳐다봤다.

"정례를 끌어들이면 될 겁니다. 속히 응징을 마무리 짓고 대사를 도모해야 하지 않겠습니까."

감동이 그것까지 생각하고 있었다.

"정례라면 기녀 적선아를 말함이더냐? 너와 정을 나누고 있는 사이라고 들었다."

적선아를 내세워서 미인계를 쓰면 장학면을 유인할 수도 있을 것이다. 하지만…… 안지경은 썩 내키지 않았다.

"그 일은 제게 맡겨주십시오. 정례도 보은으로 알고 기꺼이 따를 것입니다. 문제는 그자를 감쪽같이 처단하는 방법인데…… 칼을 쓰는 것은 바람직하지 않습니다."

그럴 것이다. 주위 사람들이 눈치를 채지 못하게끔 감쪽같이 처리해야 적선아가 피신할 시간을 벌 수 있을 것이다.

"그 일이라면 내가 알아서 처리하겠다. 다만 결행의 순간에 네가 주위의 이목을 끌거라."

단총으로 저격하면 일격에 장학면을 응징할 수 있다. 총성은 발사 순간에 감동이 사람들의 이목을 다른 데로 끌면 감출 수 있을 것이다. 어쩌면 눈치 빠른 감동은 안지경이 성능 좋은 총을 가지고 있다는 사실을 염두에 두고 제안한 것 같았다.

***

장학면이 하얗게 질렸다. 포도청 종사관을 노리고 별서에 잠입을 했다니. 참으로 대담한 자였다. 행여 정체가 드러나자 청나라로 도주했을지도 모른다는 기대는 물거품이 되고 말았다.

"아무래도 대장 영감께 사실대로 고하고 상단을 기습하는 게 좋겠습니다."

"놈은 벌써 몸을 피신했을 것이다. 괜히 소란을 피워서 득이 될 게 없다."

이격이 고개를 가로저었다. 거기에 더해서 자존심이 허락하지 않았다. 안지경은 도성 어딘가에 몸을 숨기고 기회를 엿보고 있을 것이다. 이럴수록 침착해야 한다. 이격은 마음을 가라앉힌 채 생각에 잠겼다. 그날 안지경에게는 일행이 있었다. 추측건대 홀연히 자취를 감춘 산대놀이 패거리일 것이다.

그날 안지경은 차홍련과 마주쳤다. 복면을 하고 있었지만 어쩌면 차홍련은 그가 누군지 알아봤을지도 모른다. 생각이 거기에 이르자 이격은 더욱 조바심이 일었다.

"어디를 가십니까?"

이격이 갑자기 몸을 일으키자 장학면이 깜짝 놀랐다.

"아무래도 집에 들렀다 와야 할 것 같아. 여기는 박 포교가 남아서 지킬 것이니 걱정할 것 없네."

이격은 장 포교에게 수하들을 인솔해서 따를 것을 지시한 후에 빠른 걸음으로 팔판동으로 내달렸다. 장 포교가 군졸을 인솔하고 뒤따라왔다. 군졸들은 나누어서 배치시키기로 한 것이다.

다행히 별서는 조용했고, 차홍련이 놀란 얼굴로 마중을 나왔다.

"별일 아니오, 그냥 둘러보러 온 길이오. 들어갑시다."

이격이 앞장서서 안채로 향했다. 장학면이 신경 쓰였지만 벌건 대낮에 박 포교가 지키고 있으니 별일 없을 것이다.

"잠시 쉬면서 당신과 차를 나누고 싶소."

차홍련이 조용히 일어서더니 잠시 후에 차 두 잔을 가지고 들어왔다. 이격은 차홍련의 눈을 응시했다. 차홍련은 본시 거짓말을 할 줄 모르는 사람이다.

이격이 물끄러미 자신을 쳐다보자 차홍련은 적이 당황스러웠다. 틀림없이 그날의 일 때문일 것이다. 그렇다면 피할 일이 아니다.

"여쭙고 싶은 게 있습니다."

마음을 정한 차홍련이 차분한 어조로 입을 열었다.

"이틀 전에 집에 침입했던 자객이 혹시 서방님과 알고 지내는 사람이었는지요?"

"아니오. 왜 그런 생각을 하고 있소?"

이격은 차홍련이 물어보면 어찌 대답할까 고심을 했는데 막상 닥치자 즉시 아니라는 대답이 나왔다.

"왠지 그런 느낌을 받았습니다."

차홍련은 더 묻지 않았다.

"많이 놀랐을 것이오. 명색이 포도청 종사관이라는 사람이 자기 집도 제대로 지키지 못하다니. 하지만 다시는 그런 일이 없을 것이오. 누구도 당신을 놀라게 내버려 두지 않겠소."

이격이 찻잔을 내려놓고 차홍련을 가만히 껴안았다. 차홍련은 거부하지 않고 이격의 품에 안겼다. 사지에서 구해주었고, 진심으로 자기를 아껴주는 사람이다. 그리고 매 순간 진심으로 자신을 대해준 사람이다. 그가 모르는 사람이라면 나도 모르는 사람이다. 차홍련은 짧은 순간의 번뇌를 떨쳐버리려 고개를 가볍게 좌우로 흔들었다. 그런데 떨쳐버리려고 한다고 떨쳐질까. 차홍련의 입에서 짧은 한숨이 새어 나왔다.

＊＊＊

감동이 신호를 보내자 장유동이 주위를 힐끗 둘러보고 객사로 들어섰다. 초립에 홍직령 차림으로 누가 봐도 기방에서 왈짜패 노릇을 하는 별감으로 보였다. 양주 놀이패인 장유동은 감동의 연락을 받고 밤길을 재촉해서 용인에서 올라온 것이다.

"해남 감홍로와 서천에서 올라온 두견주 있으면 급히 네 동씩 내주시오."

장유동이 객사로 들어서며 호기롭게 술을 주문했다.

"술이 있기는 한데…… 어디서 찾는 것이오?"

구석에서 술잔을 기울이며 무료한 시간을 보내고 있던 장학면은 귀가 번쩍 띄었다. 그렇지 않아도 수요 예측을 잘못하는 바람에 감홍로와 두견주 재고가 남아돌던 차였다.

"숭교방 기방에서 왔소."

"숭교방 기방이라면 나도 잘 아는 곳인데 웬 술이 그리 필요한가?"

네 동씩이면 평소보다 훨씬 많은 주문량이다.

"기방을 넓히고 주객을 더 많이 받을 거라 했소. 마침 송파 놀이판에 불려갔다가 눌러앉았던 기녀들도 돌아왔고."

"혹시 돌아온 기녀 중에 적선아가 있는가?"

장학면의 귀가 번쩍 띄었다. 어쩌면 안지경이라는 자가 배에 태워 복건으로 보냈을지 모른다고 생각하고 있던 차에 뜻밖의 소식을 들은 것이다.

"객주께서 잘 아시네. 그렇소. 적선아도 숭교방으로 돌아왔소."

적선아도 있다는 말에 장학면의 입이 벌어졌다. 그렇다면 이번에는 절대로 놓치지 않을 것이다.

"술은 내주겠네. 하지만 맞돈을 받아야겠으니 내가 숭교방으로 직접 가겠네."

장학면이 허둥대며 몸을 일으키자 입구를 지키고 있던 박 포교가 다가오며 제지했다.

"종사관께서 절대 밖으로 나가지 말라고 이르신 것을 잊었소?"

"벌건 대낮에 무슨 일이 있겠소? 당신이 따라가면 되지 않겠소?"

장학면은 막무가내였다. 이 자가…… 호통을 치려던 박 포교는 생각을 바꾸었다. 그의 말대로 포도청 군졸이 밀착 경호를 하는데 도성 한복판에서 칼을 휘두를 자는 없을 것이다. 호위하다가 장학면을 노리고 접근하는 자를 포박할 수도 있을 것이다. 하염없이 기다리느니 장학면을 미끼로 써서 자객을 유인해 내는 것도 나쁘지 않을 것이다.

"갑시다."

박 포교가 반대하지 않자 장학면이 앞장서서 창고로 향했다. 그만한 양이면 소수레를 끌고 가야 할 것이다.

"객사 중노미들이 수레에 술동이를 싣는 것을 확인하고 왔습니다."

감동이 안지경에게 고했다. 장학면을 밖으로 유인하는데 성공했다. 아마도 이격은 연통을 받고 숭교방 기방으로 달려올 것이다. 장학면이 기방에 당도하기 전에 처단하고 재빨리 몸을 감춰야 한다. 안지경은 머릿속으로 경로를 그려보았다. 안국방에서 숭교방으로 가려면 창경궁을 돌아 익선방을 거치고 운종가를 지나 북쪽으로 방향을 틀어야 한다. 그런데 사람이 들끓는 운종가를 지나려면 시간이 지체되고, 경호에도 어려움이 따를 것이기에 어쩌면 우포도청을 들렀다가 개천(開川 청계천)을 따라 마전교(馬廛橋)까지 가서 방향을 틀 수도 있다. 어느 길을 택할 것이냐. 지금, 정확하게 예측해야 한다.

"수레를 끌고 가려면 개천변을 따라가지 않겠습니까? 우포청에 들러서 군졸들도 더 데리고 갈지도 모릅니다."

감동이 의견을 내놓았다. 딴에 일리가 있는 판단이다. 그렇지만 안지경은 생각을 달리했다. 장학면은 지금 몸이 달아 있다. 한시바삐, 그리고 보란 듯 위세를 부리며 기방에 들어서려 할 것이다.

더구나 며칠 전에 제법 큰 비가 내리면서 개천변 길이 질퍽거려 수레가 다니기 힘들 것이다. 그렇다면…… 안지경은 결정을 내렸다.

"운종가에서 놈을 주살하겠다. 꼭두쇠에게 그리 이르고 유전을 데리고 오너라."

안지경은 품속으로 손을 넣어 단총을 힘껏 잡았다.

"다 실었으면 출발하자!"

장학면이 호기롭게 출발을 지시하자 수레가 덜컹거리며 움직이기 시작했고 그 뒤를 장유동과 박 포교, 그리고 네 명의 포졸이 따랐다.

"어느 길로 가시려오?"

박 포교가 물었다.

"운종가 쪽으로 가야지요."

장학면이 당연하다는 투로 대답했다.

"운종가는 사람들로 붐빌 텐데."

"그야 물리면 될 것 아니오."

원님 행세를 하려는 장학면을 보고 박 포교는 입맛이 썼다. 하지만 지금 중요한 것은 그게 아니다. 설사 자객이 장학면을 찌르더라도 사람들 때문에 도주가 용이치 못할 것이다. 장학면이 죽는 것은 큰 문제가 아니다. 어떻게 해서든 범인을 체포해야 한다.

"즉각 종사관에게 달려가서 여기 사정을 고하고 신속하게 출동하라고 전하거라!"

박 포교가 포졸에게 이격에게 연락할 것을 지시했다.

"만약에 개천변 길을 택하면 어떻게 합니까?"

유천이 물었다. 양주 산대놀이패들이 주축인 검계들은 어느 틈에 안지경을 우두머리로 모시고 있었다.

"놈은 운종가를 택할 것이다."

안지경은 자신의 추리를 믿었다.

"제가 할 일이 무엇입니까?"

유천이 물었다.

"오로지 입 하나로 비를 부르고 바람을 일으킨다고 들었다. 네 재주가 필요할 것 같구나. 네가 할 일은……"

안지경이 해야 할 일을 일러주는데 감동이 돌아왔다.

"분부대로 전하고 왔습니다."

"수고했다. 몇 명이나 있더냐?"

"포교가 포졸 4명을 인솔하고 있었습니다."

필시 이격에게 지원을 요청했을 것이다. 그리고 이격은 장학면을 미끼로 쓸 것이다. 하면 한꺼번에 둘을 응징하는 것은 어떨까. 그러나 안지경은 고개를 가로저었다. 이격은 호락호락한 상대가 아니다. 그리고 자신에게는 응징보다 더 중요한 소임이 있다. 팔판동은 안국방보다 조금 먼 곳이다. 이격이 도착하기 전에 일을 끝내고 몸을 숨겨야 한다.

포도청 포졸들이 눈을 부라리며 육모방망이를 내젓자 운종가의 사람들이 슬금슬금 물러섰다. 장학면은 대감 행차라도 하는 양 거드름을 피우며 앞장을 섰고 소수레가 뒤를 따랐다. 재물이 많으면 상놈도 양반 행세를 하는 세상이라지만 어엿한 자기 상단도

가지지 못한 물상객주 주제에 요란을 떠는 꼴이 아니꼬운지 좌우로 물러선 사람들이 눈을 흘기며 장학면을 쏘아보았다.

"먼저 가서 고하겠소."

장유동이 빠질 때가 됐다고 판단했다.

"술을 넉넉하게 담았다고 전해주시게."

장학면이 호기롭게 대답했다. 행수기녀는 자기가 적선아를 마음에 두고 있다는 사실을 잘 알고 있다. 종사관의 팔판동 별서 못지않은 집을 마련해서 적선아를 들여앉힐 생각을 하니 장학면은 벌써부터 흥분이 되었다.

박 포교는 주변을 유심히 살폈지만 별 이상은 감지되지 않았다. 종사관이 팔판동 별서에서 출발했으니 일각(一刻 15분) 후면 합류할 것이다. 종사관이 도착할 때까지 아무 일이 없어야 할 텐데. 어쩌면 종사관은 복면이 누군지 알고 있는 것 같았다. 그렇다면 혹여 홍경래의 잔당일 수도 있다. 사실이라면 포상이 만만치 않을 것이다. 박 포교는 환도를 움켜쥐었다. 종사관이 군졸들을 이끌고 올 때까지 절대로 놈을 놓치지 말아야 한다. 그런 면에서 인파가 구름같이 모여든다고 해서 운종가로 불리는 종로통이 유리할 수도 있다.

늘 그렇듯 종로통은 사람들로 붐볐다. 물건을 파는 장사꾼들과 물건을 사러 나온 사람들. 구경꾼과 구걸하는 사람들까지 더하면서 북새통을 이루고 있었다. 이앙법이 자리를 잡고 상평통보가 널리 유통되면서 경제 규모가 비약적으로 커진 것을 확연하게 느낄 수 있었다. 저 사람들을 조선의 부르주아, 조선의 레종으로 탈바

꿈시켜서 새로운 세상을 열어야 한다.

'반드시 대원수의 유지를 받들 것이다!'

안지경은 저잣거리를 바쁘게 지나가는 사람들을 보며 결의를 다졌다.

물론 생각과 풍습, 전통과 제도를 하루아침에 바꿀 수는 없을 것이다. 프랑스도 숱한 시행착오를 거치며 오늘에 이르지 않았던가. 보잘것없을지라도 내 노력이 한 알의 밀알이 될 수 있다면 그것으로 만족할 것이다. 그리고 지금은 응징에 집중할 때다. 길목을 지키고 있으니 저 멀리서 장학면의 행차가 눈에 들어왔다.

"물렀거라!"

호송하는 군졸들이 무슨 원님 행차라도 되는 호통을 치며 사람들을 내몰았고, 나귀를 탄 장학면이 거드름을 피우며 뒤를 따랐다. 한쪽으로 물러서면서 마땅치 않은 눈길로 장학면을 노려보고 있는 저들 중에 살수가 있을지 모른다. 박 포교는 환도를 움켜쥔 채 부지런히 눈알을 굴렸다. 사람들로부터 장학면까지의 거리는 불과 서너 발밖에 되지 않는다. 갑자기 뛰쳐나와서 기습을 가하면 꼼짝없이 당할 판이다. 하지만 거리가 비좁다는 것은 퇴로를 차단하기에 유리한 면도 있다. 제아무리 무예에 능하다고 해도 퇴로를 차단하고서 시간을 끌면 종사관이 원병을 데리고 도착할 것이다.

짐작건대 상대는 홍경래의 난 때 수괴급이었을 것이다. 그렇다면 천재일우의 기회를 놓칠 수 없다. 박 포교는 환도를 움켜쥔 채 부지런히 주변을 살폈다.

운종가의 폭은 10보 내외. 발사 후에 몸을 피신하기에는 너무 좁다. 그리고 붐비는 인파도 도주에 장애가 된다. 안지경은 청계천을 가로지르는 삼일교와 수표교 사이의 공터에서 저격할 계획을 세우고 있었다. 그곳에는 넓이가 좌우로 30보 되는 널찍한 공터가 있다. 수표교를 건너면 제법 울창한 숲의 목멱산 자락까지 이어지는데 유천과 일당이 피신에 도움을 줄 것이다. 장학면을 확인한 안지경은 인파를 빠져나와 수표교 공터로 향했다.

주위를 부지런히 살피며 전진을 하다 보니 어느새 삼일교 부근에 이르렀고, 넓은 공터가 눈앞에 나타났다. 놀이패들이 재주를 부리며 사람들을 모을 때 쓰는 마당이다.

"멈춰!"

갑자기 박 포교가 소수레를 멈춰 세웠다. 노련한 박 포교는 넓은 공터를 마주한 순간, 화승총에 의한 저격을 떠올렸다. 살수가 꼭 칼을 쓰란 법이 없다.

"왜 그러시오?"

나귀 위에서 장학면이 생뚱한 표정으로 물었다. 한시 빨리 적선아를 만나고 싶어 안달이 난 마당이다.

"주변을 살펴볼 필요가 있소."

박 포교가 눈을 가늘게 뜨고 마당 주변을 면밀히 살펴보았다. 타원형의 마당은 중심으로부터 주변이 긴 쪽은 20보, 가까운 쪽은 15보 정도 되는 것 같았다. 화승총이라면 충분히 저격이 가능한 거리다.

화승총이라…… 박 포교는 잠시 가늠해 보았다. 심지가 다 타들어 가야 발사가 되는 화승총은 근본적으로 움직이는 목표물은 맞히기 힘들다. 하지만 신형 수석총(燧石銃 부싯돌총)이라면 얘기가 다르다. 발사시각을 총수가 임의로 정할 수 있기에 움직이는 목표물도 맞힐 수 있다. 하늘을 나는 새도 맞출 수 있다고 해서 조총(鳥銃)이라고 부르지 않는가.

하지만 화승총이건 조총이건 발사를 하면 총성이 일고, 연기가 피어오르기에 쉽게 위치를 파악할 수 있다. 장학면이 피격되는 건 큰 문제가 아니다. 중요한 것은 자객의 도주를 차단하는 것이다. 운종가는 점포들이 다닥다닥 들어섰고, 노점상들이 곳곳에 자리를 차지하고 있지만 삼일교 마당은 뒤쪽에 우거진 숲이 목멱산 자락으로 이어져 있어서 그쪽으로 도주하면 이 인원을 가지고는 추포가 불가능할 것이다.

"곧 종사관이 당도할 것이오. 그때까지 기다리기는 좋겠소."

노련한 박 포교는 신중하게 움직이기로 했다. 장학면은 애가 타 들어 갔지만 자신의 안전을 위한 일이라는데 더 우길 수 없었다.

마당에 진입하기 직전에 수레가 멈춰섰다. 하면 호송을 담당하는 포교가 저격을 염두에 두었단 말인가. 이격은 유능한 포교를 휘하에 두고 있는 것 같았다. 시간을 끌면 불리하다. 놀이패들이 짐을 푸는 곳간에 몸을 숨기고 기회를 엿보고 있는데 감동이 다가왔다.

"준비를 마쳤습니다. 진행하라고 이를까요?"

눈길을 끌기 위해서 유천 일행에게 마당에서 요란한 풍악을 울릴 것을 지시했던 터였다. 하지만 상황이 이렇다면 설사 저격에 성공하더라고 유천 일행이 포도청에 연행될지 모른다. 안지경은 계획을 바꾸기로 했다. 우선 인원을 최소한으로 줄일 필요가 있었다.

"유천만 남고 나머지는 철수하라고 해라. 그리고 유천에게는 구기(口技)를 행할 채비를 하라고 하고, 너는 수시로 오가면서 상황을 전하거라."

"알겠습니다."

감동이 대답과 함께 휑하니 몸을 날렸다. 어떻게 진행될 것인가. 안지경은 어쩌면 이격과 마주치게 될지 모른다는 생각이 스치고 지나갔다.

잠시 후 안지경의 우려에 답하기라도 하듯 이격이 포졸들을 데리고 달려왔고 수레가 다시 움직이기 시작했다.

"너는 여기, 그리고 너는 저기!"

이격이 포졸들을 남과 북으로 배치하기 시작했는데 저격은 허용하되 퇴로는 차단하겠다는 의지가 명확하게 전해졌다. 장학면은 미끼인 줄도 모르고 희희낙락하며 나귀를 재촉했다.

시간이 마냥 있는 건 아니다. 장학면이 마당을 빠져나가기 전에 저격을 해야 한다. 곳간에서 장학면까지는 15보 거리. 도주로인 수표교 쪽에 군졸이 배치되면서 예상에 차질을 빚었지만 저격은 가능하다. 부근 곳간에 몸을 숨긴 안지경은 마당까지 거리를 재며 결전의 시간을 대비했다.

포졸들이 주변을 수색하기 시작했다. 여기서 암살을 기도할 거라 확신하고 있는 것 같았다.

장학면이 마당에 들어섰을 무렵에 주변을 뒤지던 포졸들이 곳간으로 걸어왔다. 빨리 결정을 내리지 못하면 저격은커녕 발각되어 쫓기는 신세가 될 것이다.

"쿵!"

안지경이 어찌할까 고심을 하는데 갑자기 마당 맞은편에서 커다란 장대가 쓰러졌고 다가오던 포졸들이 본능적으로 고개를 돌렸다. 이틈을 놓치면 안 된다. 안지경은 신속하게 몸을 일으키면서 단총을 꺼내 들고 밖으로 뛰쳐나갔다.

그런데 나귀 위에 장학면이 없었다. 갑작스러운 소리에 놀란 나귀가 날뛰는 바람에 등에서 굴러떨어진 것이다.

"……!"

"……!"

눈이 마주친 안지경과 이격의 눈에서 불꽃이 일었다. 짧은 순간이었지만 둘은 적개심 가득한 눈길로 서로를 쏘아보았다.

"잡아라!"

이격이 명령을 내리자 군졸들이 일제히 안지경을 향해 달려들었다.

"탕!"

단총이 발사되면서 앞장서서 달려들던 박 포교가 어깨를 움켜쥔 채 주저앉았다. 포교가 피격되자 달려들던 군졸들이 주춤했다.

"겁낼 것 없다! 재장전할 시간을 주면 안 되니 달려들거라!"

이격이 소리쳤다. 아무리 수석총이라고 해도 총탄을 잴 시간이 없다. 그리고 안지경은 총만 가지고 있었다.

달려드는 포졸들 뒤로 장학면이 잔뜩 겁에 질려서 엉거주춤 서 있는 모습이 들어왔다. 안지경은 장학면을 향해서 방아쇠를 당겼다.

요란한 총성과 함께 총탄이 장학면을 향해 날아들더니 가슴을 정통으로 명중시켰다. 장학면은 비명도 지르지 못하고 고꾸라졌다.

총이 연속으로 발사되자 달려들던 포졸들은 놀라서 걸음을 멈추었다. 어떻게 장전도 하지 않고 총을 연속으로 발사할 수 있단 말인가. 알 수 없지만, 상대는 혼자고 이쪽은 여러 명이다. 겁먹을 이유가 없다.

"잡아라!"

이격이 호통을 치며 다가오자 군졸들은 다시 안지경을 향해 달려들었다.

"아이쿠!"

앞장서서 달려들던 포졸이 이마를 감싸며 주저앉았다. 커다란 돌멩이가 이마를 맞춘 것이다.

"이쪽입니다!"

어느 틈에 나타났는지 감동이 안지경에게 죽장도를 던져주며 소리쳤다. 스르렁하며 죽장도 칼집을 벗어나자 달려들던 포졸들이 겁을 먹고 전진을 멈추었다. 연속 발사될지 모를 단총도 두려움의 대상이었다.

"무슨 재주로 살아남았는지 모르겠지만 이제는 끝이니 순순히 오라를 받아라."

포졸들을 헤치며 이격이 앞으로 나섰다.

"대원수와 동지들을 배신하고 구차한 목숨을 이어가고 있다니 용서할 수 없다."

안지경이 일전을 결할 생각으로 거리를 좁히고 들어갔다.

"포졸들이 몰려오고 있습니다. 빨리 피신하지 않으면 퇴로가 차단됩니다."

양손에 큼직한 돌을 든 감동이 서두를 것을 전했다. 모든 정황이 불리하다. 응징도 좋지만 살아남아서 대원수의 유지를 받드는 게 우선이다. 아무래도 이격과의 승부는 미뤄야 할 것 같았다.

"휙!"

감동의 손을 떠난 돌이 이격과 포졸을 향해 날아들었다. 안지경과 감동은 그들이 돌을 피하는 순간을 놓치지 않고 남쪽으로 몸을 날렸다. 수표교를 건너 목멱산 줄기로 들어서면 추격을 따돌릴 수 있을 것이다.

"잡아라!"

이격이 호통을 치며 쫓아왔다. 수표교에 이르자 창검을 든 포졸들이 전속력으로 도주하는 두 사람 앞을 가로막고 나섰다. 뒤에서는 이격이 포졸들을 인솔하고 쫓아오고 있었다. 꼼짝없이 포위된 것이다.

"우르릉!"

갑자기 마른하늘에 날벼락이 쳤다. 포졸들이 깜짝 놀라며 뒤를 돌아보는 사이에 안지경과 감동은 몸을 날려 다리 아래로 내려섰다. 날래기가 표범과 같았다. 포위는 벗어났으나 개천변은 뻘이어서 걸음을 옮기기 수월치 않았다.

"쉿!"

화살이 날아들었다. 속히 몸을 숨기지 못하면 맞을 판이다. 두 사람은 천변의 갈대를 헤치며 부지런히 걸음을 옮겼다.

"어우우."

이번에는 난데없이 늑대 울음소리가 들렸다.

"유천이 저쪽으로 오라고 합니다."

감동이 앞장을 섰다. 두 사람이 목멱산 기슭에 이르렀을 무렵에 추포대와의 거리는 불과 30보에 불과했다. 화살을 피하느라 자세를 낮추고 내달렸기에 멀리 가지 못했다.

"저쪽이다. 쫓아라!"

이격이 앞장서서 추포대를 지휘하고 있는데 줄잡아 30명은 될 것 같았다. 너무 짧은 거리에 너무 많은 인원이다. 그렇다면 숲속으로 들어서도 추적을 벗어나기 힘들 것이다. 화살이 계속해서 날아들었다.

"우우!"

도주를 포기하고 대적할까. 안지경이 그리 생각하고 죽장도를 뽑아 들려 하는데 갑자기 숲속이 소란스러워졌다. 쫓아오던 포졸들도 당황해서 추격을 멈추고 주변을 살폈다. 숲속에서 웅성거리는 소리, 병장기 부딪히는 소리가 들려왔다. 하면 엄청난 수의 동패가 함정을 파놓고 기다리고 있었단 말인가. 우리는 포위된 걸까. 기세 좋게 쫓아오던 포졸들이 일시에 하얗게 질렸다.

"당황하지 말고 계속 쫓아가서 역도를 추포하라!"

이격이 환도를 휘두르며 독전을 했지만, 포졸들은 쉬 움직이려하지 않았다. 그 사이에 안지경은 숲속으로 몸을 감추었는데 안지경의 패거리들은 모습을 드러내지 않았다.

"따르라!"

이격이 앞장을 서자 포졸들은 마지못해 그의 뒤를 따랐다. 언제 어디서 화살이 날아올지, 기습을 할지 모른다. 포졸들은 조심조심 걸음을 옮겼다. 대체 어떻게 된 일일까. 정황으로 봐서 상당한 수의 동패가 매복하고 있는 것 같은데 갑자기 주변이 쥐 죽은 듯 고요해졌다.

"종사관 나리!"

숲을 뒤지던 포졸이 다급한 목소리로 이격을 불렀다. 황급히 달려간 이격은 입이 벌어졌다. 그리고 눈앞에 놓인 잡다한 도구들을 보면서 비로소 전후를 파악하게 되었다. 꽹과리와 채, 손잡이가 달린 통, 그리고 홍두깨짝과 펄럭이는 천 등등. 하면 구기에 능한 자가 이것들을 가지고 대군이 매복해 있는 것처럼 꾸몄단 말인가.

이격은 이를 갈았다. 꼼짝없이 속아 넘어간 것이다.

조선대혁명

이격은 비장한 표정으로 포도대장의 방으로 들어섰다. 더 이상 혼자서 감당할 자신이 없었다. 전부를 사실대로 고하기로 결심한 것이다.

"어떻게 된 일인가?"

노성집이 엄한 표정으로 다그쳤다.

"운종가에서 물상객주가 총에 피격되어 죽었다고 들었다. 더구나 우포청 군졸들이 호위하던 중이라고 했다. 백주 대로변에서 살인사건이 일어났는데도 범인을 추포하지 못했단 말인가!"

노성집이 잡아먹을 듯 이격을 노려보았다.

"송구하기 이를 데 없습니다. 범인을 추포하지 못했지만, 그자의 신원은 알아냈습니다."

이격의 말에 노성집은 뜨악한 표정을 지었다. 신원을 알아냈으면 쫓아가서 잡을 것이지. 하면 범인은 포청에서 손을 댈 수 없는 종친이라도 된단 말인가.

"그동안 확실치 않아서 보고를 미루고 있었습니다만 그자는 바로 영감께서 백령도에서 놓쳤던 홍적의 호위였습니다."

이게 무슨 소리인가. 노성집은 귀를 의심했다.

"그러니까……"

이격은 여태까지 겪었던 일들을 자초지종을 고했다. 노성집은 숨을 고르며 흥분을 가라앉혔다. 설마설마했는데 그예 살아남아서 조선으로 돌아왔단 말인가. 참으로 끈질긴 자였다.

"그자는 또다시 민란을 일으키려 하고 있습니다. 어쩌면 근자에 들어 홍경래가 살아 있다는 소문과 관련이 있을지 모릅니다."

충분히 그럴 것이다. 사실이 그러하다면 정주성 공략의 공신으로서, 그리고 끝까지 추적했던 당사자로서 속히 마무리 짓지 못하면 기군의 죄를 면키 힘들다.

"좌포청으로 가겠다. 그자와 관련된 정보를 하나도 빠뜨리지 말고 가지고 나를 따라오너라!"

노성집이 몸을 일으켰다. 우포청 혼자서 감당할 사안이 아니라고 판단한 것이다. 평소라면 좌포청과 우포청은 서로를 경쟁상대로 여기고 있기에 웬만해서는 정보를 공유하려 하지 않았다. 하지만 지금은 그럴 계제가 아니다.

양서순무사 중군으로 앞장서서 정주성으로 돌진했던 좌포청대장 유효원은 우포청대장 노성집과 더불어 도성의 치안을 책임지는 막중한 자리를 담당하고 있었다. 그도 홍경래의 잔당이 도성에서 활개를 치고 다닌다는 사실을 알면 대경실색할 것이다.

"어쩐 일이시오?"

느닷없이 노성집이 종사관을 데리고 들어서자 유효원이 놀라서 쳐다봤다.

“좌포청대장에게 자초지종을 고하게.”

노성집이 자리를 잡으며 이격에게 상세히 보고할 것을 지시했다.

“그 전에 양 종사관을 불러주셨으면 합니다.”

중인 출신의 좌포청 양현수 종사관은 그의 손에 걸리면 빠져나가는 자가 없다는 소문대로 추포의 달인이었다. 그리고 안지경을 끝까지 쫓아갔던 사람이다.

유효원이 양현수를 호출하자 키가 작고 당찬 외모의 양현수 종사관이 들어섰다. 양현수는 우포청대장을 보고 잔뜩 긴장했다. 예삿일이 아닌 듯했다.

“무슨 일로 소장을 부르셨습니까?”

양현수가 노성집과 유효원을 번갈아 쳐다보며 물었다.

“종사관이 설명하게.”

노성집이 이격을 지목했다.

“어제 운종가에서 물상객주가 피살된 일은 양 종사관도 알 것이오. 그게 상인들 간의 이권 다툼이 아니고……”

이격은 그간 발생했던 사건들을 차례로 설명했다. 두 포도대장과 우포청 종사관은 이격의 말에 귀를 기울였다.

“하면 용케 목숨을 부지했던 역도가 해외를 떠돌다 5년 만에 조선으로 돌아왔단 말이냐?”

유효원이 놀라움을 감추지 못했다.

“그렇습니다. 역도는 이양선에 오른 듯한데 무슨 재주인지 몰라도 청나라 유력 상단의 행수가 되어 조선으로 돌아왔습니다.”

이격이 그동안의 사건들을 차례로 고했다.

"하면 그동안 홍적의 잔당이 도성을 제 마음대로 휘젓고 다녔단 말인가? 어떻게 이런 일이."

유효원이 탄식을 했다. 큰 충격을 받았는지 얼굴이 잔뜩 굳어있었다. 사실이라면 절대로 용납할 수 없는 일이다.

"역도는 일전에 고양 관아를 털었던 양주 놀이패들과 동패가 된 것 같습니다. 그들 중에 구기에 능한 자가 있어 추격하는 좌포청 군사들을 따돌린 것으로 사료됩니다."

"정황으로 봐서 그러한 것 같습니다."

양현수가 동의하고 나섰다.

"간신히 목숨을 보전했던 자가 왜 사지로 다시 돌아왔다고 보느냐?"

유효원이 정신이 수습하고 물었다.

"아마도 또 봉기를 획책하려는 것 같소."

노성집이 말을 받았다.

"소장도 그리 보고 있습니다. 어쩌면 그자는 홍적보다 더 위험한 인물일 수도 있습니다."

이격이 조심스럽게 고했다.

"왜 그리 보는가?"

노성집이 물었다.

"그자는 홍적이 왜 실패했는지를 잘 알고 있는 데다 홍적이 서북면에 국한한 반면에 그자는 도성에서 역모를 꾀하고 있습니다."

"오랫동안 조선을 떠나있던 자가 무슨 수로 팔도와 연계하며, 백성들의 마음을 움직일 수 있단 말인가?"

유효원이 고개를 갸웃거리며 물었다. 침묵이 흘렀다. 누구도 선뜻 입을 여는 사람이 없었다.

"소장은 이 종사관의 추리가 일리가 있다고 봅니다. 상단 행수라면 각지의 사상들, 팔도의 보부상들과 쉽게 손을 잡을 수 있습니다. 사상들이 재물을 대고, 보부상들이 조직적으로 움직이면 짧은 시일에 세를 불릴 수 있을 겁니다. 어쩌면 검계들도 합류했을 가능성이 높습니다."

양 종사관이 이격의 의견에 찬성하고 나섰다. 두 포도대장도 일리가 있다고 생각했는지 심각한 표정으로 입을 굳게 다물었다. 모두들 안동 김문의 전횡에 불만이 많은 자들이다.

돈 많은 사상들은 양반을 우습게 알고 있었고 몰락한 양반은 중인인 사상들에게 고개를 숙이고 빌붙어 사는 형국이다. 홍경래의 난 때 조정에 등을 돌렸던 적이 있었던 그들이 살아남은 것은 그만큼 그들의 힘이 크기 때문이다. 사상도고들이 없으면 조선의 경제는 제대로 돌아가지 않는 게 현실이다. 그리고 보부상들은 전국 팔도에 일사불란한 조직을 갖추고 있고 정보수집 능력에서 포도청을 능가하고 있었다. 검계와 살주계들의 불만은 말할 것도 없다. 그리고 그들의 뒤에는 말없이 복종하고 있는 백성들이 있다. 이들이 언제 등을 돌릴지 모른다.

바짝 마른 섶이 도처에 깔려 있었다. 누군가 나서서 불씨를 댕기기만 하면 삽시간에 큰불로 번질 판이다.

"대책은?"

노성집이 두 종사관을 번갈아 쳐다보며 대책을 촉구했다.

"큰불로 번지기 전에 불씨를 제거해야 합니다. 실제로 일을 꾸미려면 짧지 않은 시일이 필요할 것입니다. 그리고 꼬리가 길면 밟히게 마련입니다."

"소장도 그리 생각하고 있습니다. 그자는 지금 도성 인근에서 몸을 숨기고서 사람들을 모으고 조직을 구축하고 있을 것입니다. 그런데 짧은 시일에 기반이 서로 다른 조직을 하나로 묶으려면 무리가 따르게 마련입니다. 그리고 일을 도모하다 보면 각 집단 간에 이해가 상충하게 되고, 불만이 생기면서 틈이 벌어지게 마련입니다."

이격이 자신감을 드러냈다. 정주성에서 흡사한 일을 경험했던 터였다.

"그럴 수도 있겠지. 그런데 양 종사관은 은신처가 어디라고 보는가?"

유효원이 물었다.

"정황을 고려해볼 때, 도성에서 하루거리에 있으며 사람들의 눈에 잘 띄지 않는 곳일 겁니다. 우선은 양주와 광주, 안양, 고양이고 조금 멀리 잡으면 용인, 이천, 여주, 가평도 꼽을 수 있습니다."

양현수가 답변하고 나섰다. 그중에서 산세가 크게 험하지 않으면서 숲이 우거져서 사람들 눈에 잘 띄지 않는 곳일 것이다.

"막연하군."

유효원이 상을 찡그렸다. 좌우포도청은 한양의 치안을 담당하고 있다. 경기도는 경기감영의 관할이다.

"경기도 관찰사에게 도움을 요청하는 게 어떻겠소?"

유효원이 노성집에게 물었다. 노성집은 고개를 가로저었다. 지금 단계에서는 신중하게 처리해야 한다. 공연히 소란을 떨다 조정 대신들의 귀에 들어가서 좋을 게 없다.

"진작에 부상단과 보상단에게 통정꾼을 심어놓고 있습니다. 예상이 틀리지 않으면 곧 그들로부터 정보가 들어올 겁니다. 보부상들도 부상과 보상의 입장이 다른 데다, 검계들에게 수시로 재물을 털렸던 사상들도 쉽게 검계와 손을 잡을지 의문입니다."

양 종사관이 대책을 내놓자 두 대장의 표정이 조금 풀렸다. 어느 조직이나 양지가 있고, 음지도 생기게 마련이다. 음지에서 불평을 늘어놓고 있는 자들을 포섭하면 틈을 파고들 수 있을 것이다.

"추적은 양 종사관에게, 토벌은 이 종사관에게 맡기면 좋을 것 같소."

노성집이 한결 풀어진 계책을 허하며 유효원의 동의를 구했다.

"무지한 백성들을 혹세무민해서 봉기를 일으키기 전에 수괴를 추포해야 할 것이오. 좌우포청은 하나가 되어 적극 협력해야 할 것이오. 두 종사관은 합심해서 속히 수괴를 추포하라."

유효원이 엄명을 내렸다.

"오래전 정주성에 돌진할 때가 생각나는군. 그때 내가 선봉을, 대감이 중군을 맡았었소. 그때 제대로 마무리 짓지 못한 일을 이번에 말끔히 해치웁시다."

노성집이 유효원의 손을 덥석 잡았다.

회합을 마친 이격은 팔판동 별서로 걸음을 옮겼다. 출동하면 당분간 집에 돌아오지 못할 것이다. 어쩌면 안지경과 얼굴을 맞대고 생사를 겨루게 될지도 모른다.

"무슨 일이 있으신지요?"

차홍련이 이격의 표정을 살피며 물었다.

"도적 토벌로 당분간 들리지 못할 것 같소."

"어제 어머니를 만났습니다. 하해와 같은 은혜에 감사를 드립니다."

차홍련이 고개를 숙였다.

"마음 같아서는 당장이라도 노비적에서 빼서 여기서 함께 지내고 싶지만…… 조금만 기다려 주시오."

이격이 차홍련을 껴안았다. 과연 마음속에서도 그자를 말끔히 지웠을까. 아무래도 차홍련은 그날 마주쳤던 자가 누군지 짐작하고 있는 것 같았다.

'아무렴 어떤가. 어차피 곧 끝장이 날 텐데.'

이격은 결전을 다짐하며 당 위로 올랐다.

* * *

용인 초당골은 주변이 산으로 둘러싸여 있는 데다 인근 부락도 한참 떨어져 있어서 지나다니는 사람들이 별로 없었다. 산세가 제법 험한 데다 수풀이 우거져서 밤이면 호랑이가 나타날 것만 같았다. 그 초당골에 사람들이 하나둘씩 모여들었다. 안지경을 위시해서 이희집과 검계 무리였다. 계룡산에서 부상단과 일차 회합을 마친 이희집은 먼저 용인 석성산으로 달려와서 안지경과 합류를 했다.

초당골은 외지인들의 눈에는 사방이 가로막힌 땅으로 보이지만 잘 찾아보면 샛길이 사방으로 통하고 있어서 먼 길을 다니는 행상들 사이에서는 요지로 통하고 있었다. 숲이 우거져서 유시가 되자 벌써 사방이 어둑어둑해지기 시작했다.

"팔도임방도존위와는 어떤 사이입니까?"

안지경이 이희집에게 물었다. 이희집은 부상단을 이끌고 있는 박처사와는 진작부터 알고 있는 사이라고 했다.

"예전에 큰 선생을 모시고 있을 때 함께 지냈던 적이 있었습니다. 그리고 비슷한 시기에 큰 선생 곁을 떠났습니다."

이희집이 낮은 목소리로 대답했다. 난을 주도했던 문인방이 신봉했던 정감록은 출세에서 멀어진 원사(怨士)나 도탄에 빠진 백성들에게는 급시우(及時雨), 가뭄의 단비와도 같은 존재였다. 벼슬길이 막혔던 이희집과 초근목피로 연명하던 박처사가 정감록 무리에 합류한 것은 당연했다.

그런데 문인방이 사도세자의 후손인 밀풍군 탄을 보위에 앉힐 생각임을 알고 백성의 나라를 꿈꾸었던 이희집은 실망해서 문인방의 곁을 떠났다. 새로운 세상이라는 게 결국 정권 다툼에 불과한 것이란 생각이 들었던 것이다. 박처사도 양반끼리의 정권 다툼에 목숨을 걸 이유가 없다며 무리를 떠났다.

그 후로 이희집은 장사에 투신해서 내상을 대표하는 사상도고가 되었고, 박처사는 부상단에 합류해서 팔도 방방곡곡을 누비다 마침내 도존위에까지 오른 것이다.

"얘기는 잘 됐습니까?"

"부상단의 반과 접을 단위로 자치 조직인 집강소(執綱所)를 설치하고, 그들의 대표가 모여서 도령(都領)을 뽑고, 도령이 나라를 다스리는데 도령은 임기를 마치면 자리에서 물러나는 것으로 대강을 정했습니다. 부상단 입장에서는 기존 체계와 크게 다르지 않으니까 쉽게 받아들이더군요."

그렇다면 큰 고비를 넘긴 셈이다. 안지경의 얼굴이 환해졌다. 부상단의 조직을 이용하면 큰 어려움 없이 팔도에 뿌리를 내릴 수 있을 것이다.

"그런데 합의를 이루지 못한 것도 있습니다. 그 점은 대원수를 만나서 직접 해결하겠답니다."

이희집이 표정이 흐려졌다. 그게 무엇일까. 안지경이 물으려고 하는데 인기척이 일었다.

"사람들이 이리로 오는데 줄잡아 서른 명은 되는 것 같습니다."

번을 서고 있던 장유동이 달려와서 보고했다. 박처사가 이끄는 부상단일 것이다.

아무튼 조심해서 나쁠 게 없다. 살계 일패는 일단 숲에 몸을 숨겼다.

조금 있다가 건장한 체격의 남자들이 모습을 드러냈다. 몸을 숨기고 지켜보고 있던 이희집이 앞으로 나섰다.

"오시느라 수고하셨소. 도존위."

이희집이 환한 얼굴로 팔도 부상단을 이끌고 있는 박처사를 맞았다. 키가 훤칠한 남자가 뒤를 따르고 있었다.

"그날 회합에 참석하지 못한 팔도의 접장들에게 통기하고 서둘러 달려온 길입니다."

팔도 부상단을 대표하는 박처사가 이희집의 손을 힘껏 잡았다.

"항차 우리를 이끌어주실 대원수이시오. 홍경래 대원수를 지근에서 보필하신 분이지요. 정주성을 빠져나온 후에 먼 서양, 넓은 세상을 경험하고 새 세상을 열기 위해 다시 돌아오셨소."

이희집이 안지경을 소개했다.

"조선 부상단을 이끌고 있는 박가 처인입니다. 이 단주로부터 말씀을 많이 들었습니다."

박처사가 조금은 어색한 자세로 고개를 숙였다. 그들만의 폐쇄적인 조직을 이루고 있는 부상들은 남의 밑으로 들어가는 일에 익숙지 않았다.

"천군만마를 얻은 기분입니다. 홍경래 대원수의 유지를 받들어 백성들이 주인이 되는 나라를 세울 것입니다. 큰 뜻을 이루려면 엄정한 명령체계가 필요하기에 대원수의 중임을 맡기로 했지만, 우리 모두 다 같은 혁명동지입니다."

안지경이 박처사의 손을 힘껏 잡았다.

"보상단 도존위입니다. 조선 팔도의 정보를 수집하고 연락하는 데 보상단이 큰 힘을 보탤 것입니다."

박처사가 키가 훤칠한 남자를 소개했다.

"표가 정수입니다. 대원수께 인사를 드리겠습니다."

보상단 도존위가 넙죽 절을 올렸다.

"보상단은 각 고을 관아와 향반(鄕班)들의 정보를 많이 가지고 있습니다."

박처사가 보상단 단주를 데리고 온 이유를 밝혔다. 그럴 것이다. 부상단은 팔도의 백성들을, 보상단은 각지의 잔반들을 모으고 연결하는 신경과도 같은 존재다.

"사람들이 옵니다."

망을 보고 있던 감동이 신호를 보냈다. 살펴보니 중갓을 쓴 사람들 대여섯 명이 힘겹게 산길을 올라오고 있었다.

“상단 단주들일 겁니다.”

이희집이 그들을 맞으러 나갔다.

“경상 아현상단 단주 정가입니다.”

“내상 용당상단을 이끌고 있는 한가입니다. 이 단주와는 막역한 사이입니다.”

“유상 을밀상단 방가입니다.”

“송도 송악상단 행수 추가입니다.”

각지 상단을 대표하는 단주들이 안지경에게 예를 올렸다. 홍경래 대원수를 지근에서 모셨던 금풍무 상단의 행수이다. 그리고 사상들 사이에서 신망이 높은 이희집이 적극적으로 나섰다. 사상 단주들은 안지경을 보려고 한걸음에 달려온 것이다.

그때 부근에서 인기척이 들렸다. 안지경은 반사적으로 죽장도를 뽑아 들었고, 사람들은 긴장해서 경계 자세를 취했다.

“조금 늦은 것 같군요.”

신체가 건장한 자가 숲을 헤치고 나왔다. 그 뒤로 체격이 우람한 자 넷이 따르고 있었다.

“북한산 복사골 검계입니다. 도성 일대에서는 세가 제일 큰 무리입니다.”

장유동이 앞으로 나서며 소개를 했다. 혁명을 이끌려면 자금과 조직이 필요하지만 그게 전부가 아니다. 불씨를 댕겨줄 힘이 필요하다. 그래서 안지경은 정유동에게 검계와 연계하는 일을 맡겼던 것이다.

"내가 계주요, 고양검계로부터 연락을 받고 달려온 길이오."

키가 훤칠한 자가 앞으로 나서며 손을 내밀었다. 그의 손을 잡으려던 안지경은 깜짝 놀랐다.

"정 파총! 정 파총이 아니시오? 살아 있었군요."

복사골 검계 계주는 정주성 북문 수비를 맡았던 정주형이었다. 그가 살아서 도성에서 검계를 이끌고 있을 줄이야.

"안 호군? 안 호군이시오! 바다에 빠져서 죽었다고 들었는데."

정주형이 화들짝 놀라며 안지경의 얼굴을 살폈다.

"얘기를 하자면 깁니다. 용케 정주성을 빠져나갔군요."

"시신들 틈에 몸을 숨기고서 성을 빠져나갔지요. 죽는 건 두렵지 않지만, 개죽음 당하느니 살아서 후일을 도모해야겠기에. 그래서 도성으로 올라와서 검계를 이끌던 중인데 대원수를 사칭하는 자가 있다기에 시답지 않으면 혼쭐을 내줄 요량으로 달려온 것입니다만 안 호군을 만나게 될 줄이야."

"나야말로 천군만마를 얻은 기분입니다."

이로써 검계와 부상단, 보상단, 사상도고들이 한자리에 모였다. 혁명의 불꽃이 오르면 사상도고들은 대동맥이 되고, 부상단과 보상단은 실핏줄이 되어 혁명의 열기를 팔도의 백성들에게 전할 것이고, 검계는 불씨가 되어 불꽃이 활활 타오르게 할 것이다.

술시가 가까워지면서 초당골은 완전히 어둠에 잠겼다. 잠시 침묵이 흐른 후에 안지경이 입을 열었다.

"조선이 개국한 지 400여 년의 세월이 흐른 지금, 탐관오리들의 학정은 극에 달했고 백성들은 헤어날 수 없는 도탄에 빠졌습니다. 권세가들에게 땅을 빼앗긴 농민들은 소작을 붙이며 근근이 입에 풀칠하거나 고향에서 쫓겨나 유랑을 하고 있습니다. 그런데도 조정의 신료들은 온갖 구실을 내세워 농민, 상인, 공장들에게 수탈을 일삼고 삼정이 극도로 문란해지면서 나라의 기틀이 송두리째 흔들리고 있습니다."

안지경은 낭랑한 목소리로 거병사(擧兵辭)를 전했다. 불현듯 10여 년 전 가산에서 거병사를 토해내던 홍경래 대원수의 모습이 떠올랐다. 기실 오늘의 자리는 뜻을 같이하기로 한 여러 부류의 대표들이 첫 대면을 하는 자리로 엄밀히 말하면 거병사라고 할 수 없다. 그러나 대사를 도모하는데 제일 중요한 것은 대강과 방략이고, 그다음이 은밀성, 그리고 마지막이 과감한 결단력이라고 했다. 안지경은 홍경래의 실패를 되풀이하지 않을 결심이었다.

"관의 가렴주구가 날로 심해지고 있습니다. 죽은 자에게까지 포를 부과하는 백골징포(白骨徵布), 어린애들에게도 세금을 매기는 황구첨정(黃口簽丁)에 이어서 강제로 쌀을 빌려주고서 고리를 붙여 먹는 늑대강징(勒貸强徵)이 횡행하면서 백성들은 등골이 휘고 있습니다."

표정수가 얼굴을 붉히며 분개했다.

"실정이 그러하니 팔도 여기저기서 백성들이 들고 일어섰지만 잠시의 소란일 뿐, 모조리 관군에게 토벌되었습니다."

박처사가 울분을 토했다. 발이 넓은 부상단과 보상단은 팔도의 소식을 누구보다 먼저 알고 있었다.

"거국적인 봉기로 수명을 다한 이조(李朝)를 갈아엎고 도탄에 빠진 백성을 구해야 합니다."

안지경이 결연한 어조로 봉기를 설파했다.

"하면 누가 나라를 다스립니까?"

아현상단 단주가 조심스럽게 물었다. 하면 이씨 대신에 안씨가 왕이 된단 말인가. 모두들 숨을 죽이고 안지경의 말에 귀를 기울였다.

"반정(反正)을 꾀하자는 게 아닙니다. 혁명으로 새로운 세상, 백성이 주인인 나라를 만들어야 합니다. 백성의 손으로 뽑은 도령이 나라를 다스리게 될 겁니다."

왕을 몰아내고 백성 스스로 나라를 다스린다니. 하면 나랏님을 내 손으로 뽑는다는 건데 그게 말이 되는 소리인가. 모두들 멀뚱한 표정으로 서로를 쳐다봤다. 예로부터 군사부일체라고 했다. 나랏님을 선출한다는 것은 부모를 내 손으로 골라서 정하겠다는 것만큼 생경했던 것이다.

"부상단의 예를 따르면 될 것이오. 백성들이 읍별로 반수를 뽑고, 다시 반수들이 모여 접장을 선출하며 팔도의 접장들이 모여서 팔도를 대표하는 도령(都領)을 뽑아 그에게 통치를 위임하고, 접장들은 도령을 감시하며, 도령은 정해진 임기를 마치면 새로 선출된 후임 도령에게 직위를 넘겨주고 물러나게 됩니다."

이희집이 보충 설명했다. 사전에 합의한 부상단과 보상단 도존위를 제외한 사람들의 얼굴이 놀라움으로 가득했다.

그러나 놀라움은 오래가지 않았다. 근본을 갈아엎는 혁명만이 이 나라를 구하는 길임을 모두 잘 알고 있었다.

"서양에서는 이미 백성들이 주인이 되어 나라를 다스리고 있습니다. 우리라고 하지 못할 이유가 없습니다."

안지경이 열변을 토했고, 모두들 숨을 죽이고 그의 말에 귀를 기울였다.

"미리견(彌利堅 미국)은 왕 없이 백성들이 직접 임기가 정해진 통치자를 뽑고, 영길리는 왕은 있지만 군림만 할 뿐, 통치는 백성들이 선출한 정당의 대표가 행한다고 합니다. 우리도 그들처럼 백성이 주인인 나라를 만들어서 미리견처럼 공화정을 수립해야 합니다."

안지경은 백성들의 손으로 선출된 통치자가 다스리는 나라, 민주공화정이 조선혁명의 대강임을 분명히 했다.

"하면 도령은…… 대원수께서 맡으시는 겁니까?"

누가 조심스럽게 물었다.

"보상단 치부를 맡고 있는 주 초시(初試)입니다."

보상단주 표정수가 발언하고 나선 자를 소개했다. 짐작건대 잔반 출신으로 보상단의 모사로 지내고 있는 자 같았다.

"새로운 세상을 열릴 때까지 내가 대원수를 맡아 혁명을 지휘하겠소. 그러나 혁명이 자리를 잡게 되면 집강소를 민회로 전환하고, 민회에서 도령을 새로 선출하게 될 것이오."

안지경이 분명하게 밝혔다.

"하면 쫓겨난 왕과 조정 중신들은 어떻게 됩니까?"

장유동이 물었다.

"그 문제는 도령이 팔도의 접장들과 상의해서 처리할 것이오. 그리고."

안지경은 말을 멈추고 회집한 사람들의 표정을 찬찬히 살폈다.

"상세한 것은 민회에서 정할 것인바, 우선은 강제로 겸병된 토지와 유식 양반들의 토지를 몰수해서 공동경작을 하되 각자의 노력에 따라 수확을 분배하는 것을 원칙으로 하겠소."

안지경이 경제방략을 밝히자 부상단과 보상단에서 웅성거림이 일었다. 수확을 차등 분배하면 나중에 토지분배도 같은 절차를 밟게 될 것이다. 그러면 다시 가진 자와 그렇지 못한 자로 갈리게 된다.

웅성거리는 보부상단과는 달리 사상들의 얼굴에는 안도의 빛이 스치고 지나갔다. 생전 가진 게 없었던 검계들은 멀뚱하게 서로를 쳐다봤다.

어느 정도 예상했던 반응이었다. 어물쩍 넘어갔다가는 홍경래의 실패를 되풀이할 것이고, 서둘러 못을 박으려 했다가는 시작도 하기 전에 분열이 일 것이다. 방향은 분명히 하되, 시일을 두고 시행착오를 거쳐가며 차분하게 백성들의 반응과 시대의 요구에 부응하며 개혁을 추진해야 한다. 프랑스대혁명이 그러했던 것처럼. 부르주아와 레종은 어느 날 갑자기 출현한 것이 아니다.

"오늘은 혁명의 대강만 확인하는 자리고 구체적인 방략은 후일 민회를 소집해서 정하기로 하겠소. 혁명이 성공하려면 은밀하면서 신속하게 세력을 규합해서 일제히 봉기해야 할 텐데 대원수께서는 그날을 언제로 잡고 있습니까?"

이희집이 서둘러 화제를 돌렸다. 안지경은 대답 대신에 박처사에게 눈길을 돌렸다.

"팔도의 반수와 접장들을 회집해서 설득하려면 아무리 빨라도 여섯 달은 걸립니다. 그런데 부상들은 근본적으로 장사꾼입니다. 군사 조련을 제대로 받은 적이 없는데 무슨 수로 관군을 상대합니까? 그리고 막대한 자금도 들 텐데."

"각 고을의 향병은 평소에는 농사를 짓는 촌민들로 우리와 크게 다를 바 없습니다. 그리고 봉기하면 그들 중 상당수는 우리와 뜻을 같이할 것입니다."

안지경이 신미년 봉기를 떠올리며 즉각 답변했다.

"수원과 개성, 광주(廣州)와 금포(金浦 김포)를 4대 거점으로 삼고서 도성을 사방에서 압박하면서 정예군병이 궁성을 도모하면 진압군은 맥을 못 쓰고, 이씨 왕가는 더 이상 버티지 못할 것입니다. 연후에 민회를 소집해서 새로운 세상을 열 것입니다. 필요한 자금은 상단에게, 조직은 부상단에게, 정보는 보상단에게, 그리고 궁성 도모는 검계에게 맡기겠습니다."

이희집이 보충 설명했다. 이견을 내는 사람이 없었다.

이것으로 혁명의 대강과 봉기의 방략이 정해졌다. 이제 서약할 차례다. 한 사람씩 앞으로 나서며 무거운 표정으로 안지경에게 몸과 마음을 다해 혁명을 완수할 것임을 서약했다.

이제 대원수의 유지를 받들 게 되는 것인가. 안지경은 벅차오르는 가슴을 진정시키며 사람들의 손을 힘껏 잡았다. 일이 예상보다 수월하게 그리고 신속하게 풀리고 있었다.

그런데 가슴 깊은 곳에서 스멀스멀 피어오르는 이 기분은 뭔가. 확실치는 않지만, 일종의 불안감이었다. 어쩌면 호사다마라고 일이 너무 잘 풀리는 데 따라 생긴 경계심일 수도 있을 것이다. 고개를 돌리니 이희집도 같은 생각인지 어딘지 모르게 불안해하는 것 같았다.

여명

북한산 복사골은 도성에서 지근거리면서 산세가 험하고 숲이 우거져서 예로부터 세상을 등진 처사와 산적 패거리들이 몸을 숨기기에 좋은 여건을 갖추고 있었다. 안지경은 복사골 패거리들과 합류해서 그들 산채에 머물고 있었다. 계절이 늦가을로 접어들면서 낙엽이 날리기 시작했다. 부지런히 팔도에 연락을 취하며 진행을 점검하는 중에 세월이 쉬지 않고 흘러서 아침저녁으로 서리가 내리고 낙엽이 날리는 계절이 된 것이다.

"겨울이 오기 전에 더 깊은 곳으로 옮겨야 합니다."

복사골 패거리 부두령 윤달이 정주형과 안지경을 번갈아 쳐다보며 입을 열었다. 포청에서 눈이 벌게져서 찾고 있는데 겨울이 되면 수풀이 우거진 여름에 비해서 몸을 숨기기 힘들다. 정주형이 고개를 끄덕이며 동의를 표했다. 복사골 패거리는 장정만 오십 명에 식솔까지 합치며 이백여 명에 달하는 대식구를 거느리고 있기에 먹고 살려면 부지런히 도성과 인근에 출몰해서 재물과 양식을 탈취해야 한다. 그런데 지금 석 달째 출동하지 않고, 군사 조련에만 몰두하고 있었다. 겨울이 다가오고, 창고의 식량도 바닥을 드러내기 시작하는데 좌우포청 추적의 손길은 점점 가까워지고 있었다. 패거리들이 초조감을 드러내는 게 당연했다.

“은율로 옮겨 갈 테니 차질이 없도록 채비를 하시오.”

정주형이 부두령에게 그리 지시를 내리고 안지경에게 시선을 돌렸다.

“산채 식구 일부를 분가시켜서 은율로 보낼 생각입니다. 토벌에 대비해서 제2의 산채를 마련해 두었습니다.”

정주형은 정예 파총 출신답게 매사에 빈틈이 없었다.

“도성 일대의 검계들을 규합하는 일은 큰 어려움이 없습니다. 그런데 주의할 일이 있습니다. 검계원들 중에는 이런저런 이유로 포청에 끈을 대고 있는 자가 있습니다. 시간이 흐르고, 혁명이 구체적으로 진행되면 그들을 통해서 관에 정보가 들어갈 겁니다.”

정주형이 우려를 표명했다. 도성 일대에 암약하고 있는 검계들을 전부 규합하면 천여 명에 이른다고 했다. 그만한 수면 충분히 임금이 머물고 있는 궁을 도모할 수 있을 것이다. 홍경래 대원수가 가산에서 봉기했을 때도 봉기군은 천여 명에 불과했었다. 지금 상황에서 시간은 반드시 우리 편이 아니었다. 팔도에 집강소를 조직하는 일이 예상보다 더디게 진행되고 있었다. 이대로라면 해를 넘겨야 할 것이다. 그런 마당에 포도청의 움직임이 심상치 않다는 소식이 답지하고 있었다. 꾸물대다가는 토벌대가 들이닥칠지도 모른다. 하면 다소 무리가 따르더라도 봉기일을 앞당길 것인가. 안지경은 고심에 잠겼다.

“새로 올라온 소식이 없습니까?”

안지경이 이희집에게 물었다.

"수확을 차등 배분하는 것에 대해 부상단의 일부 접장과 반수들이 반발하고 있다고 합니다."

이희집이 조심스럽게 고했다. 짐작했던 일이다. 그러나 새로운 세상을 지속적으로 이끌고, 발전시켜 나가기 위해서, 그리고 진정으로 평등한 세상을 이루기 위해서는 결과가 아닌 기회의 평등이 보장돼야 한다는 데 안지경은 추호의 흔들림도 없었다.

"그리고 검계와 한패가 되는 데 불만인 사상들도 꽤 있다고 합니다."

이희집이 정주형을 힐끗 돌아보고는 목소리를 죽였다. 수시로 검계에게 재물을 약탈당했던 그들이 감정이 좋을 리 없을 것이다.

"포청에서도 그런 사실을 감지했을 것입니다. 봉기가 지체되면 이간계로 그 틈을 파고들려 할 겁니다."

노성집이라면 충분히 그럴 것이다. 그렇다고 제대로 준비를 마치지 않은 상태에서 일을 벌였다가는 섶을 지고 불 속으로 뛰어드는 꼴이 될 것이다. 어떻게 할까. 앞당기면 얼마나 당길 수 있을까. 안지경이 고심을 하는데 문이 열리며 장유동과 감동이 들어섰다. 둘은 부지런히 복사골 산채와 도성, 용인을 오가며 사상단과 부상단, 보상단의 소식을 전하고 있었다.

"도성 분위기는 어떻던가?"

이희집이 물었다.

"저자에 기찰포교들이 쫙 깔렸습니다."

포청에서 벌써 움직이고 있었다. 병력을 모으는 대로 토벌에 나설 것이다.

"살곶이패 일은?"

안지경이 물었다. 살곶이패는 복사골패와 더불어 도성을 양분하고 있는 검계인데, 복사골패가 주로 관아나 토호를 터는데 비해서 살곶이패는 사상단의 봉물을 털고 있었다. 그런 이유로 사상들과는 사이가 좋지 못했다. 하지만 궁궐을 도모하려면 그들의 합류가 절실했다.

"살곶이패 두령에게 대원수 뜻을 전했더니 대원수를 뵙고 따를지 여부를 결정짓겠다고 합니다."

"신중을 기하는 게 좋을 것입니다. 그들은……"

정주형이 조심스럽게 입을 열다 끝을 내지 않았다.

"살곶이패는 관과 은밀히 결탁하고 있다는 말이 있습니다."

정주형이 말꼬리를 내리자 장유동이 대신했다. 하긴 도성 부근에 근거하면서 지속적으로 상단 봉물을 털려면 관과 결탁하지 않고는 힘들 것이다.

"살곶이패는 턴 공물을 촌민들에게 나눠주지 않고 웃돈을 붙여서 사상들에게 되판다고 합니다. 그들을 끌어들여서 득이 될지 의심스럽습니다."

정주형이 솔직한 마음을 털어놓았다. 하지만 지금 한 명이 아쉬운 형국이다.

"두령을 만나보고 결정하겠소."

안지경이 무거운 표정으로 결론을 내렸다.

* * *

이격은 우포도청에서 양현수와 머리를 맞대고 대책을 논의했다.

"정보들이 차례로 들어오고 있소."

양현수의 말에 이격의 얼굴이 밝아졌다. 꼬리가 길면 밟히게 마련이다. 어느덧 계절은 겨울을 향해 내달리고 있었다. 산적 토벌에 유리한 계절이다.

"입수된 정보에 의하면 사상과 보부상, 그리고 검계를 끌어들이고 있는 모양인데 기대했던 것만큼 진척되지 않는 것 같소."

세상을 뒤엎는 일이다. 그리고 뿌리가 다른 조직들을 짧은 시간에 하나로 모으는 게 쉬울 리 없었다. 그렇다고 시기를 놓치면 봇물 터지듯 걷잡을 수 없게 세력이 불어날 것이다.

"자고로 성은 안에서부터 무너진다고 했소. 머지않아 사분오열이 일어날 것이오."

이격이 홍경래의 난을 떠올리며 침착하게 대처하는 게 상책임을 밝혔다. 나라의 기강이 무너진 지 오래다. 좌우포청은 말할 것도 없고 오군영의 군졸들도 오합지졸에 불과하다. 평안도에 국한되었던 홍경래의 난은 어찌어찌 진압했지만, 팔도에서 일시에 들고 일어서면 제압이 불가능한 게 현실이다. 그러니 저들이 거병하기 전에 은신처를 찾아내서 발본색원해야 한다. 우포청대장 노성집과 좌포청대장 유효원은 토벌의 실무를 두 종사관에게 일임하고 있었다. 아직은 조정에서 공론으로 다룰 단계가 아니라고 판단한 것이다.

"그자도 그 사실을 모를 리 없으니 서두르려 할 것이고 서두르다 보면 허점을 드러내게 마련이지요."

양현수가 공감을 표했다. 그때 부장이 웬 사내를 데리고 들어왔다. 아마도 양현수가 부상단에 심어놓았던 자 일 것이다.

“부상단과 보상단의 도존위들이 각지의 접장들에게 회동을 명했다는 보고는 접했다. 또 무슨 소식이라도 있느냐?”

양현수가 긴장한 표정으로 물었다. 어쩌면 안지경이 예상했던 것보다 빨리 움직일지 모른다는 예감이 든 것이다.

“부상단과 보상단의 접장들 중에 불만을 토로하는 자가 늘어나고 있다고 합니다.”

간자가 조심스럽게 고했다.

“이유가 무엇이라고 하더냐?”

이격이 물었다.

“평등한 세상을 만든다기에 목숨을 걸고 나서려는데 사상들 좋은 일만 시켜주는 게 아니냐는 말을 얼핏 들었습니다.”

물과 기름을 하나로 합치는 것은 쉬운 일이 아니다. 사상들은 양반을 내쫓고 그 자리를 차지하는 것은 좋은데 보부상이나 검계 따위의 무뢰배들과 동열에 서는 건 싫을 것이다. 반면에 보부상과 촌민의 입장에서는 양반들보다 돈 많은 사상이 더 미운 존재일 수도 있다.

“좌포청 영감에게 저들 사이에서 내분이 일 때까지 지켜봤다가 본격적으로 토벌에 나서는 게 좋을 거라 진언을 올리려는데 이 종사관 생각은 어떠시오?”

양현수가 신중론을 펼치며 이격에게 의견을 물었다.

“아니, 토벌을 서두르는 게 좋겠소.”

조금 전까지만 해도 신중론에 기울었던 이격이 돌연 생각을 바꿨다. 대원수를 자처하고 있는 안지경에 대해서 누구보다도 잘 알고 있었다. 그는 절대로 앉아서 운명을 기다리는 사람이 아니다. 그리고 이쪽의 약점을 잘 파악하고 있을 것이다. 선제기습으로 조정을 혼란에 빠뜨리고, 흩어지려는 조직을 결속시키려 할 것이다.

"수괴를 잘 알고 있소. 저대로 앉아서 당할 자가 아니오. 역모를 초기에 진압하지 못하면 들불 번지듯 팔도에 번질 수가 있소. 저들이 일어서기 전에 우리가 먼저 치는 게 좋겠소."

"그야…… 그런데 그자는 어디에 몸을 숨기고 있는 걸까요? 기찰이 쫙 깔렸는데도 도무지 걸려드는 게 없으니."

양현수가 소태를 씹은 표정으로 입을 열었다. 은신처를 알아야 토벌을 할 것이다.

"용의주도한 자라 쉽게 꼬리를 잡히지 않을 겁니다. 도성에서 과히 멀지 않은 곳에 몸을 숨기고 있는 건 분명한데."

이격도 입맛이 썼다. 눈에 불을 켜고 찾고 있지만 아무런 단서도 잡지 못하고 있었다.

"정보에 의하면 그자가 근자에 살곶이 패거리와 접촉할 거라고 합니다."

부상단에 심어놓은 자가 양현수에게 보고했다.

"외부에서 도성을 압박하면서 검계들을 모아서 혼란을 틈타 궁궐을 범하려 하는 것 같소."

이격의 추리에 양현수가 고개를 끄덕이며 동의를 표했다.

"어디에 몸을 숨기고 있는지 모르겠지만 상황이 여기까지 진행되었다면 곧 꼬리가 잡힐 것이오."

양현수가 이를 악물며 절대로 놓치지 않겠다는 결의를 보였다.

"내게 계책이 있소. 영감에게 고할 것이니 같이 갑시다."

이격이 비장한 표정으로 앞장섰다.

"여태 역도들의 소굴을 알아내지 못했단 말이냐!"

노성집이 두 종사관을 보며 언성을 높였다.

"도성 인근에 은신하고 있는 것 분명한데 쉽게 꼬리를 드러내지 않고 있습니다."

양현수가 풀이 죽어 보고하는데 좌포도청대장이 방으로 들어섰다.

"여태 뭘 했단 말이냐!"

유효원이 두 종사관을 보며 언성을 높였다.

"여태 알아낸 것을 취합해 보면 안적은 부상단을 동원해서 도성을 포위하고, 검계를 앞세워서 궁궐을 범하려는 것 같습니다. 내외에서 협공하려는 계책입니다."

이격이 안지경의 계책을 두 대장에게 설명했다.

"큰일이군. 하면 시간을 끌 일이 아닌데 여태 은신처도 알아내지 못하고 있단 말인가!"

노성집의 표정이 굳어졌다. 이격의 추리가 사실이라면 홍경래의 난과는 비교도 되지 않을 대민란이 벌어질 것이다.

"고정하십시오. 흥분하면 판단력이 흐려질 수 있습니다. 지금 안적도 서두르고 있습니다. 내부에서 알력이 커지는 것 같습니다. 굳이 찾으러 다닐 것 없이 제 발로 걸어 나올 때 포박해서 군문효수(軍門梟首)에 처하면 부화뇌동했던 무리들은 뿔뿔이 흩어질 것입니다."

이격이 자신 있게 고했다.

"그리될 수만 있다면야…… 그런데 무슨 수로 안적을 제 발로 걸어 나오게 한단 말이냐?"

노성집이 한결 누그러진 표정으로 물었다.

"심어놓은 간자의 말에 따르면 안적은 수일 내에 살곶이패를 찾아올 것으로 보입니다. 매복하고 있다가 추포하겠습니다."

이격의 눈에서 빛이 일었다.

"추후에 정확한 장소와 시각을 알아내겠습니다. 이 종사관 말대로 안적이 잡히면 그를 따르던 자들은 사분오열할 것입니다."

양현수가 고했다.

"좋다. 두 종사관에게 전권을 위임할 테니 최선을 다해 안적을 추포하라."

"포도청 군졸들은 물론, 필요하면 총융청과 수어청에게 도움을 요청할 테니 신속하게 안적을 검거하라!"

노성집과 유효원이 이격의 계책을 윤허했다.

* * *

안지경은 품안의 금장단총을 확인하고서 죽장도를 집어 들었다. 살곶이패 두령으로부터 만나자는 전갈이 온 것이다.

"조심하셔야 할 겁니다. 별로 신뢰가 가지 않는 인물입니다."

정주형이 조심할 것을 일렀다. 같은 검계라고 해도 복사골패는 의적 소리를 듣는 데 비해서 살곶이패는 군도(群盜)에 불과했다.

"살곶이패 두령을 이리로 오라고 할까요?"

만남을 주선한 정유동도 우려를 표했다.

"그리 염려하지 않아도 될 것이다. 아무튼 매사에 조심할 것이니 너무 걱정하지 마시오."

호랑이를 잡으려면 호랑이굴로 들어가라고 했다. 안지경은 정면승부를 걸기로 했다. 이미 섣달 초3일을 봉기일로 정한 마당에 진행 상황이 예상에서 조금씩 벗어나고 있었다. 보부상과 사상, 검계들의 이해가 갈릴 거라 짐작했지만 보따리장사와 등짐장사 사이에도 충돌이 일고 있었다. 둘은 본시 겉으로는 협력하면서 속으로는 서로를 경원하는 사이다. 안지경은 홍경래의 고뇌가 이해되었다. 그리고 '좋은 일은 이루어지기 힘들다'던 피에르 신부의 말이 떠올랐다.

틈이 더 벌어지기 전에 횃불을 당기는 게 좋을 것 같았다. 불길이 활활 타오르면 잡티들은 다 타버릴 것이다.

"내가 없는 동안은 군사와 정 두령이 힘을 합쳐 무리를 이끌어 주시오."

이희집과 정주형의 손을 차례로 잡은 안지경이 눈짓을 하자 감동이 봇짐을 들고 따라나섰다. 안지경은 눈치 빠르고 민첩한 감동을 데리고 가기로 했다.

"혹시 예상치 못했던 일이 벌어지거든 무수막 쪽으로 대피하십시오. 배를 대고 기다리고 있겠습니다."

이희집이 따라나서며 거듭 조심할 것을 당부했다.

해가 많이 짧아져서 산을 내려오자 사방이 벌써 어두워졌다. 안지경은 부지런히 걸음을 옮겼다. 인시까지 만나기로 한 곳에 당도하려면 걸음을 서둘러야 할 것이다.

이격은 지금 뭘하고 있을까. 그가 절대로 손을 놓고 있지 않을 거란 사실을 안지경은 잘 알고 있었다. 이격에 이어서 차홍련의 얼굴이 떠올랐다. 그러면서 잠시 혼란이 일었다.

＊＊＊

"내 생각도 같소. 하면 이 종사관이 근접 매복을 하면 소장은 좌포청 군졸들을 인솔해서 외곽을 포위하겠소."

양현수가 지도에서 눈을 떼지 않은 채 말했다. 살곶이패 두령은 아직 태도를 분명하게 정하지 않고 있는 것 같았다. 그렇다면 살곶이 패거리의 구역 안에서, 사람들 눈에 잘 띄지 않는 곳에서 만나려고 할 것이다. 동시에 안지경의 입장에서는 여차하면 피신이 용이한 곳을 고를 것이다. 그런 조건을 모두 갖춘 곳이 어딜까. 머리를 맞대고 숙의를 한 이격과 양현수는 광희문을 꼽았다. 그곳은 살곶이패의 구역이면서, 사람들의 발길이 뜸하며 여차하면 뱃길을 통해 도성을 빠져나갈 수 있는 곳에 자리하고 있다.

"행여 살곶이패가 다른 뜻을 품지 못하도록 양 종사관이 단단히 고삐를 죄시오. 내가 날랜 포교들을 데리고 매복했다가 안적을 추포하겠소."

도성 악패들을 다루는 일은 포교에서부터 승차한 양현수 종사관이 한 수 위였다.

"염려 마시오. 이참에 지난 죄를 묻지 않겠다고 회유하면 우리 말을 들을 것이오."

양현수가 따라서 몸을 일으키며 일전의 의지를 불태웠다.

"광희문으로 출동한다!"

대기하고 있던 박 포교와 장 포교가 얼른 따라나섰다. 광희문 일대라면 눈을 감고도 훤하다. 서두르면 안지경보다 먼저 도달해서 매복할 수 있을 것이다.

* * *

부지런히 걸음을 재촉한 결과, 동이 틀 무렵에 광희문에 도달할 수 있었다. 아직 성문이 열리지 않았지만 주로 시구문(屍軀門)이어서 감시가 소홀했다. 안지경과 감동은 개천의 물길을 따라 광희문을 빠져나갔다.

"저쪽입니다."

감동이 나지막한 언덕 위에 자리한 신당(神堂)을 가리켰다. 안지경은 주위를 둘러보았다. 조금 떨어진 곳에서 유족들이 시신을 둘둘 만 멍석을 진 지게꾼의 뒤를 따르고 있었을 뿐, 특별한 위험이 감지되지 않았다. 만약의 경우에는 수철리(水鐵里 금호동) 쪽으로 도주해서 무수막에서 배를 타고 도주하면 될 것이다.

안지경은 성큼 신당 안으로 들어섰다.

"어서 오시오, 기다리고 있었소."

어둠 속에서 굵직한 목소리가 들렸다. 살펴보니 신체가 건장한 남자가 수하 두 명을 대동하고 이쪽을 지켜보고 있었다. 저자가 살곶이패 두령이란 말인가. 안지경은 경계의 눈초리를 거두지 않았다.

"고양 패거리 정 두령에게서 말씀을 들었습니다. 홍경래 대원수를 모시고 있었다고."

"그렇소. 대원수의 유지를 받들려고 하고 있소. 살곶이패의 힘이 필요하오."

그러나 두령은 선뜻 안지경의 손을 잡지 않았다. 왜 만나자고 했는지는 잘 알고 있다. 고심을 하던 차에 좌포청 종사관이 급하게 사람을 보냈다. 그래서 안적 추포에 공을 세우면 지난 죄과를 없애주겠다고 했다.

살곶이패 두령은 고심에 잠겼다. 새 나라의 공신이 되고 싶은 욕심과 관에서 사면을 받고 대명천지에서 활개 치고 싶은 생각으로 뒤범벅이 된 것이다.

"사상들이 앞장서 합류했다고 하는데 그들이 우리를 반길 리 없습니다. 결국 공신자리는 그들이 다 차지하고 우리는 잘해야 미관말직을 차지하게 될 겁니다."

그런데 초시(初試) 출신의 잔반으로 두령을 보좌하고 있는 자가 반대를 했다. 소두령들도 역모에 가담한다는 말에 겁을 먹고 있었다.

어떻게 해야 하나. 역모에 가담하는 것은 너무 위험하다. 이번 기회에 밝은 세상으로 나가는 게 좋을 것이다. 초시의 말이 틀리지 않는 것 같았다. 그리고 복사골 패거리 밑으로 들어가는 것도 마음에 들지 않았다. 그렇다면…… 신당에 도착하기 직전에 두령은 결심을 굳혔다. 종사관은 최대한 시간을 끌라고 했다.

"……!"

안지경은 두령의 눈동자가 흔들리는 것을 보며 본능적으로 위험을 감지했다. 안지경은 뒤로 한 걸음 물러서며 경계 자세를 취했다. 그때 감동이 문밖에서 소리쳤다.

"사람들이 이리로 오고 있습니다!"

망을 보는 감동이 다급한 목소리로 안지경을 불렀다. 그 순간 두령을 수행해 온 자들이 안지경에게 달려들었다.

"허튼수작 마라!"

안지경이 재빨리 죽장도를 뽑아 들고서 달려드는 세 사람을 제압한 후에 신당을 빠져나왔다. 저쪽에서 한 무리의 남자들이 달려오고 있는데 살펴보니 아까 시신을 운구하던 자들이었다. 포교들이 변복을 하고 매복하고 있었던 것이다.

"속히 피해야 합니다!"

안지경은 도주하는 대신에 금장단총을 꺼내 들고서 다가오는 포교들을 향해 연속으로 두 발을 발사했다.

"탕! 탕!"

포교는 모두 4명이었는데 둘은 가슴을 부여안고 주저앉았다. 틀림없이 더 많은 포교들이 매복해 있을 것이다. 등을 돌리고 도주하면 스스로 그들이 파놓을 함정에 뛰어드는 꼴이 될 것이다.

"뚫고 나간다!"

안지경의 죽장도가 바람을 가르며 달려들자 한 포교는 허둥대며 물러서다 넘어졌고, 감동의 손을 떠난 돌은 나머지 포교의 정수리를 강타했다. 안지경과 감동은 전력으로 수철리 쪽으로 내달렸다.

"잡아라!"

포교들이 소리를 지르며 좇아왔지만, 아직 해가 뜨지 않은 데다 무덤이 곳곳에 널려 있어서 몸을 숨기기에 용이했다. 몸이 날랜 감동이 앞장서서 길을 안내했고, 안지경은 잰걸음으로 그의 뒤를 따랐다. 설마 했는데 살곶이패가 배신을 한 것이다. 너무 쉽게 생각했을까. 어쩌면 두령은 대세가 기울었다고 판단했을지 모른다. 하지만 지금은 그걸 따질 계제가 아니다. 속히 여기를 빠져나가서 차후책을 세워야 한다.

정신없이 내달린 끝에 마침내 무수막 강변에 이르게 되었다. 쫓아오는 기미는 보이지 않았다. 그 사이에 먼동이 트고 있었는데 갈대숲 너머로 나룻배가 눈에 들어왔다. 이희집이 기다리고 있을 것이다.

"……!"

나룻배를 향해 달려가려던 안지경은 강한 살기를 느끼고 본능적으로 몸을 낮추었다. 화살이 바람을 가르며 날아들었고, 앞장서서 달리는 감동이 비명을 지르며 쓰러졌다. 하면 벌써 여기에 매복이. 어쩌면 이격이 지키고 있을지 모른다. 자신과 비교해서 앞서지도 뒤지지도 않는 그라면 이리로 도주할 거라고 예측했을 것이다. 어쩐지 포졸들이 악착같이 쫓아오지 않는다고 했더니. 이제와서 후회해봐야 소용이 없다. 빨리 감동을 데리고 여기를 빠져나가야 한다.

안지경은 몸을 일으켰다. 갈대숲 사이로 환도를 쥔 이격과 박포교, 활을 든 장 포교가 모습을 드러냈다. 퇴로를 차단하겠다는 듯 두 포교는 좌우를 막아섰고, 이격이 정면에서 안지경을 상대하고 나섰다. 안지경은 괴로운 표정을 짓고 있는 감동에게 잠시 참을 것을 이르고, 이격과의 거리를 좁혀갔다. 어차피 한 번은 치러야 할 승부다. 두 사람의 시선이 부딪히면서 일대에 살기가 퍼져나갔다.

안지경은 죽장도를 왼쪽 어깨 위로 올리며 지검대적세(持劍對賊勢)를 취하자 이격은 기다렸다는 듯이 진전살적세(進前殺賊歲)를 취하며 거리를 좁혀왔다. 둘 다 자세에 빈틈이 없었다. 그렇다면 한 치의 실수가 생사를 결정하게 될 것이다.

시간을 끌면 불리하다. 더 몰려오기 전에 감동을 데리고 여기를 빠져나가야 한다. 안지경의 죽장도가 바람을 가르며 이격에게 덤벼들었다. 날카로운 금속성이 일면서 손끝에서 강한 충격이 전해졌다. 안지경은 공세를 이어가는 대신에 뒤로 물러서면서 재빨리 왼쪽으로 돌아 퇴로를 지켜서고 있는 포교에게 달려들려고 했는데 이격이 선인봉반세(仙人捧盤勢)로 받아치면서 안지경의 의도대로 되지 않았다. 시간을 끌면서 안지경의 힘을 다 빼놓을 속셈인 것 같았다.

"악!"

이격이 비명을 지르며 뒤로 나자빠졌다. 두 팔을 치켜올려야 하는 선인봉반세는 가슴에 약점이 있다. 안지경의 발이 전광석화의 기세로 이격의 가슴을 걷어찬 것이다. 의외의 일격을 당한 이격은 뒤로 나자빠졌다.

시간을 끌면 안 된다. 안지경은 재빨리 품에서 금장단총을 꺼내 들고 퇴로를 막고선 박 포교를 향해 방아쇠를 당겼다. 총성이 일면서 박 포교가 가슴을 움켜쥐고 쓰러졌다. 이번에는 활을 가진 자 차례다. 안지경이 몸을 돌려 단총을 겨냥하려는데 상대가 시위를 당기고 있었다. 저자가 시위를 놓기 전에 총을 발사해야 한다. 안지경은 재빨리 수레바퀴 탄창을 돌렸다. 3발을 발사했으니 이제 한 발이 남았다. 과연 이번에도 실수 없이 발사될까. 4발 모두

탈 없이 발사되는 경우는 흔치 않다고 들었다. 제발 제대로 격발이 되었으면. 나머지는 천운에 맡기기로 하고 안지경은 힘껏 방아쇠를 당겼다.

요란한 총성이 일고 화약 냄새가 물씬 풍기면서 포교는 쓰러졌고, 시위를 떠난 화살은 허공으로 날아갔다. 요행히 4발이 모두 제대로 발사된 것이다. 이제 이격을 처리하고 여기를 떠나야 한다.

"헉!"

고개를 돌려 이격을 찾으려던 안지경은 옆구리에 강한 충격을 느끼고 나가떨어졌다. 그 사이에 몸을 일으킨 이격이 안지경에게 옆차기 일격을 날린 것이다.

이격의 환도가 정확하게 목을 노리고 있었다. 안지경은 자신을 내려다보고 있는 이격을 보며 절망감에 빠져들었다.

"군문효수에 처해서 역도의 말로가 어떻다는 것을 팔도의 백성들에게 똑똑히 알리겠다. 그래서 다시는 헛된 꿈을 꾸는 자가 나오지 못하도록 하겠다."

이격이 그리 말하고 환도를 높이 치켜올렸다. 피할 길이 없다. 이게 끝인가. 그동안 겪었던 일들, 만났던 사람들이 짧은 시간에 안지경의 뇌리를 스치고 지나갔다. 홍경래 대원수와 차한상, 나폴레옹과 피에르 신부, 풍 대인, 그리고 차홍련. 안지경은 눈을 감았다. 이제 지금 한 많은 세상, 무거운 짐과 작별할 때가 온 것이다.

"악!"

이격이 비명을 지르며 쓰러졌다. 이게 어찌 된 일일까. 몸을 일으키니 정주형이 환도를 뽑아 들고 서 있었다. 깊게 베인 이격의 목에서 피가 분수처럼 치솟고 있었다.

"대원수가 걱정되어서 쫓아왔습니다. 속히 배를 타고 여기를 빠져나가야 합니다."

"감동을 데리고 가시오. 나는 저자와 끝낼 일이 있소. 곧 뒤를 따르겠소."

"서두르셔야 합니다."

정주형이 감동을 부축해 일으켰다. 감동은 다리에 화살을 맞았지만, 신속히 치료하면 큰 부상은 면할 것이다.

안지경이 죽장도를 들고 괴로워하는 이격에게 다가갔다.

"베라!"

이격이 숨을 헐떡이며 안지경을 노려보았다.

"왜 대원수와 동지들을 배신했느냐?"

안지경이 진작부터 궁금해하던 것을 물었는데 이격은 숨을 헐떡일 뿐 대답하지 않았다.

"혹시 홍련 때문이냐?"

안지경이 정색을 하고 묻자 이격이 희미한 웃음을 짓더니 힘들게 말을 이었다.

"자네도 홍경래 대원수의 봉기는 실패로 돌아갈 것이고, 정주성은 머지않아 함락될 거란 사실을 알고 있었을 것이다. 그리되면 성에서 농성 중인 사람들은 모조리 중벌에 처해지겠지. 나는 무모한 희생을 막고, 마음속에 두고 있었던 사람을 지키고 싶었다."

이격이 울컥하고 피를 한 모금 토해내더니 말을 이었다.

"자네는 뭘 했는가? 결과를 예견했으면 성민들을 풀어주고, 대원수를 모시고 청나라로 피신했어야 옳았어."

"조선의 국운은 진작에 다했다. 이씨 왕실과 조정 권신들을 몰아내고 백성이 주인인 새로운 나라를 세울 것이다!"

혁명을 깎아내리려는 이격을 보며 안지경은 분기가 탱천했다.

"자네가 왜 돌아왔는지 알고 있다. 그리고 조선의 국운이 다해가고 있다는 사실도 인정하겠다. 그렇다고 아조(我朝)는 아직 운이 다하지 않았다. 뿌리 깊은 나무는 쉽사리 쓰러지지 않는다. 무모한 항거는 죄 없는 사람들의 희생만 부를 뿐이다."

이격이 힘겹게 말을 이어갔다.

"이미 포청에서는 자네가 복사골에 은신하고 있다는 사실을 간파하고 있다. 요행히 이 자리를 빠져나가더라도 곧 토벌군이 들이닥칠 것이다."

일이 그렇게 진행되고 있단 말인가. 서둘러야 할 것이다. 안지경은 마음을 다잡고 이격을 향해 혁명 변(辯)을 일갈했다.

"네 말이 일부 맞더라도 나는, 그리고 뜻을 함께하는 동지들은 절대로 조선의 혁명을 멈추지 않을 것이다. 뿌리 깊은 나무라고 했나? 그렇다면 혁명의 의지는 마르지 않는 샘이다. 뜻을 이룰 때까지 혁명의 불꽃은 계속 타오를 것이고 언젠가는 백성의 나라를 열 것이다."

안지경이 절대로 물러설 뜻이 없음을 분명히 밝혔다. 피를 많이 흘려서 혼절을 했는지 이격은 더 이상 입을 열지 않았다. 꾸물거릴 틈이 없다. 안지경은 나룻배를 향해 내달렸다.

* * *

무거운 기운이 복사골 산채를 뒤덮고 있었다. 머지않아 관군이 이리로 들이닥칠 것이다. 그에 따른 대비는 되어 있지만 부상단 쪽 상황이 점점 틀어지면서 과연 봉기가 계획대로 일어날지 확신할 수 없었다.

"광주접에서 올린 계에 의하면 전체 10개 반 중에서 절반이 소극적이라고 합니다."

이희집이 침통한 표정으로 입을 열었다.

"개성 쪽도 사정이 크게 다르지 않습니다. 분배에 불만인 자들이 늘어나면서 섣달의 봉기는 사실상 힘들어졌다고 합니다."

정주형이 힘 빠진 목소리로 현황을 알렸다. 그렇다면 수원이나 금포 쪽도 사정이 크게 다르지 않을 것이다. 살곶이패가 등을 돌린 것도 실패를 예견했기 때문일 것이다. 예상했지만 이해관계가 얽히고설켜 있는 여러 조직을 하나로 뭉치는 건 역시 쉬운 일이 아니었다. 이제 어떻게 할 것인가. 밀어붙일 것인가. 아니면 물러서서 후일을 기약할 것인가. 어느 쪽이든 빨리 결정을 내려야 한다.

"대원수의 명을 받들겠습니다."

정주형이 결연한 어조로 안지경의 뜻에 복종할 것을 밝혔다.

"따르시오"

안지경이 이희집과 정주형에게 눈짓을 하고 밖으로 나섰다. 낙엽이 진 북한산 너머로 도성이 눈에 들어왔다. 찬바람이 볼을 스치고 지나갔다. 정보에 의하면 토벌대는 좌우포청과 총융청 군병을 주축으로 이달 말께 편성을 완료하는데 우포청대장 노성집이 토벌대장을 맡는다고 했다.

"저들은 외곽 봉기가 무산될 거라 내다보고 병력을 총동원해서 토벌대를 편성할 겁니다."

이희집이 의견을 전했다.

"소장의 생각도 같습니다."

정주형도 동의했다.

"정주성을 되풀이해서는 안 됩니다!"

이희집이 한 걸음 나서며 입을 열었다. 안지경이 미련을 버리지 못하고 있음을 간파한 것이다. 기실 안지경은 복사골패만 인솔해서 궁궐을 도모할 생각도 하고 있었다. 하지만 불씨를 댕겼는데도 부상단에서 움직이지 않으면 복사골패는 개죽음을 당하게 될 것이다.

"토벌이 시작되기 전에 몸을 피했다가 후일을 도모해야 합니다."

이희집이 안지경의 결심을 촉구했다.

"동지들을 놔두고 어디로 피한단 말이오."

안지경은 쉽게 마음을 정하지 못했다. 기회는 바람처럼 불쑥 다가왔다가 연기처럼 홀연히 사라진다고 했다.

"은율로 옮겨가는 일은 어떻게 되고 있소?"

이희집이 정주형에게 고개를 돌렸다.

"이미 은율에 통기를 했습니다. 산채가 비좁으면 구월산에 새 산채를 마련하기로 했습니다."

정주형이 차질 없음을 전했다.

이제 결심을 할 때다. 차가운 바람이 볼을 스치고 지나갔다. 안지경은 만추의 하늘을 올려다보았다. 파란 하늘에 구름이 높이 떠 있었다. 갑자기 피에르 신부의 얼굴이 떠올랐다. 피치자인 백성을 주권자인 레종으로 바꾸는 게 결코 쉬운 일이 아닐 것이다. 문득 정주성이 함락되기 전날 밤에 차한상이 하늘을 올려다보며 혼잣말 비슷하게 중얼거렸던 말이 생각났다.

'대원수의 고뇌가 이해가 되네. 어쩌면 조선은 아직 진정한 혁명을 낳을 여건이 성숙되어 있지 않은지도 모르지. 비록 봉기가 실패로 돌아가더라도 훗날의 혁명을 위한 밑거름이 된다면 여한은 없네. 하늘이 대원수와 내게 허락한 일은 거기까지일지 모르니까.'

이어서 혁명은 끝이 아니고 시작이라던 말이 떠올랐다. 피에르 신부는 프랑스대혁명은 수차례의 시행착오를 거쳤다고 했다. 그렇다면 여기서 한 발 물러서도 실패가 아니다. 비록 뜻을 펼치지 못했지만 그래도 대강을 정하고 방략의 가닥을 잡았으니 큰 걸음을 내디딘 것이다. 무리하느니 기반을 더 다진 후에 불씨를 댕기는 게 좋을 것이다. 안지경은 숙고 끝에 그렇게 결론을 내렸다.

"정 두령은 산채 식솔들을 인솔해서 은율로 가서 구월산에 새 산채를 마련하고 때를 기다리시오. 나는 일단 오문(澳門 마카오)으로 몸을 피하겠소. 오래 걸리지 않아 돌아올 것이오."

"그리하겠습니다. 여기 일은 염려 마시고 보중하십시오. 대원수."

정주형이 늠름하게 대답했다.

"군사는 어찌하시겠소? 나와 함께 오문으로 가시겠소? 아니면 조선에 남아 있겠소?"

"남아서 사상들을 독려하면서 미완의 혁명을 지키고, 절반의 성공을 다지겠습니다. 사상들의 힘은 이제 관에서도 어쩌지 못할 정도로 커졌습니다."

이희집이 조선에 남아서 훗날을 기약하겠다고 했다.

"그리하십시오. 여건이 마련되는 대로 돌아오겠소. 오래 걸리지 않을 겁니다."

안지경이 이희집과 정주형의 손을 차례로 잡았다.

"식솔들이 무사히 북한산을 빠져나갈 수 있소?"

"둘 셋씩 짝을 이뤄 빠져나가면 됩니다. 모두들 산세 지리에 훤합니다."

정주형이 자신 있게 대답했다.

"신속하게 움직여야 합니다. 어쩌면 벌써 일대에 감시꾼이 깔려 있을 겁니다. 포청에서 나무꾼, 사냥꾼, 심마니들을 회유했을 것입니다. 일거수일투족이 포청에 보고되기 전에 신속하게 빠져나가야 합니다."

이희집이 서두를 것을 촉구했다.

* * *

양현수의 보고가 끝나자 노성집이 상을 찡그렸다. 불과 며칠 사이에 복사골 산채가 텅 비었다는 것이다. 이격 종사관을 잃은 것도 큰 손실이었다.

"검계들의 연락망을 너무 과소평가한 것 같소."

유효원이 허탈한 표정을 지었다. 안지경을 추포할 수 있는 절호의 기회를 놓친 노성집은 입맛이 썼다. 복사골 패거리들이야 놓쳐도 그만이지만 그자는 꼭 내 손으로 잡고 싶었는데. 북한산을 빠져나갔다면 어디로 갔을까. 송파 상단은 아닐 것이다. 청나라 칙사도 돌아간 마당이다. 하면…… 아무래도 조선을 벗어나려 할 것이다.

"양 종사관은 당분간 우포청대장의 지시를 받으라!"

노성집의 속내를 헤아렸는지 유효원이 양현수에게 노성집을 도울 것을 명했다.

"그자는 은밀히 조선을 벗어나려 할 것이다. 어디로 빠져나갈 것 같은가?"

추포라면 좌우포청을 통틀어서 양현수를 제일로 꼽는데 이견이 없다.

"송파는 아닐 겁니다. 그리고 먼 바다까지 나갈 배를 띄우려면 서강과 양화 중 한 곳일 겁니다."

양현수가 범위를 좁혔지만, 그것으로는 부족하다. 시간이 없다. 벌써 이틀이 경과했다. 둘 중 한 곳을 정확하게 가려내서 추포대를 그리로 출동시켜야 한다. 양현수는 눈을 감고 숙고에 들어갔고, 노성집과 유효원은 초조한 심정으로 그를 지켜보았다.

* * *

"전부 탈 없이 산을 내려갔습니다."

정주형이 복사골 식솔들이 전부 북한산을 빠져나갔음을 전했다. 호롱불이 가물가물한 산채에서 마지막까지 남은 네 사람이 회동하고 있었다.

"수고했소. 머지않아 돌아오겠소."

"기다리고 있겠습니다. 장도에 보중하십시오."

안지경은 이희집, 정주형, 그리고 장유동을 차례로 껴안았다.

"서두르는 게 좋겠습니다."

밖에서 기다리고 있던 감동이 속히 하산할 것을 촉구했다. 도성에 기찰이 삼엄하게 깔렸을 것이다. 안지경은 감동을 앞세우고 어둠에 잠긴 북한산을 내려갔다. 아직 도성문은 열리지 않았지만 검계패들은 몰래 빠져나갈 수 있는 길을 알고 있었다.

"저기입니다!"

감동이 나지막한 성벽을 가리켰다. 한밤인 데다 주변에 키 큰 나무들이 있어 남의 눈에 띄지 않고 담을 넘을 수 있었다. 두 사람은 훌쩍 몸을 날리며 성벽을 뛰어넘었다.

"잠시 들릴 데가 있다."

안지경이 걸음을 멈추고 주위를 둘러보았다.

"팔판동에 들렀다 가시렵니까?"

눈치 빠른 감동이 안지경의 속마음을 금세 읽었다.

"그래. 오래 걸리지 않을 것이다."

"해가 뜨기 전에 양화나루에 이르려면 서둘러야 합니다."

감동이 주변을 가늠하더니 팔판동 쪽으로 방향을 잡았다. 어둠이 깔린 도성의 거리는 고요 속에 잠겨 있었다. 가끔 순라꾼이 야경을 돌았지만 얼마든지 피해 갈 수 있었다. 축시를 지나 인시에 이르렀을 것이다.

"저기입니다."

두 사람은 어느새 이격의 팔판동 별서에 이르렀다.

"망을 볼 테니 다녀오십시오."

감동이라면 안심하고 맡겨도 좋을 것이다. 안지경은 짧은 기침을 한 후에 몸을 날려 별서 담을 넘었다. 주인을 잃은 탓일까. 왠지 차가운 기운이 도는 것 같았다. 안지경은 잠시 주변을 살핀 후에 발소리를 죽이며 내실로 걸음을 옮겼다. 홍련이 자고 있을까.

"……!"

내실의 위치를 가늠하며 후원을 가로지르던 안지경은 흠칫 놀랐다. 후원 작은 정자 위에 하얀 소복 차림의 여인이 홀로 앉아 있었던 것이다. 처연한 모습에 안지경은 저절로 걸음을 멈추었다. 차홍련은 마치 기다리고 있었다는 듯 별로 놀라지 않으며 고개를 돌렸다. 안지경은 심호흡을 한 후에 천천히 정자 위로 올라갔다. 정자에 교교한 달빛이 가득했다.

"오실 줄 알았습니다. 이 땅을 떠나실 건가요?"

이격의 최후에 대해서 어디까지 알고 있는 걸까. 차홍련은 의외로 차분했다.

"그렇소. 잠시 오문으로 가서 지낼 생각이오."

안지경은 그리 답하고 차홍련의 표정을 살피며 말을 이었다.

"함께 갔으면 하오. 유진장 어른께 홍련을 끝까지 지켜주겠다고 약조했소."

"여태 이 몸을 그리 생각해주시니 감읍할 따름입니다. 그러나 나는 여기에 남겠습니다."

차홍련이 또렷한 어조로 따라갈 뜻이 없음을 전했다. 차홍련이 분명한 태도를 보이자 안지경은 당혹스러웠지만, 곧 평정을 되찾았다. 안지경은 누구보다 차홍련의 성정을 잘 아는 사람이다.

"서방님이 정주성 함락 때 무슨 일을 했는지 대강 짐작하고 있습니다. 그래도 서방님은 내게는 백골난망의 은인이며 매 순간 이 몸을 진심으로 대해주셨습니다. 비록 소실이지만 부부로서의 예를 한치도 소홀히 하지 않으셨지요."

안지경은 말없이 듣고만 있었다.

"그런 서방님이 비명에 세상을 뜨신 마당에 야반도주하는 것은 사람의 도리가 아닐 것입니다. 여기서 어머니를 모시고 살겠습니다."

정자에 적막이 흘렀고 두 사람은 아무 말이 없었다. 차홍련은 모질게 결심한 바를 분명히 전했고, 안지경은 따로 할 말이 없었다.

"오라버니가 품고 있는 큰 뜻을 잘 알고 있습니다. 속히 그날이 와서 차별이 없는 세상이 되었으면 좋겠습니다."

"오래 걸리지 않을 것이오. 다시 돌아오면 그때는 내 뜻을 따라주겠소?"

안지경이 모처럼 입을 열었고, 차홍련은 가만히 고개를 끄덕였다. 그때 작은 돌이 날아들었다. 감동이 서둘러야 함을 전한 것이다.

"꼭 돌아오겠소."

"기다리고 있겠습니다."

안지경은 약조를 하고 등을 돌렸다. 이제 미련 없이 조선을 떠날 것이다. 그리고 꼭 돌아와서 미완의 혁명을 완수할 것이다.

두 사람은 양화나루를 향해 잰걸음으로 내달렸다. 동이 트기 전에 배를 타고 한강을 빠져나가야 한다. 숨을 헐떡이며 내달린 덕에 다행히 해가 뜨기 전에, 사람들의 눈에 띄지 않고 양화나루에 당도하게 되었다.

"저깁니다."

감동이 나룻배를 감춰놓은 곳을 가리켰다. 나룻배를 타고 나가면 변치수가 큰 배를 타고 기다리고 있을 것이다.

"대원수, 꼭 돌아오셔야 합니다."

감동과의 동행은 여기까지다.

"그래, 꼭두쇠를 잘 모시고 있거라. 꼭 돌아올 것이니."

안지경은 그간 노고가 많았던 감동의 손을 힘껏 잡았다.

갈대숲을 헤치고 나가자 크지 않은 나룻배 한 척이 매여 있었다. 아직 해가 뜨기 전이라 나루터를 오가는 사람이 없었다. 안지경은 조심스레 나룻배로 접근했다.

"……!"

안지경이 배에 오르려는 데 갑자기 횃불이 일렁이며 주위가 환해졌다. 황급히 돌아보니 포졸들이 몰려오고 있었다. 정확하게 탈출 장소를 집어내지 못했다면 그사이에 추포대가 여기까지 달려오지 못했을 것이다.

어떻게 해야 하나. 추포대가 전과 좌우로 달려들고 있었다. 발각되어서 몸을 숨길 수도 없었다. 그렇다면 배를 타고 탈출하는 길뿐이다. 안지경은 서둘러 배에 올랐고, 있는 힘껏 노를 저었다.

"서라!"

화살이 날아들었다. 빨리 멀리 벗어나지 못하면 화살 세례를 피할 길이 없다. 안지경은 사력을 다해 노를 저었다.

다행히 화살에 맞지 않고 사거리를 벗어날 수 있었다. 이제 사지를 빠져나온 것인가. 그러나 안심하기는 일렀다. 어둠이 걷히기 시작하는 강 상류에서 커다란 기찰선이 빠른 속도로 다가오고 있었다. 혼자 노를 젓는 나룻배로는 도저히 따돌릴 수 없을 것이다. 기찰선은 어느 틈에 30보 앞까지 다가왔다.

"역도는 오라를 받아라!"

전립을 쓰고 구군복(具軍服)을 갖춰 입은 노성집이 환도를 빼 들고 호통을 쳤다.

"네 놈이 전에는 용케 목숨을 부지했지만, 이번에는 어림없다!"

안지경이 단총을 지니고 있다는 사실을 아는지 기찰선은 섣불리 접근하지 않았다. 그렇지만 언제까지 대치하지는 못할 것이다. 곧 다른 기찰선이 몰려올 것이다. 어찌할 도리가 없는 절체절명의 순간이었다. 안지경은 노성집과 승부를 결하기로 하고 죽장도를 뽑아 들었다.

"쿵!"

그때 요란한 포성과 함께 포탄이 날아들었고, 기찰선의 옆구리를 강타했다. 창졸간에 포격을 당한 기찰선은 중심을 잃고 기우뚱거렸고, 배를 탄 포졸과 수노들은 비명을 지르며 허둥댔다. 개중에는 물속으로 뛰어드는 자도 있었다.

고개를 돌리니 커다란 복건상선이 빠른 속도로 다가오고 있었다. 변치수가 화포까지 갖춘 먼바다 항해용 배를 몰고 온 것이다. 안지경은 복건상선을 향해 부지런히 노를 저었다.

"하마터면 변을 당하실 뻔했습니다. 눈에 띌까 봐 조금 먼 바다에 배를 대고 기다리고 있었습니다."

변치수가 손을 내밀었다. 안지경을 태운 배는 방향을 틀어 빠른 속도로 한강을 빠져나갔다.

이렇게 조선을 떠나지만 머지않아 다시 돌아올 것이다. 혁명은 끝이 아니고 시작이다. 금번의 조선대혁명은 미완으로 매듭을 지었지만, 결말은 장대할 것이다. 홍경래 대원수가 뿌린 씨, 그리고 이번에 댕겼던 불씨는 반드시 결실을 맺게 될 것이다.

'오래 걸리지 않을 것이다.'

안지경은 그렇게 다짐하면서 수평선을 붉게 물들이며 솟아오르는 여명의 태양을 바라보았다.

작가의 말

조선사에서 제일 큰 민란인 홍경래의 난과 세계사에 큰 획을 그은 프랑스대혁명은 비슷한 시기에 각각 동아시아와 유럽에서 발생했다. 둘 다 독재 왕정과 신분 차별에 따른 억압에 반발해서 민중이 봉기를 한 사건이다. 그런데 홍경래의 난은 불과 수개월 만에 진압이 된 데 비해서 프랑스대혁명은 세계사의 큰 영향을 미쳤고 민주와 인권의 상징이 되었다. 왜 홍경래의 난과 프랑스대혁명은 비슷한 상황에서 비롯되었음에도 다른 결과는 낳았을까. 역사소설 '세인트 헬레나에서 온 남자'는 그 의문점에서 시작되었다.

조선 후기로 접어들면서 사회 곳곳에서 폐해가 드러나고 있었다. 신분 상승의 사다리는 무너졌고, 탐관오리가 날뛰면서 백성들의 삶이 점점 황폐해지고 있었다. 여기에 지역 차별이 더해지면서 홍경래 등 몰락한 양반과 평안도 농민들이 봉기한 것이다.

봉기군은 한때 정주성을 점령하면서 세를 떨쳤지만, 곧 진압이 되었다. 호응세력이 평안도에 한정된 데다 무엇보다도 팔도의 백성을 모을 비전이 없었기 때문이다.

홍경래는 어떤 세상을 꿈꾸었을까. 그는 역성혁명을 꿈꾸었을까. 아니면 세도정치를 몰아내고 탐관오리를 징치하는 것에 만족했을까. 그리고 그게 가능하다고 믿었을까. 그와 관련해서 아무런 기록이 남아 있지 않다. 역모와 관련된 기록이라 관에 의해 말살되었을 수도 있겠지만 그보다는 애초부터 홍경래가 별다른 비전을 제시하지 못했기 때문일 것이다. 현실에 대한 불만을 표출하는 것과 미래의 비전을 제시하는 것은 별개다.

그에 반해서 자유, 평등, 박애로 상징되는 프랑스대혁명은 민주주의를 확립시켰고, 부르주아의 등장으로 근대 자본주의의 기틀을 마련했다.

소설의 시대 배경을 이루는 19세기 초반은 대항해시대가 마무리되면서 본격적으로 동양과 서양의 만남이 이루어지던 시기였다. 이양선이 한반도에 출몰하면서 은둔의 나라 조선의 실체가 조금씩 밝혀졌고, 대서양의 고도 세인트 헬레나 섬에 유배되었던 나폴레옹도 먼 동쪽의 아침이 고요한 나라에 대해 호기심을 드러내던 시기였다.

소설 '세인트 헬레나에서 온 남자'는 우여곡절을 겪으며 세인트 헬레나 섬에 발을 디딘 조선 청년이 프랑스대혁명을 배우고서 미완으로 끝난 홍경래의 이상을 실현하는 과정과 배신자에 대한 응징, 그리고 주인공 안지경의 애정(哀情)이 함께 어우러지면서 스토리를 이룬다.

대한민국은 망국과 식민지, 분단의 역사를 거치고 동족상잔의 비극을 겪었지만 타고난 부지런과 높은 교육열로 숱한 어려움을 딛고 일어서서 세계 10위권의 선진국 대열에 진입했다. 실패로 끝난 홍경래의 민란. 그리고 미완인 채 남은 안지경의 혁명은 그로부터 200여 년의 세월이 흐른 지금에서 이루어진 셈이다.